LES FEMMES
DE L'ÉVANGILE

France Quéré

LES FEMMES
DE L'ÉVANGILE

Éditions du Seuil

ISBN 978-2-02-029165-1
(ISBN 2-02-006180-5, 1re publication)

Avant-propos

Je propose ici un essai ingénu qui ne s'enorgueillit ni de ses thèses ni de ses méthodes. Il n'est ni matérialiste ni apologétique, ni structuraliste, ni même, quoique traitant des femmes, féministe. Il ne se prévaut que de la naïveté de son regard. Ma seule ambition est de faire comme si je n'avais rien vu, rien entendu et presque rien lu, et comme si je croyais à l'innocence de mon sujet. Je feindrai de ne pas voir, après les avoir cependant signalés, les deux périls qu'il superpose, l'un psychanalytique, l'autre religieux. Comment en effet aborder l'Évangile que défendent tant d'adorations et de terreurs sacrées ? Et que dire de la femme, quand se combinent à son sujet, et depuis si longtemps, les jeux étroits de la séduction et le dessein de son asservissement ?

Deux haies farouches se dressent devant mes tentatives, intérêts et ferveurs mêlés, que le temps a durcis en préjugés. J'en ferai fi. Je ne défends pas la tradition et je ne sers aucune révolution. J'observe, je n'en veux qu'aux textes.

Et si je parviens à gratter quelque peu la couche de pensées inévitables qui substituent des réflexes à maintes de nos réflexions, je me réjouis. Si j'échoue, tant pis. Le lecteur fera usage de l'éclatant privilège que lui jalouse l'auteur : libre à lui de reposer l'ouvrage. L'autre, suant et ahanant, a dû mener l'épreuve à son terme.

J'interroge l'Évangile : qui sont les femmes que Jésus y rencontre ? Pourquoi viennent-elles à lui ? Quelle réponse leur donne-t-il ? A quelle mission les destine-t-il et quelle espérance fonde-t-il sur elles ? Je n'invente pas ces questions. D'autres les ont déjà posées. Et ils ont répondu que Jésus d'abord rendait aux femmes leur dignité : il se penche sur des créatures méprisées, ainsi que son Père a daigné jeter les yeux sur l'humilité de sa mère. Et la femme dans l'Évangile n'est-elle pas haussée à la gloire d'un symbole ? Loin d'être maintenue dans sa particularité, elle représente toute l'humanité en face de son Créateur.

Comme on a eu raison de repérer ce double honneur !

LE MÉPRIS IMPOSÉ PAR LA COUTUME ET LA PIÉTÉ

Cependant, à y regarder de plus près, ni l'un ni l'autre ne sont très convaincants. Dire que la femme recouvre sa dignité ou qu'elle exprime l'humanité entière ne suffit pas. Des jugements si positifs n'ont pas encore éliminé le vieux mépris qui continue d'affleurer sous l'éloge. Vous avez dit : la femme obtient son pardon ? Sa féminité trouve excuse devant la Grâce ? Et qu'avez-vous fait de sa nature, toujours livrée à sa faiblesse et à une turpitude que vous n'avez pas démentie ?

Le symbole dont on l'a ornée amplifie cette humiliation. Si la femme est figure d'humanité, c'est parce qu'elle est la créature la plus exposée à la chute. Devant Dieu, tout homme est pécheur, donc tout homme est femme. Le symbole n'est pas si flatteur.

Les commentaires religieux sont souvent altérés par ces sous-entendus de l'éternelle réprobation masculine. Je suis frappée de la sévérité de certains exégètes dès qu'une femme surgit dans l'Évangile : mépris stéréotypé, plutôt qu'animosité personnelle, car l'on voit mal ce qui motiverait celle-ci. Le texte sacré, objectera-t-on, a souvent fait les premiers pas, les présentant comme des créatures de perdition : coupables, pécheresses, malades, étrangères, ces disgrâces procédant d'une malédiction commune, selon les croyances anciennes.

Ces belles préventions sont donc demeurées vivaces chez nos contemporains. S'ils prennent moins au tragique une hémorragie, une crise d'épilepsie ou un passeport cananéen, c'est sans doute qu'ils sont délivrés de sots préjugés. Mais le parti pris a seulement fait peau neuve, et il est pire : ils disposent en effet d'un morceau de choix à se mettre sous la dent, auquel les évangélistes n'avaient pas touché, la féminité ! même de brillants esprits ne résistent pas au plaisir de dire qu'elles sont dépravées, inintelligentes et que leur vertu n'apparaît... qu'à la condition de se cacher ! Ainsi la Cananéenne est vulgaire, l'hémorroïsse superstitieuse, la Samaritaine bornée et dévergondée, Marthe inconstante, l'inconnue de Béthanie étourdie, contre l'expresse mention du Christ.

La piété mariale ne dispense pas du ton protecteur. On voit en la mère de Jésus une « humble petite servante ». Une étude un peu attentive apporte des nuances à cette servitude, cette humilité et cette petitesse.

J'ai parlé d'un stéréotype du mépris, qui renforce inconsciemment la dureté des commentateurs. La piété prête main-forte à celle-ci. Il faut absolument, pour raisons de foi, que la femme soit coupable ou victime, afin de manifester la bonté du Christ. Abaisser la femme et exalter Jésus sont la même besogne. Plus ses interlocutrices s'enfoncent dans la misère du péché ou du malheur, plus la charité qui les régénère est éclatante, plus bouleversante la grâce. Le discrédit des femmes s'incorpore à une intention dévote qui le justifie et l'excite. Malgré lui, le critique force le contraste qui les oppose au Christ. S'il supposait quelque commune mesure entre eux, il croirait attenter à la grandeur divine et l'Évangile perdrait de sa force persuasive. Ainsi se trouvent agrippées l'une à l'autre ces deux passions, ferveur religieuse et mépris féminin, dont l'interaction exalte la miséricorde divine. Je l'ai moi-même entendu d'un religieux, il y a près de vingt ans, il est vrai : « Vous les femmes, vous êtes toutes désignées pour l'espérance. Car vous êtes l'image de la grâce que Dieu accorde à l'entière humanité. En vous délivrant de votre culpabilité, il prouve qu'il délivre tout l'univers. » Qui peut le plus peut le moins. Cette explication sublime laissait le religieux lui-même pantois. Sûr que le Seigneur, à ces moments-là, parle directement à l'oreille des siens.

Pour faire croître Jésus, ses interlocutrices doivent diminuer. Ce sont les inquiétants commencements de la grâce universelle. Quand la piété se fait ainsi la conseillère du mépris, elle peut être assurée de deux choses : qu'elle trouvera, pour exécuter ses commandements, des sectateurs plus zélés que lorsqu'elle leur demande, par exemple, d'augmenter leur cotisation ; qu'elle est devenue une pensée perverse, dont elle devrait publiquement faire pénitence. La foi qui scandalise la morale n'est plus la foi, elle est un fanatisme.

Oui, la morale est scandalisée. Par l'injustice de la démarche ; par la méchante foi que celle-ci implique : car enfin si Jésus est « la lumière du monde », il est superflu de projeter vers lui ces misérables quinquets et d'obscurcir ses créatures, tout comme si cette lumière n'avait point paru. Et quelle erreur de lecture ainsi opérée sur l'Évangile ! Où voit-on en effet les femmes manquer de bienveillance envers Jésus ? Elles consentent à lui avec une surprenante unanimité[1] et en cela se distinguent fortement de l'ordre pharisien qui est, rappelons-le, un ordre viril. Les ennemis de Jésus sont des hommes. On glisse sur le détail. Rarement note-t-on le sexe des déicides. La chose a été vite estompée : on a préféré dire qu'ils étaient des Juifs, plutôt que des mâles, le transfert de responsabilité présentant des avantages qu'il serait oiseux d'énumérer. Ceux qui attentèrent à la vie de Jésus sont donc toujours des hommes, monarques, prêtres, scribes, magistrats, soldats. Supposons que le Sauveur ait été mis à mort par une femme (dans l'entourage

1. Tout bien compté, seules la femme et la fille d'Hérode ainsi que la servante de Caïphe, qui interpella Pierre (Matthieu 26,69), sont passées à côté.

d'Hérode, il aurait pu s'en trouver) ou qu'il fût tombé sous les coups de plusieurs à la fois, ainsi qu'il advint au malheureux Orphée. Je pose la question : qu'aurait dit la théologie ? J'imagine sans peine les torrents de littérature que l'indignité féminine aurait fait couler des plumes chrétiennes. Tuer un Dieu, c'est tout de même pire que de lui voler ses pommes. Il n'en semble rien, à lire la littérature chrétienne, du moment que la femme est coupable de ce crime-ci et l'homme de cette incorrection-là. Sur Ève, instigatrice du péché, de longs discours. Sur l'homme, meurtrier de Jésus, pas un mot.

VALEUR DES FEMMES

Une comparaison entre les sexes ne tournerait guère à l'avantage de celui que l'on dit fort. Quand l'Évangile met côte à côte un homme et une femme, on peut gager que la fin du récit inversera les dignités impliquées au début. On verra dans le premier chapitre que par l'intermédiaire des femmes, Jésus renforce sa critique du monde pharisien, doublement masculin, par le sexe et par les pouvoirs.

La femme n'est jamais perçue comme une faction. On ne la voit pas conspirer. Elle est seule, hormis le chétif cortège qui suit Jésus et fera sur les pentes du Golgotha la preuve de son impuissance. Elle est inapte à former des corps constitués. La femme adultère devant les pharisiens, l'hémorroïsse perdue dans la foule, la Cananéenne face aux disciples agacés, la femme courbée parmi les prêtres de la synagogue, la veuve dont le fils vient de succomber, et même la Marie de la crèche, méditative parmi les piétinements de ses visiteurs, toutes ces femmes existent dans une solitude qui tranche sur les complicités masculines. D'un côté se pressent les bergers de l'adoration, les marchands du temple, le corps sacerdotal de Jérusalem, les foules, les disciples, le cortège des rabbis ou des magistrats, la soldatesque, de l'autre, les femmes, rencontrées une à une, incomprises, vulnérables dans leur délaissement. Mais la détresse n'est pas seule responsable de leur isolement. Leur foi les détache du groupe et les dresse comme des prophètes. Une intrépide conviction les met en surplomb sur leur voisinage et les désigne à la persécution, qui est le lot inévitable du prophète. Nous les étudierons au chapitre 4.

Où donc se situent ce péché, cette faiblesse propres aux femmes, que l'on s'échine à nous démontrer ? Je n'en vois pas la trace dans les textes. Les femmes, même les plus déchues, surgissent devant le Christ, portées par des pensées supérieures et l'on voit luire en elles le paradoxe d'une innocence, et plus étonnant encore, un esprit de liberté qui surprend le Christ lui-même.

Celui-ci leur accorde pardon ou guérison, mais presque toujours il les a d'abord admirées, à cause d'une intelligence immédiate, d'une adoration véhémente, d'un regard aigu sur sa vérité messianique. Ce serait dénaturer sa charité que de la délier de cet étonnement qui, justement, la provoque. Jésus ne considère pas leur triste condition, que tant se complaisent à décrire. Il porte sur elles, comme sur tout autre, un jugement exact qui n'est pas sans causer quelque surprise. Car le juste fait le deuil de sa justice et le réprouvé se couvre de gloire ! La femme de l'Évangile subit le renversement des béatitudes. Pauvre, elle est dite riche ; faible, puissante ; ignare, il s'avère qu'elle prophétise ; coupable, qu'elle a les gestes de la sainteté. Rebelle, elle croit. Le Christ ne l'a pas métamorphosée ; il a simplement rendu la vérité plus forte que l'apparence.

La grâce de Dieu ne se borne pas à effacer une souillure. Elle opère principalement un travail d'identification, pointant le doigt sur l'ultime et respectable réalité de l'être : la confiance chez l'hémorroïsse, la soif de Dieu dans la Samaritaine, l'intelligence des choses divines chez la pécheresse de Luc. C'est cette sûre intuition que l'Évangile fait ressortir avec une étrange précision, comme s'il importait alors moins de montrer la grâce de Dieu que le courage et la liberté de certaines créatures.

Le pardon accordé est ainsi le signe d'une envergure et non d'une bassesse. Cet esprit de miséricorde, si étonnant qu'il paraisse, est bien dans la droite tradition d'Israël. Dommage que les Juifs étudient peu la personne du Christ ! Leurs enseignements nous seraient précieux : sans doute nous dissuaderaient-ils de verser dans ces confessions hypocritement exagérées de l'indignité humaine, à laquelle seule la grâce divine nous arrache. D'abord nous ne croyons pas un mot de ce que nous disons, ensuite ce n'est guère évangélique, et les femmes en témoignent.

Jésus voit dans l'humanité de son temps un véritable partenaire ; il la traite avec la liberté et les humeurs qui sont le propre des relations d'égal à égal. C'est-à-dire qu'il en attend beaucoup. Il daigne lui faire cet honneur. Ainsi des femmes : quand il les sauve, il n'y a pas à se récrier de ce que sa grâce purifie l'impureté. Elle fait mieux, sa grâce : elle accomplit un devoir de justice. Il leur pardonne, parce qu'elles sont déjà en état d'être pardonnées, ayant fait la preuve de leur éminente valeur[1].

On dira : pardonner ne consiste donc qu'à reconnaître le mérite d'autrui ? Le pardon est-il justice, n'est-il que justice ? Que fait-on de l'amour ?

On en fait le plus grand cas. « On ne voit bien qu'avec le cœur », dit le petit Prince, et si le cœur est organe de lucidité, il demande justice pour ce qu'il voit, invisible à qui n'aime pas. Pas de justice sans le préalable de l'amour. Les femmes, qui ne sont pas aimées des foules ou des pharisiens, ne sont pas reconnues dans leur vérité. Seul Jésus perce leur surprenant secret, et la grâce suit. Il les aime, donc il voit juste. Il les connaît, donc il les aime.

1. La femme adultère qui ne se signale par aucune qualité particulière est renvoyée, libre, mais sans avoir entendu les mots usuels du pardon.

Sa miséricorde ne témoigne pas seulement de leur misère. Elle prouve que ces femmes détenaient, en deçà de leurs maux, une dignité consubstantielle à elles-mêmes, qu'elles manifestent dans les divers degrés de leur adoration. Et celle-ci permet le revirement évangélique qui substitue au regard humain du mépris les yeux du Dieu admiratif!

Encore un coup, comment comprendre ce discrédit ininterrompu appliqué aux femmes? La théologie a continué le préjugé antique, exactement comme si l'Évangile n'avait pas existé. Ou plutôt, elle a feint d'y voir les coutumières précautions à prendre contre les dangers des influences féminines et a cru y relever l'énoncé des devoirs auxquels ce sexe était soumis. La sévérité s'en est même trouvée renforcée, et la femme est devenue l'alibi de tous les maux, y compris de ceux dont elle est la première victime. Le discours religieux l'a désignée comme chèvre émissaire. Non seulement il a fait dire au récit de la Genèse, sur les torts féminins, ce que celui-ci n'avait pas dit, mais cette lecture erronée a autorisé de plus graves faussetés sur l'Évangile lui-même, où l'on n'a rien perçu qui ressemble à de la liberté, de la spontanéité, à l'audace de l'amour. On y a vu griefs, conseils, catalogue d'obligations.

Rien de tel naturellement dans les textes. Bien fin qui décélera une exhortation à l'obéissance, à la modestie, à quelque devoir proprement féminin. On n'y lit aucun jugement sur les vices ordinairement prêtés aux femmes, la sensualité, la perfidie, la faiblesse. Objets de rencontres individuelles, les femmes, répétons-le, n'apparaissent jamais comme *engeance*. Le Christ brise net le mythe de l'Ève qui introduit le péché dans le monde et communique ses maléfices à toute la postérité femelle. Délié de ces vieilles fables, l'Évangile avance l'hypothèse d'une créature emplie de zèle et d'honnêteté : elle s'oppose terme à terme à l'imagerie traditionnelle. Laissant à d'autres le soin de « tendre des pièges », d'imposer « la loi indue de leurs désirs », ou d'assouvir « leur rage de détruire », les femmes évangéliques viennent à Jésus avec une égale bonne foi et participent aux hautes œuvres de sa mission. On ne voit pas en effet qu'elles soient passives, molles, irresponsables, réduites à l'obscur service de la vie. Elles jouent les grands rôles, prenant des initiatives, et non, comme on le dit sans cesse, attendant que Jésus le premier les appelle. Elles collaborent à la révélation, dont elles sont des agents essentiels. Pas toutes au même titre, certes, ni avec une égale efficacité.

Aussi nous proposons-nous d'étudier ces femmes selon l'intensité de leur témoignage.

LES FORMES DU TÉMOIGNAGE

Les quatre évangélistes, on le sait, ont rédigé leur texte longtemps après l'événement. Ces récits nous transmettent à la fois les souvenirs qui ont circulé de bouche à oreille, rappelant des faits historiques, et les préoccupations des communautés naissantes. A la réalité se superpose une méditation sur la réalité, et les exégètes, ces dernières années, ont excellé à démêler ce qui revient à la tradition originelle et ce qu'inspire la foi de la jeune Église. Notre propos n'est pas d'entrer dans ces débats, si passionnants soient-ils. Aussi importe-t-il assez peu que cette reconnaissance de Jésus, si pathétiquement discutée, représente un fait d'histoire ou une argumentation de la foi chrétienne, cinquante ans après. Je constate simplement que ces quatre Évangiles plaident chacun à sa manière pour la filiation divine et l'avènement de la grâce, clés de voûte de la bonne nouvelle. Les interlocuteurs de Jésus tournent autour de cette vérité, mi-claire mi-obscure, et chacun acquiesce au mystère du Christ, hésite, ou le rejette. Les femmes participent à cette révélation, qui ne se livre plus dans le feu et la nuée, mais dans l'émotion ou l'endurcissement d'une conscience.

Si donc nous prenons pour critère l'intensité progressive du témoignage, nous pouvons relever quatre catégories. Dans l'une, la femme n'occupe qu'un rôle passif et presque théorique, destiné à illustrer la miséricorde divine, souvent mêlée d'intention polémique : la pitié dont elle bénéficie ravive la querelle qui oppose la loi pharisienne à la grâce nouvelle.

Une autre exprime dans un service matériel la fidélité à la personne de Jésus On y voit affection et dévouement extrême, mais qui ne dépassent qu'exceptionnellement les limites du personnage physique. La perspicacité théologique est même parfois gênée par l'amitié humaine.

Une troisième, par le biais d'une requête, traduit un degré supplémentaire, la foi personnelle. Une souffrance a conduit ces femmes auprès de Jésus, mais elle permet de manifester une foi qui est bien autre chose que la simple attente d'un exaucement personnel. La conviction, ici, se révèle intense, au point que le Christ est seul à en percevoir la portée, parmi un entourage moins persuadé, indifférent ou presque hostile.

Dans la dernière, la femme procède à une véritable confession de foi dans le Christ. Le caractère personnel disparaît. La conviction s'énonce, avec une gratuité qui porte déjà l'espérance de tout un peuple, et non plus d'une personne particulière. Ce témoignage parfait tient de la mystique, dans l'émotion qui en émane, ou le caractère dramatique de son cheminement. Il tient aussi de la prophétie, par l'audace solitaire de son verbe ; il constitue enfin un authentique credo aux accents quasiment liturgiques.

Naturellement ces divers modèles se recoupent plus ou moins et aucun n'est tout à fait net des implications voisines. Chez les plus passives luit déjà une adoration. Les énoncés décisifs de la foi murmurent aussi une prière et s'accompagnent de gestes d'hospitalité. L'humble service lui aussi célèbre. Un épisode comme celui de la pécheresse de Luc brasse, à parts à peu près égales, les quatre catégories. Notre classification s'est cependant imposée presque irrésistiblement[1] : le Christ lui-même établit les lignes de

1. Une seule entre difficilement dans ce cadre, la mère des fils de Zébédée. C'est aussi la seule dont la demande échoue.

partage. Il fait ressortir ces structures avec une netteté singulière, sa parole fonctionnant comme code d'assignation.

La catégorie polémique, où la femme ne joue qu'un rôle infime, suscite chez lui des répliques affûtées comme des flèches et trempées dans l'acide ; Jésus s'y révèle grand ironiste.

La catégorie du service ou bien n'attire aucun commentaire ou bien justifie de sa part de sévères réserves.

Le modèle de la foi se reconnaît à la constance d'une formule de renvoi, où Jésus associe le salut au mérite de la conviction.

Les confessions de foi se divisent en deux sous-groupes : les unes procèdent d'une gestuelle silencieuse, toujours incomprise de l'assistance, mais dont Jésus donne la clé dans un commentaire paradoxal et exultant. Les autres constituent des dialogues avec Jésus. Cette forme les soustrait à la fixité d'une règle, puisque par essence ils sont un libre va-et-vient des intelligences. Mais l'on voit ces échanges jeter de plus en plus d'étincelles jusqu'à l'éblouissement de la parole finale.

1

La femme, instrument de la polémique

D'instinct, Jésus se range aux côtés des femmes, pour les secourir, mais pas seulement. Leur isolement, leur humilité, la rapidité de leur adhésion les opposent à la caste honnie des pharisiens. Les défendre, c'est aussi attaquer l'adversaire.

A force d'insister sur la bonté de Jésus qui pardonne au pécheur, on oublie l'intention subversive de sa prédication et même de son pardon. Cette indulgence tant de fois relevée envers les femmes envoie parfois une gifle assez sèche à certains hommes. Karl Barth, commentant l'épisode de la femme adultère, écrit que si les pharisiens n'avaient pas déguerpi, Jésus leur aurait pardonné à eux aussi, puisqu'ils s'étaient reconnus pécheurs[1]. On voit mal comment le célèbre théologien peut avancer une hypothèse aussi hardie. Il faudrait en finir avec cette bonté du Christ qui coule comme un sirop. Outre que les pharisiens n'avaient ce jour-là rien de mieux à faire que de décamper[2], jamais le Christ ne se réconcilie avec eux. Ils représentent à ses yeux l'ordre exécrable, la caste rigide, le pouvoir viril, antagoniste de la grâce, intraitable devant l'amour. L'ordre pharisien résume l'inacceptable arrogance humaine, sa rudesse, son entêtement à des valeurs factices et des intérêts crapuleux. Il se peut bien que les évangélistes durcissent la mauvaise image

1. Karl Barth, *Dogmatique*, Genève, Labor et fides, t. 15, p. 242.
2. Cf. p. 26.

qu'ils donnent de ces gens, à des fins exhortatives ou par simple prudence politique[1]. Probablement, dans la réalité, certains étaient-ils résolus à faire mourir Jésus, comme il s'en trouva à Athènes pour condamner Socrate. La plupart sans doute étaient comme tout le monde, cantonnés dans leurs idées provinciales, et se fronçant devant toute proclamation novatrice. Tous étaient férus d'interminables discussions, péché mignon des intellectuels, qu'en ce temps-là on appelait « rabbis ». Mais l'Évangile allume entre eux et Jésus une guerre mortelle, où le Christ lui aussi sait porter les coups.

Lorsqu'il « sauve » une femme, il le fait souvent par défi, lancé à la caste dirigeante. L'innocence qu'il défend, miracle à l'appui, conteste la légitimité des pouvoirs établis, proteste contre l'arbitraire des réprobations collectives. Charité poivrée de dérision. Marie chantait dans son Magnificat l'exaltation du faible et l'abaissement du fort. Jésus hérite de sa mère un sens aigu du Magnificat.

Le thème évangélique de la femme induit ce procès de l'ordre viril, d'où sourdent les résistances au dessein messianique.

Les scènes que nous allons examiner nous conduisent sur ces voies polémiques. Les femmes n'y jouent qu'un rôle discret. On les connaît peu. Elles servent surtout à animer une discussion qui aurait pu rester théorique[2]. Ou bien elles servent à illustrer la miséricorde de Jésus, généralement renforcée d'une combative argumentation. C'est ainsi que nous grouperons la femme adultère, la femme courbée et la veuve de Naïn.

1. Les Évangiles étant rédigés sous l'occupation romaine, il fallait éviter la censure ; la solution était simple : il suffisait de transférer la responsabilité romaine sur les membres influents de la société juive.

2. Nous avons renvoyé à la fin de l'ouvrage les débats théoriques avec les pharisiens. Nous ne considérons ici que les femmes qui ont fait l'objet d'une rencontre avec le Christ.

LA FEMME ADULTÈRE[1]

> *Jésus s'en alla au Mont des Oliviers, mais à l'aurore il se présenta de nouveau dans le Temple, et tout le peuple venait vers lui ; et, s'étant assis, il les enseignait.*
>
> *Alors les scribes et les pharisiens lui amènent une femme surprise en adultère et la plaçant au milieu, ils lui disent : « Maître, cette femme a été surprise en flagrant délit d'adultère Or dans la Loi, Moïse nous a commandé de lapider ces femmes-là. Et toi, que dis-tu ? » Ils disaient cela pour le mettre à l'épreuve, afin de pouvoir l'accuser. Mais Jésus, s'étant baissé, écrivait du doigt sur le sol.*
>
> *Et comme ils persistaient à l'interroger, il se redressa et leur dit : « Que celui d'entre vous qui est sans péché lui jette le premier la pierre. » Et de nouveau, il se baissa et il écrivait sur le sol. Quand ils entendirent cela, ils se retirèrent un à un, en commençant par les plus vieux, et Jésus resta seul avec la femme qui était là au milieu. Se redressant, Jésus lui dit : « Femme, où sont-ils ? Personne ne t'a condamnée ? – Personne, Seigneur », répondit-elle. Et Jésus lui dit : « Moi non plus, je ne te condamne pas. Va, et ne pèche plus »* (Jean 8,1 11[2]).

Jésus est sommé de se prononcer sur l'adultère, comme il l'a déjà fait chez un autre évangéliste[3] ; mais un nouvel enjeu complique le débat que l'on devine serré : la vie d'une femme.

Elle a été amenée là comme pierre de touche, si l'on peut

1. La traduction des textes évangéliques, légèrement remaniée, est celle du chanoine Osty (1973).

2. Les versets 7,53 / 8,11 ne sont pas de la main de Jean. Outre que l'on n'y reconnaît ni le style ni l'habituelle composition du quatrième évangile, cet épisode ne figurait pas dans les meilleurs manuscrits. Il n'apparaît qu'au début du second siècle, dans un évangile non canonique cité par Papias (Eusèbe, *Histoire ecclésiastique*, III, 39) ; on l'attribue plus volontiers à Luc, chez qui il fut tardivement inséré, avant qu'un interpolateur ne le replace en Jean 7,52. On discutait encore de sa canonicité au concile de Trente (1546). Elle ne fait plus aujourd'hui l'objet d'aucune discussion.

3. Matthieu 5,27-32 et 19,7-9. Cf. p. 169 *sq.*

dire, de l'orthodoxie du Christ. Quoique risquant la mort, elle ne sert que de prétexte au rebondissement de la polémique et elle est dépourvue de tout rôle actif. Elle prend encore moins d'initiative que la femme courbée. Car si celle-ci s'était d'elle-même traînée jusqu'au lieu de ses dévotions, c'est poussée par des bras musclés que celle-là, dont le salut ne tient qu'à la clandestinité, se retrouve sur la place publique.

Tout dans la forme du récit laisse prévoir un rude affrontement. Les parties en présence occupent des positions de force. Au cadre est donné un certain volume ; l'ampleur des notations laisse entendre des événements considérables. Depuis l'aurore, Jésus est à Jérusalem, au cœur de l'univers juif, et dans la synagogue, c'est-à-dire au cœur de ce cœur. Assis, dans la position d'un rabbi, il enseigne « tout le peuple ». Le faste du site, l'éclat du jour, la faveur du monde convergent dans la souveraineté de sa parole.

Le succès de cet homme, dans leur propre maison, exaspère les pharisiens. La pécheresse est tombée à point nommé entre leurs mains. L'arrivée du groupe interrompt brutalement le succès de Jésus parmi la foule. On espère davantage : qu'elle collaborera à sa perte. L'affaire se présente bien.

Si Jésus disculpe la femme, il contrevient à la loi de Moïse et « ils pourront l'accuser ». S'il confirme le jugement, sa miséricorde est prise en défaut. Or les pharisiens le connaissent : il ne transigera pas et il n'y a aucune chance qu'il préconise un supplice qui sans doute les choque eux-mêmes. Ils pressentent qu'il sacrifiera la loi et non la femme. Il désavouera cet article cruel, et c'en sera fait de lui. La chose est d'autant plus assurée qu'à dessein ils lui ont produit la loi sous sa forme archaïque : une pure barbarie[1]. Le Deutéronome ordonnait la lapidation des adultères mais, au temps de Jésus, ce supplice tombait en désuétude.

1. Deutéronome 17,5.

On avait recours à la méthode plus expéditive de la strangulation, et plus souvent on laissait la vie sauve aux accusées.

La femme est amenée triomphalement. Elle est en fâcheuse posture, puisqu'on l'a surprise en flagrant délit. Elle est virtuellement condamnée et Jésus n'est sollicité que pour simple avis : « Et toi, qu'en dis-tu ? » Les pharisiens espèrent, à la lettre, faire d'une pierre deux coups. La femme, cela leur est égal, mais si elle leur permet de faire lapider Jésus[1] !

« Jésus se baissant se mit à écrire avec son doigt sur le sol. » Ces signes mystérieux ont excité les imaginations : il écrit les péchés des accusateurs, le nom de l'amant (avec sa généalogie, car cela dure longtemps), le texte de la loi, sans oublier le « tu ne tueras pas », les phrases que Jésus prononce peu après, les calomnies qui se sont abattues sur la femme, au cas où ce « flagrant délit » aurait été arrangé de toutes pièces par les pharisiens Car un réflexe dévot essaie de rendre ces derniers le plus odieux possible : ils ourdissent d'horribles machinations qui font la preuve de la divinité du Christ, puisqu'il vaincra en dernier ressort, alors qu'un homme ordinaire, paraît-il, n'y aurait pas résisté.

Peu importe ce qu'écrit Jésus. Le rédacteur ne s'en préoccupe pas, ni les pharisiens, ni la femme. Le sens de cette écriture est tout entier livré dans le geste d'écrire. De cet acte singulier rayonnent en effet plusieurs symboles. Dans son acception la plus fréquente, le geste offre une signification rituelle, comme celui, plus célèbre, de se laver les mains. Il veut dire que l'on se désintéresse d'un débat juridique en cours. Jésus refuserait de répondre. Le juge s'efface, qui rejette le jugement.

Écrire, c'est aussi communiquer. Mais c'est communi-

1. Les sacrilèges, chez les Juifs, étaient punis de lapidation. Jésus semble avoir cru longtemps qu'il périrait ainsi (cf. Matthieu 23,37 et Jean 10,32). La croix est un supplice romain.

quer avec des absents. Jésus mime la solitude. Il se met à l'écart, laissant à eux-mêmes les assistants pour la tâche qui exige en effet leur retrait.

Cette écriture est aussi un silence. Gilles Becquet, commentant ce récit[1], y voit une anticipation du procès de Jésus. Les pharisiens procèdent à l'interrogatoire dont dépendent la vie du Christ et son identité suprême. S'expliquera-t-il enfin sur cette déchirante vocation d'obéissance et de pitié ?

Cruciale incertitude, où l'argument ne répond pas à l'argument, où le sort d'un homme surplombe le vide de la parole, que ces gestes obscurs ne compensent pas. Jésus se tait. D'évidence, il a perdu la partie. Seul contre beaucoup, ingénu en face des calculs, recroquevillé comme pour esquiver les coups, il offre la figure de l'échec, prémonitoire de la croix. D'habitude il réagit avec plus de vivacité. Ici il se baisse et se tait, et la scène se prolonge assez pour que les pharisiens le pressent avec des accents triomphants.

Mais ce geste se réfère encore à un autre symbole. Quel juif devant cet homme écrivant sur le sol ne se souvient des commandements gravés par le doigt de Dieu sur les tables ? Pourquoi des tables de pierre, interroge Augustin, qui répond aussitôt : à cause de la dureté des cœurs[2]. La loi, la pierre et l'endurcissement des hommes exercent la même fonction. Mais la miséricorde ne s'écrit pas dans la matière dure. La loi nouvelle se trace sur le sol meuble du cœur, que Jésus restitue d'instinct à la souple chair de la terre.

Confuse clarté des signes. La vie affleure dans l'argile, parce que l'argile est une aptitude infinie à la forme. Dieu n'a pas tiré l'homme d'un roc. Terre et pierre échangent

1. Gilles Becquet, *Lecture d'évangiles pour les dimanches et fêtes des temps principaux*, Paris, Seuil, 1973, p. 201 *sq.*
2. *Traité 33 sur l'évangile de Jean*, 5.

leurs voix dans l'alternance du rude et du tendre, du stérile et du fertile, de la loi et de l'amour.

Les pharisiens s'obstinent ; Jésus se redresse : « Que celui qui est sans péché lui jette la pierre le premier. » Puis il se baisse à nouveau et se remet à écrire.

Coup de tonnerre. Malgré sa mansuétude, Jésus a lancé un ordre d'exécution. Il a répondu comme un rabbi farouche, citant plus inexorablement que les pharisiens les termes de l'ancienne loi. Le Deutéronome ordonnait que les premiers témoins commencent la lapidation, continuée par le peuple. Jésus n'introduit qu'une variante : la vertu remplace le témoignage.

Le procès s'intériorise. Le juge d'abord se jugera lui-même. « Le péché doit être puni, dit saint Augustin dans une admirable méditation, mais pas par le pécheur[1]. »

Adultères eux-mêmes, les pharisiens ? A ces austères personnages, Jésus a dit ailleurs qu'ils péchaient avec leurs yeux. Et, de toute façon, l'arrogance est pire que la sensualité. Idée chère à Jésus. Un jour il explique à un notable qu'il ne soutient pas la comparaison avec la prostituée entrée chez lui. Ici, sans aller aussi loin, Jésus insinue que la femme n'est pas si dépravée et les pharisiens pas si justes qu'ils croient. Au fait, cette femme était-elle seule lorsqu'elle a été surprise en flagrant délit ? Pourquoi les pharisiens n'ont-ils pas ramené le compère ? Une complicité de mauvais aloi a permis la fuite de l'un et réclamé la mort de l'autre. Cette femme était mariée, son amant devait donc être lapidé avec elle[2]. Les exégètes commettent le même lapsus que les pharisiens. Ils ne se formalisent jamais que cette femme soit seule. Pas un mot sur l'absent. Il ne leur vient pas à l'idée que sa culpabilité est équivalente, assortie d'une belle lâcheté.

Après la sentence de Jésus, le groupe jusqu'ici compact se

1. *Ibid.*
2. Deutéronome 22,22.

disloque. C'est évident, disent les exégètes : qui peut se dire sans péché ? La lapidation, estimée juste par le Christ, a été lestée d'une autre fonction que celle de faire mourir. Elle doit aussi désigner la sainteté. Cela suffit à enrayer l'appareil. Le collège se rompt et s'égrène. Ils partent, note l'évangéliste, « un à un, à commencer par les plus vieux ». La prescription de Jésus s'exécute, mais à l'envers. Les départs successifs livrent la hiérarchie, non des vertus mais des culpabilités. Et les vieux s'en vont les premiers, parce qu'ils ont eu plus de temps pour pécher. À moins que l'humiliation de la défaite ne leur soit plus insupportable qu'aux jeunes, surtout sous les yeux de cette femme : tout à l'heure ils la traînaient de force, maintenant toujours debout, silencieuse, elle a pris la fonction inattendue de témoin et de juge.

C'est eux qui sont pris en flagrant délit, note un commentateur. Ils cherchaient à perdre Jésus, le subterfuge est éventé. Accusateurs, ils passent au rang d'accusés. Et Jésus, à nouveau occupé à écrire, tempère de sa feinte absence, la honte de leur morne dispersion.

Cependant l'habileté de Jésus me paraît aller beaucoup plus loin. Dans ces analyses, Jésus s'est borné à tenir aux pharisiens un raisonnement très simple : elle a péché ? Et vous donc ? En outre, les commentaires, à commencer par celui d'Augustin, présentent tous le même point de fragilité. Ils chargent les pharisiens des pires scélératesses, les disant menteurs, cruels, fourbes, entêtés, et en même temps ils admettent comme la chose la plus naturelle du monde qu'ils soient troublés par la sentence du Christ, au point de reconnaître immédiatement leur péché et de le confesser publiquement. Belle inconséquence ! Un méchant en général se fait davantage tirer l'oreille.

Vraisemblablement, ce n'est pas ce « que celui qui est sans péché » qui les fait partir. Ils se retirent sur la suite de la phrase : « lui jette la première pierre ». Ils ne s'attendaient pas à ce coup. Jésus s'en doutait. S'il avait lancé sa sentence comme généralement on la comprend, s'il n'avait pas été assuré qu'ils ne pouvaient pas la prendre au pied de la lettre, il eût été d'une imprudence insensée : c'était exposer la femme à une mort immédiate. Qu'est-ce qui prouvait à Jésus qu'au moins l'un d'entre eux, sinon tous à la fois, ne se décréterait pas sans péché ? Les pharisiens justement, scrupuleux exécutants de la loi, n'ont, de leur point de vue, rien à se reprocher. Dans leur système, ils sont parfaits. Et ils se citent volontiers en modèles, moins par orgueil que selon une entière bonne foi. Ce genre de déclaration ne les aurait pas gênés[1].

Mais Jésus sait qu'ils ne lapideront pas leur victime. Il énonce sa phrase, sûr de lui, avec une profonde ironie.

Les pharisiens ne passeront pas à l'acte ; d'abord ils s'exposeraient eux-mêmes à la peine de mort. Les Juifs n'avaient pas le droit d'exécuter leurs condamnés. Ils devaient les déférer à l'autorité romaine. C'est exactement ce qu'ils feront avec Jésus. S'ils avaient lapidé la femme, ils étaient inculpés d'assassinat. Ces grands experts n'auraient jamais commis une pareille bévue. Pour Jésus qu'ils haïssent, ils prennent d'infinies précautions. La femme leur importe peu : ils ne vont pas se laisser aller à des folies.

Ensuite les pharisiens sont venus pour chercher des accusations contre Jésus. Ils se bornent à des discussions théoriques sur un article de la loi. Le débat est purement spéculatif. Or voici que Jésus les somme de passer aux actes et de se faire immédiatement les exécutants de l'article qu'ils récitent. C'est précisément ce qu'ils ne sauraient faire et qui les prend au dépourvu car ils n'étaient venus que pour confondre leur adversaire, non la femme. Mais surtout les pharisiens, d'essence profondément légaliste, ne sont pas des bourreaux. Jamais ils ne procéderaient à l'exécution qu'ils ne réclament qu'aux fins de perdre Jésus. Deux impossibilités les paralysent. La procédure n'est pas légale,

1. Par exemple, Luc 18,11-12 !

puisqu'ils n'ont pas fait comparaître l'accusée devant le magistrat romain. Le serait-elle, ils ne sauraient mettre à mort de leurs mains la victime[1]. Jésus les accule à ce rôle exécrable qui n'a jamais été le leur. Encore un coup, s'ils complotent la mort d'un homme, ils respectent les procédures légales et Jésus en fournit la bonne preuve. Jamais ils ne cèdent à la sauvage lancination de la haine. Ils ne soudoient pas de tueur; au plus fort de leurs disputes, ils évitent tout geste brutal. Ils se compliquent même bien la vie à lui chercher des motifs réguliers d'inculpation, comme ici même à propos de la femme adultère!

Mieux que personne, ils sentent d'ailleurs l'absurdité de la proposition qui leur est faite, sa subtile malice : si l'on est sans péché, est-on apte à commettre un meurtre? Saint ou assassin, pas les deux ensemble.

Certains que Jésus la repousserait, les pharisiens avaient parlé de lapidation. Jésus leur retourne leur stratégie. Il les invite à la lapidation, assuré de leur dérobade. Les pharisiens en effet sont pris au piège : ils ne peuvent rejeter cette coutume odieuse, puisqu'ils ont eu l'air de la réclamer. Ils ne peuvent lui donner suite, puisqu'elle les horrifie. Il ne leur reste plus qu'à filer, sans un mot.

Cependant la flèche est encore plus empoisonnée. Ils s'en vont, mais reconduits par la phrase : « Que celui qui est sans péché. » Voilà qui les met en posture honteuse. Ils ont l'air de partir, parce que couverts de fautes. Ceux qui observent la scène, à commencer par la femme adultère, et plus tard les commentateurs imputeront au vice ce qui doit être porté au crédit de leur légalisme et d'une indéniable fidélité à la justice. Ils croiront les entendre gémir sur leur péché,

1. Dans Jean 10,31-33, les Juifs ramassent des pierres pour lapider Jésus. Mais ce ne sont manifestement pas des pharisiens, pas plus que ne sont pharisiens les Juifs qui « se divisent entre eux » ou se mettent à « croire en lui ». Jean, comme tous les auteurs tardifs, emploie le mot « juif » dans un sens flou qui désigne aussi bien l'homme de la rue que le chef religieux.

tandis qu'ils s'éloignent, alors qu'ils se conduisent honnêtement en pharisiens, au beau sens du terme. Karl Barth s'y trompe étrangement, quand il leur fait grief de ce départ, qu'il interprète comme une laide opiniâtreté. Ils auraient dû rester pour que Jésus les bénisse ! C'est prêter trop d'intentions aux pharisiens qui, finalement, ne sont que des dupes. Dans l'affaire, Jésus est beaucoup plus intéressant.

Car il n'a pas fini de les persécuter. Il les a fait partir comme des pécheurs, mais voici qui est bien pis : leur fuite offre l'apparence, tout à fait insolite chez eux, de la miséricorde ! Ils ont l'air de renier la logique de la juste sanction. Probablement, il leur en coûte : cela contrarie leurs mœurs, heurte leurs principes et surtout les fait ressembler à Jésus !

Il les a en effet contraints au pardon. Faute de pouvoir être des bourreaux, ils cessent d'être des juges. Eux qui estiment que nul n'a pouvoir de remettre les péchés, les voilà bien ! Ils se retirent ; leur départ acquitte la femme. Les pharisiens se sont conduits comme leur adversaire. Aussi Jésus tout à l'heure affirmera-t-il à la femme qu'il se conduit comme les pharisiens : « *Moi non plus,* je ne te condamne pas », aveu rare s'il en est, mais lâché sans effort, et pour cause.

Le départ des plus vieux, à mon sens, s'explique par d'autres raisons : étant les plus procéduriers, ils haïssent l'action directe. Leur longue expérience leur a fait aussitôt flairer la malice, et ils comprennent les premiers qu'ils ont été joués par l'ironie subtile de Jésus. Les jeunes sont moins expérimentés. Joignez à cela leur passion de justice qui peut-être démêle mal encore si elle doit être juste ou justicière, leur fringale de pouvoir, et leurs perplexités sont inévitables[1].

La femme n'a pas bougé. Entre les tables de la loi et les pierres de la lapidation, elle est restée... pétrifiée. Sa terreur

1. C'est le seul passage de l'Évangile où se perçoivent de légères tensions dans le corps homogène des pharisiens.

n'a pas motif de fléchir. Il faudrait être du métier pour capter les arrière-pensées enchevêtrées des antagonistes. Ces arguties volent au-dessus de sa tête, plus haut que ne le feront les cailloux dans un instant. De Jésus après tout, elle n'a entendu qu'un ordre d'exécution. Et quand, triomphalement, il lui demande : « Personne ne t'a condamnée ? », elle a beau répondre : « Personne, Seigneur », il en reste un et il est sans péché.

Ils sont ensemble, « la misère et la miséricorde », comme dit Augustin[1]. L'ironie disparaît. Effacement des teintes. Dans un murmure : « Moi non plus, je ne te condamne pas. »

Le pécheur, ajoute Augustin, est retenu par son péché, le sans péché par la grâce. Jésus s'en ouvre plus loin : « Moi, je ne juge personne[2]. »

« Va, poursuit Jésus, et désormais ne pèche plus. » Il la renvoie libérée de faute et de châtiment, sans lui appliquer cependant les paroles de paix décernées à d'autres. La femme n'a pas laissé percer de repentir ; elle n'a rien demandé à Jésus. Il lui rend la liberté. À elle de reconquérir l'innocence. L'expiation n'est pas exigée, mais le péché n'est pas nié. Jésus l'a retirée des mains des pharisiens, ce n'est pas pour qu'elle retombe dans les bras de l'amant. On ne la dispense pas de cette loi qui a failli la perdre et finalement l'a sauvée. Le mot de pardon n'est pas prononcé, mais la grâce de Jésus et peut-être les résolutions de cette femme effacent le passé. Aucune faute n'est irrémédiable.

La femme est congédiée. Sur ce tribunal improvisé où finalement tout le monde a été accusé, Jésus reste seul. Il les a tous acquittés, dit Barth, ayant pris leur péché. Interprétation hiératique qui condense l'entière mission du Christ dans chaque parcelle évangélique. Je perçois surtout

1. Sermon 13 sur le psaume 2,10, ch. 5.
2. Jean 8,15. L'insertion du récit à cette place était peut-être destinée à fournir une illustration à ce propos du Christ.

dans ce texte une belle effervescence jetée dans la rectitude des jugements! Il y avait des accusateurs, hérissés de sévérité, un verdict fatal, une victime terrifiée.

Mais que pense maintenant la femme adultère, tandis que, toute fraîche, elle s'en va vers des jours meilleurs? Ces brutaux, qui l'avaient saisie de force, se sont esquivés, sans donner suite, et ils semblaient tout déconfits. Jésus, malgré sa réputation de miséricorde, a lancé un ordre terrible, heureusement repoussé par les pharisiens. C'est à ne rien y comprendre.

A moins cependant que dans son unique parole : « Personne, Seigneur », on ne puisse déceler une finesse où s'ébauche déjà la foi : elle a ainsi anticipé la clémence de Jésus, et s'est sentie délivrée avant que le Christ le lui dise, tout comme l'hémorroïsse se sent guérie avant que Jésus le lui annonce.

LA FEMME COURBÉE

> *Il était à enseigner dans une des synagogues un jour de sabbat. Et voici, il y avait là une femme possédée d'un esprit qui la rendait infirme depuis dix-huit ans; elle était toute courbée et ne pouvait absolument pas se redresser. La voyant, Jésus l'interpella et lui dit : « Femme, te voilà délivrée de ton infirmité. » Et il lui imposa les mains. Et aussitôt, elle se redressa et elle glorifiait Dieu.*
>
> *Prenant la parole, le chef de la synagogue, indigné de ce que Jésus eût fait une guérison le sabbat, dit à la foule : « Il y a six jours où l'on doit travailler, venez donc ces jours-là vous faire guérir et non le jour du sabbat! » Le Seigneur lui répondit et il dit : « Hypocrites, chacun de vous, le sabbat, ne délie-t-il pas de la crèche son bœuf ou son âne pour le mener boire? Et celle-ci, fille d'Abraham, que Satan a liée depuis dix-huit ans, il ne fallait pas la délivrer de ce lien le jour du sabbat? »*
>
> *Tandis qu'il parlait ainsi, tous ses adversaires avaient honte, et toute la foule était dans la joie de toutes les merveilles qui arrivaient par lui* (Luc 13,10-17).

Pas plus que la femme adultère ou l'hydropique[1], la femme courbée ne sollicite Jésus. Peut-être ne le connaît-elle pas. Résignée à son mal, elle n'espère rien de personne. Elle est dans cette position depuis dix-huit ans, trop courbée peut-être pour lever les yeux jusqu'à Jésus. C'est lui qui l'interpelle et la remet droite, de sa propre initiative.

Charité ou bravade ? Gageons que sans la présence de la caste sacerdotale, le rédacteur n'eût pas mentionné l'épisode. Mais un miracle opéré dans la synagogue, en plein sabbat, voilà qui est corsé. On croirait que Jésus n'a redressé la femme que pour faire baisser le nez à ses adversaires.

Jésus donc enseigne et, apercevant la femme, il s'arrête de parler pour donner, ainsi qu'à l'accoutumée, priorité à la maladie sur le discours. L'Éternel passe-t-il après la pratique sociale ? Jésus est-il blasphémateur ? La femme fournit elle-même la réponse : redressée, elle glorifie Dieu. Le geste du Christ, malgré l'interruption apparente, a prolongé la parole. C'est une même chose que d'obliger son prochain et d'adorer le Seigneur. Cette leçon est répétée avec persévérance par les quatre Évangiles.

Le chef de la synagogue est évidemment l'ennemi mais il ne laisse pas d'être comique. Il réagit comme un employé que l'on vient importuner à la fermeture des bureaux ! Il s'abstient de morigéner Jésus à qui seul pourtant revient la responsabilité de l'incident. Il n'interpelle pas même la femme. Sa semonce se déverse sur la foule qui n'en peut mais. Bien sûr qu'il est injuste. La foule ne demandait rien et n'a rien reçu. S'en prendrait-il à la femme, il aurait tort encore : elle non plus n'a rien demandé. Elle n'est pas venue pour se faire guérir.

Pourquoi admonester la foule ? Le chef de la synagogue admet que Jésus fasse des guérisons, mais que ce soit aux

1. Luc 14,1-6.

époques légales ! Ainsi le miracle perdra-t-il sa pointe polémique ! Sans doute n'est-il lui-même pas dupe. Mais il faut devant le public réduire l'incident à une petite perturbation de la discipline collective. Aussi feint-il de croire que c'est la foule qui a provoqué l'intervention de Jésus. Celle-ci, imposée, perd sa virulence à l'égard de la synagogue.

Le désaccord qui l'oppose à Jésus dépasse, on le sent, cet aspect vétilleux. Pour le chef de la synagogue, la guérison est un travail et entre donc dans une réglementation de type religieux qui ne doit pas être enfreinte. C'est ne plus se souvenir de l'esprit du contrat divin qui veillait à la sécurité et au bien-être de l'homme. Le chef, dans son zèle, sépare ce qui devait faire corps : homme et Dieu ont partie liée. Mais la Loi, dans sa pensée, ne doit servir que Dieu.

Jésus pourrait reprendre sa démonstration : « Le sabbat est fait pour l'homme et non l'homme pour le sabbat. » En plusieurs occasions, il affirme que la perfection légaliste des pharisiens trahit la véritable légalité. Ici, il use d'une autre méthode, tout aussi familière ; il reproche à ses adversaires non pas leur excès vis-à-vis de la Loi, mais leurs manquements. Eux-mêmes font une entorse au règlement pour leur bœuf et leur âne. Ils trouvent naturel de ne pas traiter cruellement des bêtes, parce qu'ils ont le cœur tendre, ou parce qu'ils sont avares et ne veulent pas endommager leur cheptel. Leur raison est-elle la pitié, le bon sens ou l'avarice ? Ce n'est pas dit. Mais preuve est faite qu'ils transgressent la Loi beaucoup plus que ne le fait Jésus en guérissant un être humain. Et pas n'importe lequel.

« Cette fille d'Abraham »... La périphrase n'est pas dictée par un orgueil raciste. La femme courbée fait partie du peuple qui a reçu la Loi. Elle appartient à la nation élue, à celle qui, entre toutes, est tirée de l'animalité et ne peut être confondue avec le bœuf ou l'âne. La descendance d'Abraham, gratifiée de la Loi et de l'amour de Dieu, est plénitude d'humanité. Toute courbée soit-elle, et peut-être pas plus haute qu'un quadrupède, cette femme est la plus élevée possible au-dessus des bêtes. Chacun a des devoirs envers cette humanité-là, lié à elle pas seulement par une connivence fraternelle. Car l'expression symbolique de « fille d'Abraham » rappelle la dignité humaine et le droit.

La plénitude de la Loi passe par la transgression de la Loi. « Je ne suis pas venu abolir, mais accomplir. » Jésus s'en explique longuement ailleurs[1].

Dans ces disputes autour du sabbat, il évoque ordinairement les propres transgressions des patriarches. Ici, il se contente de suggérer le caractère tragique de la souffrance, dont la durée, dix-huit années, et l'instigateur, Satan, justifient l'urgence. Ailleurs, Jésus rappellera plus explicitement la vérité de Dieu : « Je veux la miséricorde et non le sacrifice. » Le rite implique une discipline, car sans elle le rite finit par être négligé. Mais la discipline ne doit pas étouffer l'esprit du rite qui perpétue parmi les hommes la solidarité et la pitié. Celle-ci n'a pas droit à un jour de congé. Elle s'exerce dans le travail et le sabbat. Elle est dans la persévérance. En d'autres termes, le particularisme est débordé par l'universalisme qu'il contient. L'esprit, au besoin, fait éclater la lettre qui n'est faite que pour cela.

Et voilà décochées deux flèches : vous n'exécutez pas la Loi, puisque vous vous dérobez à ses prescriptions les plus impératives qui sont les secours aux frères. Et vous opérez vous-mêmes des transgressions beaucoup moins légitimes, réservant vos rigueurs à d'autres que vous. Doublement hypocrites, ils trahissent l'esprit de la Loi et ils n'en respectent pas même la lettre !

Le chef de la synagogue avait essayé de dissimuler la subversion du miracle pour qu'il ne restât aux yeux des foules qu'une action benoîte. Le résultat, c'est que Jésus a fait sau-

1. Matthieu 5,17.

ter la vérité : tout le monde sait à quoi s'en tenir, y compris sur la personne des notables.

L'épisode se termine. La synagogue est partagée en deux clans : les vaincus, réduits au silence ; pour un rabbi, pas de signe plus humiliant que de ne savoir plus que dire. Et la foule victorieuse, rangée aux côtés de Jésus dans la manifestation bruyante de sa joie. On a guéri une infirme, mais on a aussi mouché publiquement la caste sacerdotale. Deux raisons d'applaudir.

LA VEUVE DE NAÏN

> *Le jour suivant, Jésus se rendait vers une ville appelée Naïn. Ses disciples et une foule nombreuse faisaient route avec lui. Lorsqu'il fut près de la Porte de la ville, voici que l'on emportait un mort, un fils unique, dont la mère était veuve, et il y avait avec elle une foule considérable de gens de la ville.*
>
> *En la voyant, le Seigneur fut ému de compassion, et il lui dit : « Ne pleure pas ! » Il s'approcha et toucha le cercueil. Et les porteurs s'arrêtèrent. Et il dit : « Jeune homme, je te le dis, lève-toi ! » Et le mort s'assit et commença à parler. Et Jésus le rendit à sa mère.*
>
> *La crainte les saisit tous, et ils glorifiaient Dieu, disant : « Un grand prophète s'est levé parmi nous », et : « Dieu a visité son peuple. » Cette parole se répandit à son sujet dans la Judée entière et dans toute la contrée* (Luc 7,11-17).

Cet épisode est charité pure. Plus de synagogue, plus de pharisien, plus d'esprit polémique. Un abîme de souffrance. L'Évangile n'en présente pas de plus terribles. Seule peut-être une femme peut porter ce poids de malheur et de solitude. Juive et femme : sa destinée était la famille, et la famille disparaît. L'enfant de la veuve n'est plus. Qui peut imaginer pire non-sens infligé à une existence ? Qu'est-ce que la vie après ces arrachements ? Cette image de la veuve dépouillée d'enfant est l'archétype du malheur dans sa dernière extrémité. Sartre aujourd'hui n'en nomme pas d'autre : « Je garde le souvenir d'une atroce évidence : cette couturière, cette veuve, elle avait *tout* perdu. Ai-je vraiment étouffé d'horreur à cette pensée ? Ai-je entrevu le Mal, l'absence de Dieu, un monde inhabitable ? Je le crois : pourquoi, sinon, dans mon enfance reniée, oubliée, perdue, l'image de Bénard aurait-elle gardé sa netteté douloureuse[1] ? »

Devant cette figure du néant, Jésus est remué jusqu'aux entrailles, comme dit exactement le grec[2].

Cependant, il avance, avec déjà les premiers aspects de la puissance : une foule nombreuse l'escorte. Cette troupe en rencontre une autre, plus considérable encore. Il n'y a pas de conflit, mais les deux assemblées sont comme deux armées adverses. Elles n'ont rien de commun. Celle de Jésus symbolise la bonne Nouvelle, l'autre nie l'espérance, c'est le cortège du deuil. Les deux peuples antagonistes entrecroisent leur message de vie et de mort.

Jésus rencontre cette foule au moment où elle sort de la ville. Lieu chargé de significations. Les cimetières juifs sont en dehors des cités, à une distance de cinquante stades. L'enfant vient d'effectuer le passage symbolique de la Porte qui le retire du monde vivant des échanges et du mouvement. Il entre dans l'aride géographie de la mort.

Dans cette multitude, Jésus ne voit que la solitude : la mère. Parmi toutes les femmes qu'il a rencontrées, celle-ci est la plus éloignée de l'espérance, de la foi et de la prière. Et Jésus tressaille de cette pitié qu'en vain implorait la Cananéenne. Sa brève parole : « Ne pleure pas » renverse l'ordre logique des opérations. Pourquoi ne pleurerait-elle pas ?

1. *Les Mots*, Gallimard, 1964, p. 189.

2. On peut évidemment montrer que l'expression de « fils unique » connote la propre réalité de Jésus et le parallélisme peut se poursuivre : le « ne pleure pas » correspond au « pourquoi pleures-tu ? » du tombeau. Cette résurrection est chargée d'allusions mais ce n'est pas sous cet aspect que nous la considérons ici.

Mais Jésus a besoin de la foi. Le signe qu'il va produire commence avant le signe proprement dit. Si la foi défaille, Jésus l'exige, comme un ordre. N'importe lequel de ses miracles est un combat contre l'incrédulité ; or Jésus ici est en train de gagner. Car il a stoppé la progression de la foule qui cheminait vers la tombe. Lui continue à avancer avec sa troupe. Les autres s'immobilisent. Quand ils recommenceront à bouger, ce sera pour accomplir des gestes de vie : « L'enfant se dressa sur son séant, et Jésus le rendit à sa mère. » Et la foule ira propager la nouvelle.

Le contact du cercueil a arrêté les porteurs. Contact impur entre tous, que celui de la mort ; Jésus frôle la transgression. Mais y a-t-il transgression quand la mort cesse d'être la mort ? L'arrêt des porteurs amorce le revirement. Ils se sont arrêtés parce qu'ils ont cru. Ces obscurs servants du deuil ont été les premiers à comprendre, avant que Jésus ait appelé l'enfant.

« Et Jésus le rendit à sa mère. » Phrase clé. La revoilà mère en effet, et avec ce fils il lui est rendu une infinité de biens qui sont la paix, l'avenir, l'amour, la relation, la dignité de l'être, sa persévérance et le sens de la vie. La mère ressuscite avec le fils.

La femme est à peine évoquée. Mais elle demeure le pivot du récit, sobre combat où la foi vivante l'emporte sur l'incrédulité du deuil. Il n'y a pas de pharisien, il n'y a pas d'ironie, et pourtant cette pitié de Jésus opère l'effraction d'un rite, transgresse un tabou. La vie, une fois encore, l'emporte sur la souffrance des hommes et sur ces disciplines qui essaient au moins de mettre de l'ordre sur le bord des gouffres.

Trois figures de femmes, emblématiques du désespoir humain. L'une est rejetée par la loi des hommes, une deuxième par l'infirmité qui la rend hideuse, la troisième par la perte du mari et du fils.

Ces femmes n'agissent pas par elles-mêmes. L'Évangile

les présente dans leur solitude hagarde, mais le triple destin de la condamnation, de la maladie et de la mort embrase la miséricorde du Christ.

Témoignage forgé par le silence, immobile concertation de la foi [1].

1. Encore que la femme courbée comme la foule du deuil à Naïn ne soient pas tout à fait inactives : après guérison, elles pensent à glorifier, et le Christ relève dans ces actions de grâces, rares chez ses obligés, une forte preuve de leur foi. Il s'en explique en Luc 17,11-19.

2
La fidélité

Toutes les autres femmes témoignent activement de Jésus. Celles que nous rencontrons dans cette catégorie expriment leur foi dans un service. Elles l'exécutent, souvent par gratitude, à la suite d'une guérison. C'est notamment le cas des accompagnatrices. Mais probablement aiment-elles Jésus d'ardente affection. Leur dévouement est total. Ce zèle les caractérise toutes. Pour Jésus, rien de trop beau. Les accompagnatrices ont tout abandonné pour le suivre. La belle-mère de Pierre n'est pas guérie que déjà à ses soins. Marthe se démène et s'indigne de la nonchalance de sa sœur. Après la mort, les femmes, dès l'aurore, viennent au tombeau accomplir les rites funéraires.

Ce service est beau et rare. Dans l'entourage de Jésus se pressent des ennemis, des curieux ou des avides. Les complots de la caste religieuse, ou la versatilité des foules qui courent aux miracles comme au cirque mais préféreront Barabbas, tranchent sur la bienveillance indéfectible des femmes auprès de Jésus.

Sollicitude sans arrière-pensée. Où sont les pensées ? Les évangélistes ne s'y attardent pas, comme si ces actes suffisaient à leur témoignage. Peut-être en effet expriment-ils au-delà des soins matériels une disposition plus religieuse : elles imitent le Christ. Celui-ci s'est offert comme le serviteur. Le servir, c'est servir. Sur cette humble vocation, l'ultime discours de Jésus à ses disciples répand la gloire [1].

1. Cf. Jean 12,26 ; 13,14.

Elles ont rempli les dures conditions exigées par lui. Entre les calculs des ennemis et la frénésie des multitudes, elles occupent une place singulière, conforme à son exhortation : « Si quelqu'un me sert, qu'il me suive[1]. » Ces suiveuses et suivantes rendent pourtant un témoignage très respectueux des traditions. De leur bonté et de leurs biens, elles pourvoient à l'assistance physique. Grâce à elles, le Fils de l'Homme n'a pas à envier oiseaux et renards : il trouve le gîte et la nourriture[2].

Les limites d'un tel service sont étroites. Elles se dévouent corps et biens, mais un seul évangile leur décerne le titre de disciples et il n'est pas canonique[3]. Si elles en remontrent au jeune homme riche[4], impossible de les identifier au groupe des Douze, qui occupent des fonctions différentes. Plusieurs caractéristiques préviennent les confusions : elles n'ont pas reçu d'ordre de mission ; venues par reconnaissance, puisque, dit Luc, « elles avaient été guéries d'esprits mauvais et de maladies[5] », elles n'ont pas été convoquées individuellement par le Christ. On ne les voit pas se presser autour de lui pour demander des éclaircissements sur une parabole peu intelligible. Peut-être comprennent-elles du premier coup, mais on constate qu'elles sont également absentes des discussions doctrinales ou des confidences de Jésus. En un mot, elles ne sont pas ses interlocutrices habituelles. Si Luc les nomme : « Marie, surnommée la Magdaléenne, de laquelle étaient sortis sept démons, Jeanne, femme de Chouza, intendant d'Hérode, Suzanne et plusieurs autres...[6] », ou Marc : « Marie de Magdala, Marie, mère de Jacques le petit et de Joset, et Salomé[7] », Matthieu

1. Jean 12,26.
2. Cf. Luc 9,58.
3. Évangile de Pierre, 50.
4. Matthieu 19,16-22.
5. Luc 8,2.
6. Luc 8,3.
7. Marc 15,40.

les désigne plus volontiers par le nom du mari et des enfants[1]. Notons sans commentaire la bizarre formule : « La mère des fils de Zébédée[2]. » Coutumes de l'époque et du lieu[3].

Leur service apparaît, plus que sur les routes, dans les maisons où Jésus est reçu. Mais là encore, est-ce la simplicité de leur tendresse, est-ce la force de la coutume, il semble parfois que l'essentiel leur échappe.

Chez Marthe cette forme de témoignage trahit en effet ses limites.

MARTHE ET MARIE

Comme ils faisaient route, il entra dans un village et une femme du nom de Marthe le reçut dans sa maison. Elle avait une sœur appelée Marie qui, s'étant assise aux pieds du Seigneur, écoutait sa parole. Marthe, elle, était absorbée par les multiples soins du service. Intervenant, elle dit : « Seigneur, cela ne te fait rien que ma sœur me laisse faire seule le service ? Dis-lui donc de m'aider. »

Le Seigneur lui répondit : « Marthe, Marthe, tu t'inquiètes et tu t'agites pour beaucoup de choses ! Pourtant il en faut peu, une seule même. C'est Marie qui a choisi la bonne part et elle ne lui sera pas enlevée » (Luc 10,38-42).

Tandis que Marie, sa sœur, assise aux pieds de Jésus, écoute la parole, Marthe, pour honorer son hôte, s'active avec une fébrilité de fourmi. Marie écoute et ne sert pas. Marthe sert et n'écoute pas. Elle pourrait se plaindre de perdre ainsi la bonne parole, ce serait plus poli. Elle préfère tancer Marie et Jésus du même bec : « Seigneur, cela ne te fait rien que ma sœur me laisse ainsi servir toute seule ? Dis-

1. Matthieu 27,56.
2. Matthieu 20,20.
3. De même, les frères de Jésus nous sont connus individuellement, Jacques, Joset, Simon et Jude. Mais de ses sœurs, on ne nous informe ni du nom ni du nombre (Marc 6,3) !

lui donc de m'aider » La messianité du Christ lui échappe. Mettons que cela soit un peu difficile. Mais indépendamment de son visiteur, Marthe amoncelle les maladresses. C'est en effet bizarrement recevoir que d'envoyer des remontrances à celui que l'on prétend honorer ! Le voilà entraîné de force dans une dispute de famille. Et quelle intelligence de l'hospitalité ! Les règles élémentaires réclament que l'on n'insiste sur rien et se fasse oublier, pour assurer le plaisir de l'hôte, sans lui donner l'impression qu'il est indésirable ! Marthe, aigrement, rappelle l'attention sur sa personne et laisse comprendre à son visiteur qu'il l'astreint à des corvées. L'accueil manque de cordialité ! Mais sa principale erreur vient de ce qu'en servant, elle se conduit en maître. Ses mains font la besogne, son esprit gouverne. Elle porte ensemble le tablier et la culotte. A Jésus comme à Marie, elle dicte la conduite à suivre et entend être obéie.

Cette méprise de Marthe sur son rôle se répercute sur son intelligence théologique. Jésus n'est pas d'abord un visiteur. Il est le Messie. Un service exclusivement matériel ne donne pas accès au registre prophétique. Marthe, comme les accompagnatrices, fête le Jésus charnel. Elle veille à sa subsistance. Mais le corps du Christ n'est-il pas déjà sacrifié à sa mission ? Sa personne importe en tant qu'elle livre la parole de Dieu. Celui qui sert Jésus sert d'abord sa parole et non ce corps physique dont peu après il fera l'offrande. Marie, en délaissant le service, a compris « l'unique nécessaire ».

Faute de reconnaître la nature de Jésus, sa sœur s'est trompée sur elle-même, dispensant des soins superflus, oubliant que la conscience élève chaque être au-dessus des gestes matériels. A sa stupeur, elle voit la distance soudain établie entre Marie, disciple, et elle, servante. Augustin a bien perçu la différence entre les deux femmes : « Marthe, dit-il, est une figure de possession ; Marie, d'espérance[1]. »

1. Sermon 104 sur les paroles de Luc, ch. 4.

LES RÉCITS DE LA RÉSURRECTION

Les récits de la résurrection relèvent, malgré l'importance des événements qu'ils relatent, de cette catégorie. On célèbre en eux l'éminente dignité qu'ils ont conférée aux femmes. Que de fois l'a-t-on dit, et avec ravissement : les femmes sont les premières messagères de la résurrection ! C'est parler comme à des enfants. Soyez contentes, les petites filles ! On vous a laissé une part du gâteau évangélique ! Une fois dans votre vie, on vous a permis de devancer les hommes !

Laissons de côté ces rivalités ridicules entre les sexes. Interrogeons-nous plutôt sur une glorification aussi unanime. Unanime, parce que réconfortante. La supériorité ici concédée est de nature à ne déranger personne. Elle exalte au contraire la femme dans ses caractères les plus traditionnels : timide, débordante d'émotion, d'une soumission empressée. Et que lui est-il demandé sinon de servir d'intermédiaire entre les deux références sacrées que sont l'ange et les disciples ? Leur mobilité relie entre eux ces points fixes. On les charge d'une mission qui consiste à courir et dire. Elles n'ont pas été très bien accueillies par les disciples, mais les lecteurs sont contents d'elles à perpétuité. Que vouliez-vous *de moins* ? Passion et passivité. Voilà les femmes.

C'est tout ce que l'on trouve à dire sur leur dignité. Dieu les honore d'une faveur imméritée : à la résurrection, ces obscures tracent son sillage de feu. Bizarre idée, on y reviendra, et de la femme, et de la grâce, et de la dignité. Le dessein de l'évangéliste n'est sans doute pas de les honorer : leur amitié est plus forte que leur foi. C'est plutôt cette vérité qu'il faut démontrer : le sens en apparaîtra plus loin.

Jusqu'à la mort de Jésus

Et il y avait beaucoup de femmes qui regardaient à distance celles-là mêmes qui avaient suivi Jésus depuis la Galilée, pour être à son service ; parmi lesquelles étaient Marie de

Magdala, et Marie, mère de Jacques et de Joseph, et la mère des fils de Zébédée.

Le soir venu, arriva un homme riche, d'Arimathie, du nom de Joseph, qui lui aussi était devenu disciple de Jésus. S'avançant vers Pilate, il réclama le corps de Jésus. Alors Pilate ordonna de le remettre. Et, prenant le corps, Joseph le roula dans un linceul propre et le mit dans le tombeau tout neuf qu'il s'était fait tailler dans le roc ; puis, ayant roulé une grande pierre à l'entrée du tombeau, il s'en alla.

Il y avait là Marie la Magdaléenne et l'autre Marie, assises en face du sépulcre (Matthieu 27,55-61).

Il y avait aussi des femmes qui regardaient de loin, parmi lesquelles Marie de Magdala et Marie, mère de Jacques le petit et de Joset, et Salomé, qui le suivaient et le servaient, lorsqu'il était en Galilée, beaucoup d'autres qui étaient montées avec lui à Jérusalem.

Et déjà le soir étant venu, comme c'était la Préparation, c'est-à-dire la veille du sabbat, vint Joseph, celui d'Arimathie, membre distingué du Conseil qui, lui aussi, attendait le royaume de Dieu. Il entra hardiment chez Pilate et réclama le corps de Jésus.

Pilate s'étonna qu'il fût déjà mort et, faisant appeler le centurion il lui demanda s'il était mort depuis longtemps. Et renseigné par le centurion, il octroya le cadavre à Joseph. Et ayant acheté un linceul, descendu Jésus de la croix, il l'enveloppa du linceul et le déposa dans une tombe qui était taillée en plein roc ; puis il roula une pierre contre l'entrée du tombeau.

Marie la Magdaléenne et Marie, mère de Joset, regardaient où il était mis (Marc 15,40-47).

Et quand ils l'emmenèrent, ils prirent un certain Simon de Cyrène, qui revenait des champs, et ils le chargèrent de la croix pour la porter derrière Jésus. Une nombreuse multitude du peuple le suivait ainsi que des femmes qui se frappaient la poitrine et se lamentaient sur lui. Se retournant vers elles, Jésus dit : « Filles de Jérusalem, ne pleurez pas sur moi, pleurez plutôt sur vous et sur vos enfants. Car voici que viennent des jours où l'on dira : "Heureuses les stériles et les ventres qui n'ont pas enfanté, et les seins qui n'ont pas nourri!" Alors on se mettra à dire aux montagnes : "Tombez sur nous, et aux collines : couvrez-nous." Car si l'on fait cela avec le bois vert, avec le sec qu'adviendra-t-il? » (Luc 23,26-31).

Et après la crucifixion et la mort de Jésus :

Tous ses familiers se tenaient au loin, ainsi que des femmes qui l'accompagnaient depuis la Galilée et qui regardaient cela (Luc 23,49).

Et après la sépulture :

Les femmes qui étaient venues de Galilée avec lui avaient suivi Joseph; elles regardèrent le tombeau, et comment son corps avait été mis. S'en retournant, elles préparèrent aromates et parfums. Et, le sabbat, elles se tinrent tranquilles, selon le commandement (Luc 23,55-56).

Le procès de Jésus achevé, l'assistance des femmes devient visible et continue. Elles l'attendaient au reflux de sa gloire, sur ce versant terrible où leur fidélité se fait poignante. Tout trahit l'impuissance de cette délégation dérisoire, qui n'accompagne plus Jésus que de loin [1]. Le Seigneur est désormais livré aux mains des hommes. Impossible d'abolir cette distance mise entre elles et lui. Leur sollicitude se concentre dans l'unique lien qui leur reste, et qui est le regard : « Il y avait là de nombreuses femmes qui regardaient à distance, celles-là mêmes qui avaient suivi Jésus depuis la Galilée pour être à son service... »

Indice de faiblesse, ce regard à distance traduit cependant la persévérance de l'adoration. Il jette une lueur sur la vraie nature du Christ. Les foules friandes du supplice d'un homme ne respectent pas cet écart. Le texte de Luc marque bien la différence. Les proches de Jésus, si l'on peut dire, se tiennent loin. Ceux qui le talonnent dans sa montée, au point qu'il peut leur parler, ne font pas partie de sa suite familière. Ce sont les « filles de Jérusalem », elles forment un corps spécial, préposé au deuil rituel, qui consiste en

1. Sauf chez Jean : les femmes, dont la vierge Marie, sont au pied de la croix.

lamentations et en coups sur la poitrine. Elles sont l'émanation du peuple qui a condamné Jésus. Leur dessein ambigu de deuil et de triomphe n'échappe pas au Seigneur : il s'irrite de ces manifestations bruyantes qui récusent sa nature de « Fils de Dieu ». Leurs cris ajoutent à son échec, ces gestes réservés aux morts proclament l'incrédulité de la foule. Déjà il est considéré comme défunt. Celui qui se relèvera de la tombe est, encore vif, jugé mort.

Aussi leur lance-t-il ces imprécations qui les associent au désastre de la ville : « Filles de Jérusalem, ne pleurez pas sur moi. Pleurez plutôt sur vous-mêmes et sur vos enfants. Car voici venir des jours où l'on dira : heureuses les stériles, heureuses les entrailles qui n'ont pas enfanté et les seins qui n'ont pas nourri... » L'implicite allusion à la messianité se glace dans l'évocation d'une calamité démesurée, où la mort d'un seul proclame la ruine de la cité entière, dans l'éboulement des montagnes et l'extermination de la vie.

Au tumulte de la ville pécheresse s'oppose l'immobile consternation des amis et des femmes, qui regardent en silence. Elles sont éloignées, muettes, dépouillées de leur modeste dévouement, « assises », dit le texte, qui illustre ainsi leur tragique impuissance[1]. Jésus a été inhumé par Joseph qui, dans l'Évangile de Jean, se charge aussi de l'embaumement[2], Elles ont assisté aux obsèques sans rien faire. Pourtant cette nullité d'action élabore déjà, à leur insu, le témoignage décisif. La foi a maintenant besoin de leurs yeux, pas de leurs mains. L'évangéliste n'omet aucun détail qui puisse confirmer la validité de leurs déclarations futures. En face du tombeau, rien ne leur échappe. Chez Marc, les deux Marie examinent « où on l'a mis ». Même vigilance chez Luc : elles observent « le tombeau et comment son corps a été placé ».

Mais derrière ces précisions consignées en vue des polé-

1. Cf. Psaume 107,10.
2. Jean 19,38-40.

miques ultérieures, un autre sens se dessine. Ces témoins sont entrés dans l'aventure de la résurrection. Il faut à celle-ci une mort réelle, des rites d'adieu et cette discipline funèbre qui, ordonnant la souffrance, en assure peu à peu la consolation.

Le sabbat oblige les amies du Christ à demeurer chez elles. La mort de Jésus est bien celle d'un homme ordinaire qui n'a pas troublé les coutumes. Sauf que, par un ultime défi, il a choisi ce jour pour ressusciter.

La résurrection selon les trois premiers Évangiles

Après le sabbat, comme le premier jour de la semaine commençait à luire, Marie de Magdala et l'autre Marie vinrent regarder le sépulcre. Et voilà qu'il y eut une grande secousse ; car l'ange du Seigneur était descendu du ciel et, s'avançant, avait roulé la pierre, et il était assis dessus. Son aspect était comme l'éclair, et son vêtement blanc comme neige. Dans la crainte qu'ils en eurent, les gardes furent secoués et devinrent comme morts.

Prenant la parole, l'ange dit aux femmes : « Soyez sans crainte, vous ; car je sais que c'est Jésus, le crucifié, que vous cherchez. Il n'est pas ici ; il s'est relevé, selon ce qu'il avait dit. Venez voir l'endroit où il était mis. Et vite, allez dire à ses disciples qu'il s'est relevé de chez les morts, et voici qu'il vous précède en Galilée ; c'est là que vous le verrez. Voilà : je vous l'ai dit. »

Et, s'en allant vite du tombeau avec crainte et grande joie, elles coururent l'annoncer à ses disciples.

Et voici que Jésus vint au-devant d'elles et leur dit : « Salut ! » Elles, s'avançant, lui saisirent les pieds et se prosternèrent devant lui. Alors Jésus leur dit : « Soyez sans crainte. Allez annoncer à mes frères qu'ils doivent s'en aller en Galilée ; c'est là qu'ils me verront » (Matthieu 28,1-10).

Et, le sabbat passé, Marie de Magdala, et Marie mère de Jacques, et Salomé achetèrent des aromates pour venir l'embaumer. Et de grand matin, le premier jour de la semaine, elles viennent à la tombe dès le lever du soleil. Et elles disaient entre elles : « Qui nous roulera la pierre hors de l'entrée du tombeau ? » Et levant les yeux, elles s'aperçoivent que la pierre avait été roulée sur le côté ; or elle était très grande.

Et entrées dans le tombeau, elles virent un jeune homme assis à droite, vêtu d'une robe blanche ; et elles furent saisies de frayeur. Mais il leur dit : « Ne vous effrayez pas. C'est Jésus que vous cherchez, le Nazaréen, le crucifié ; il est ressuscité ; il n'est pas ici. Voici l'endroit où on l'avait mis. Mais allez, dites à ses disciples, et à Pierre, qu'il vous précède en Galilée ; c'est là que vous le verrez, selon ce qu'il vous a dit »

Et étant sorties, elles s'enfuirent du tombeau, car le tremblement et la stupeur les avaient saisies. Et elles ne dirent rien à personne, car elles avaient peur...

Ressuscité le matin, le premier jour de la semaine, il apparut d'abord à Marie de Magdala, dont il avait chassé sept démons. Celle-ci partit l'annoncer à ceux qui avaient été avec lui, et qui étaient dans le deuil et pleuraient. Et ceux-ci, entendant dire qu'il vivait et qu'il avait été vu par elle, refusèrent de croire (Marc 16,1-11) [1].

Et le premier jour de la semaine, à la pointe de l'aurore, elles vinrent à la tombe en apportant les aromates qu'elles avaient préparés. Elles trouvèrent la pierre roulée de devant le tombeau. Étant entrées, elles ne trouvèrent pas le corps du Seigneur Jésus. Or, comme elles ne savaient qu'en penser, voici que deux hommes se présentèrent à elles en habit étincelant. Tandis que, saisies de peur, elles tenaient leur visage incliné vers le sol, ils leur dirent : « Pourquoi cherchez-vous le vivant parmi les morts ? Il n'est pas ici, mais il est ressuscité. Rappelez-vous comment il vous a parlé, quand il était encore en Galilée : le Fils de l'homme, disait-il, doit être livré aux mains d'hommes pécheurs, et être crucifié, et le troisième jour ressusciter. » Et elles se souvinrent de ces paroles.

Et, s'en retournant du tombeau, elles annoncèrent tout cela aux Onze et à tous les autres. C'étaient la Magdaléenne Marie, et Jeanne, et Marie mère de Jacques. Les autres femmes qui étaient avec elles le dirent aussi aux apôtres ; mais ces propos leur semblèrent du radotage, et ils refusèrent de les croire (Luc 24,1-11).

1. Le récit s'interrompt brusquement. La finale reprend les faits depuis le début. Quoique canonique, elle n'est pas de la plume de Marc.

Les deux Marie reviennent au point du jour. Simple visite pour Matthieu. Marc et Luc les chargent d'une offrande aromatique. Chez ce dernier, prévoyantes, elles ont fait leurs achats avant le sabbat et se trouvent dès l'aurore auprès de Jésus. Elles n'ont en tête qu'un service rituel à assurer. La tristesse augmente leur zèle. Elles servent fidèlement leur ami. Telle est leur limite, à elles aussi.

L'ange du Seigneur, dans le premier Évangile, arrive selon le meilleur style des théophanies bibliques. Séisme, descente du ciel, éclairs, robe éblouissante, gardes foudroyés [1], Dieu, à l'évidence, est à l'œuvre. L'ange roule la pierre et s'assied dessus, en seigneur. Son préambule sort tout droit de l'Ancien Testament. « Ne craignez pas », dit-il aux femmes. Et le discours va les y aider. « Je sais que vous cherchez Jésus le crucifié. Il n'est pas ici, car il est ressuscité comme il l'avait dit. » Si elles ont cru aux paroles de Jésus, elles doivent croire à sa résurrection qui donne suite à sa parole. Qu'elles aillent du reste vérifier elles-mêmes le sérieux de telles affirmations : « Venez voir le lieu où il gisait. » Pour finir, il les envoie en mission auprès des disciples, « où elles le verront ».

Le discours de l'ange est aussi lumineux que sa robe. Son aménité, la rectitude du message, la belle ordonnance des idées et le souci qu'il a de rassurer et convaincre trouvent leur juste récompense : les femmes filent d'un trait, « émues et pleines de joie ».

Chez Marc, les deux Marie se sont adjoint Salomé. Mais l'union ne fait pas la force ; en chemin elles s'inquiètent de savoir qui leur roulera la pierre que Joseph avait manipulée tout seul. Leur question sert surtout à préparer un effet de surprise, mais enfin elle est posée et précise un trait de leur caractère. Doutant ainsi de leurs forces, comment ces timides envisageraient-elles la résurrection ? Aucune espérance ne les

1. Ils avaient été donnés par Pilate aux Juifs, de façon à empêcher l'enlèvement du corps.

traverse. Or voici que la pierre est roulée. Elles entrent et voient un jeune homme sagement assis à droite, « vêtu d'une robe blanche », et bien sûr ce spectacle les remplit d'effroi.

Le discours du messager, semblable à celui de Matthieu [1], n'est guère propre à relever leur courage, en raison d'une concision presque brutale : « Ne craignez rien. C'est Jésus le Nazaréen que vous cherchez, le crucifié ; il est ressuscité, il n'est pas ici. » L'ange ne produit que des faits. Aucune référence encore à la parole du Christ qui, faisant de cette résurrection l'accomplissement d'une promesse, la rendrait vraisemblable. Trois mots désignent Jésus, abrupt symbole de foi, lourd de la vérité messianique : « Nazaréen, crucifié, ressuscité ». Les deux derniers mots sont accolés l'un à l'autre, exprimant ainsi l'irrésistible puissance de Dieu.

Toujours bref, l'ange leur montre ensuite le lieu où on l'avait placé, puis les dépêche auprès des disciples, Pierre notamment, qui deviendront ainsi les témoins les plus autorisés de la résurrection. C'est eux qui répandront la nouvelle, encore que l'ange ait chargé les femmes d'un message aussi elliptique que le sien, qui ne signale pas la résurrection. Au crucifié / ressuscité succède le mort / premier arrivé en Galilée. Dans la finale tardivement ajoutée à l'Évangile de Marc, le propos des femmes reproduit la brusquerie du discours de l'ange. C'est pourquoi les disciples n'en croient pas un mot.

Les femmes, elles, ont été effrayées par les paroles entendues. Elles prennent la fuite et « ne disent rien à personne, car elles avaient peur ». L'Évangile s'interrompt ici, dépourvu d'une conclusion probablement perdue. Car le texte ne pouvait finir sur ce silence, ne serait-ce que pour garantir la bonne foi du rédacteur : si nul n'avait parlé, comment eût-il été informe ? Et quel eût été l'intérêt de nommer Pierre comme principal destinataire du message ? Plusieurs exégètes cependant essaient de donner un tour positif à la discrétion

1. Marc est en effet la source probable de Matthieu.

des femmes. Jésus les y aide, commentant ainsi son « secret messianique » : « Rien n'est secret sinon pour être manifesté, rien n'est arrivé de caché sinon pour venir au grand jour [1]. » La frayeur des femmes corrobore le mystère où se cache et se révèle à la fois la résurrection de Jésus. Le langage humain éclate devant l'inouï de la réalité, le silence prend force de témoignage. Mais n'embellissons pas trop cette fin. Il demeure que l'Évangile de Marc s'achève dans le creux d'une angoisse Ce qu'ont vu les femmes ne parvient pas à s'ériger en parole proclamatrice. Comme si leur expérience de Dieu était, malgré la robe blanche, ténèbres, et malgré la joyeuse annonce, douleur !

Revenons au zèle exemplaire de Luc. Trois femmes sont nommées, les deux Marie et Jeanne, mais d'autres les accompagnent. Cette nombreuse escorte arrive tôt avec les aromates. La pierre est roulée : elles y voient une commodité, non un signe, et entrent. Or le tombeau est vide et les perplexités commencent.

Pas plus que les autres, elles ne songent à une résurrection. Même les deux anges éblouissants ne les orientent pas vers la vérité. Elles ont bien reconnu des messagers divins puisqu'elles se mettent à trembler, et évitent de les dévisager. Elles ont la face inclinée vers la terre, où elles cherchent encore Jésus. Les anges leur en font délicatement reproche : « Pourquoi cherchez-vous parmi les morts celui qui est vivant ? Il n'est pas ici, il est ressuscité. » Ils ne les blâment pas de chercher, mais de chercher à cet endroit indu. Luc, plus que Marc et Matthieu, met l'accent sur l'annonce que Jésus avait faite lorsqu'il était en Galilée. La principale partie du discours reproduit des paroles du Christ. Les anges répètent ces promesses qui authentifient ainsi les premières confessions de foi, élaborées par le Christ en personne. « Rappelez-vous comment il vous a parlé lorsqu'il était

1. Marc 4,22.

encore en Galilée. Il faut, disait-il, que le Fils de l'Homme soit livré aux mains des pécheurs, qu'il soit crucifié, et qu'il ressuscite le troisième jour. »

« Et elles se rappelèrent ses paroles. » Elles les avaient donc oubliées. La passion du Christ avait refoulé de leurs intelligences les indices de sa divinité. Elles ne se souvenaient que de l'homme dont elles achevaient l'ensevelissement. Et elles se mettent à croire, non pas d'avoir vu des anges et le tombeau vide, mais parce que leur mémoire confirme les paroles entendues. La parole ancienne de Jésus est fondatrice de la foi, non cette scène exceptionnelle.

Enfin reconnue, la messianité du Christ leur confère une stature nouvelle. De servantes, elles passent au rang de messagères. Leur course vers les Onze s'imposera d'elle-même, sans aucune directive des anges ; elles ont trouvé cela toutes seules.

A cette fonction de transmettre, l'évangéliste donne une ampleur insolite. La résurrection prend des airs de Pentecôte. Deux bouches ont parlé, beaucoup d'oreilles ont entendu. Des quatre rédacteurs, Luc est le plus féru d'informations religieuses. Pour la naissance de Jésus, pas moins de cinq prophéties ! A sa résurrection, les femmes annoncent aux disciples ce que les anges leur ont annoncé, et les anges avaient annoncé aux femmes les propres annonces de Jésus. La parole est une chaîne. On tâchera de comprendre plus loin la valeur de cette transmission.

La résurrection selon saint Jean

Le premier jour de la semaine, Marie de Magdala vient au tombeau le matin, alors qu'il faisait encore sombre, et elle aperçoit la pierre enlevée du tombeau. Elle court donc et vient vers Simon Pierre et vers l'autre disciple, celui que Jésus aimait, et elle leur dit : « On a enlevé le Seigneur du tombeau et nous ne savons pas où on l'a mis. »

Pierre sortit donc, ainsi que l'autre disciple, et ils venaient au tombeau. Tous deux couraient ensemble, mais l'autre dis-

ciple courut en avant un peu plus vite que Pierre et arriva le premier au tombeau. Se penchant, il aperçoit les bandelettes posées là; pourtant il n'entra pas. Vient donc aussi Simon Pierre, qui le suivait, et il entra dans le tombeau. Il voit les bandelettes posées là, ainsi que le suaire qui était sur sa tête, non pas posé avec les bandelettes, mais roulé à part, dans un autre endroit. Alors donc entra aussi l'autre disciple, qui était venu le premier au tombeau; il vit et il crut. Car ils n'avaient pas encore compris l'Écriture, selon laquelle il devait ressusciter d'entre les morts. Les disciples s'en allèrent donc de nouveau chez eux.

Marie se tenait près du tombeau, dehors, tout en pleurs. Donc, comme elle pleurait, elle se pencha vers le tombeau; et elle voit deux anges en blanc, assis où avait été placé le corps de Jésus, l'un à la tête et l'autre aux pieds. Et ceux-ci lui disent: « Femme, pourquoi pleures-tu? » Elle leur dit: « C'est qu'on a enlevé mon Seigneur, et je ne sais pas où on l'a mis. » Ayant dit cela, elle se retourne en arrière; et elle voit Jésus qui se tenait là; mais elle ne savait pas que c'était Jésus. Jésus lui dit: « Femme, pourquoi pleures-tu? Qui cherches-tu? » Elle, pensant que c'était le jardinier, lui dit: « Seigneur, si c'est toi qui l'as emporté, dis-moi où tu l'as mis, et moi je l'enlèverai. » Jésus lui dit: « Marie! » Se retournant, elle lui dit en hébreu: Rabbouni! *c'est-à-dire: Maître! Jésus lui dit: « Cesse de me toucher, car je ne suis pas encore monté vers le Père; mais va-t'en vers mes frères et dis-leur: Je monte vers mon Père et votre Père, vers mon Dieu et votre Dieu. » Marie de Magdala va donc annoncer aux disciples qu'elle a vu le Seigneur et qu'il lui a dit ces paroles* (Jean 20,1-18).

Le texte de Jean nous est parvenu passablement altéré. Plusieurs traditions s'emmêlent et le rédacteur n'a évité ni les incohérences ni les répétitions. Mais si l'on prend le récit en négligeant le hasard des interpolations, plusieurs particularités apparaissent.

Pierre et Jean ont cru sans le secours d'un ange. La vue du tombeau vide, des bandelettes à terre et du suaire soigneusement plié dans un coin écartait l'hypothèse d'un enlèvement. Ces indices suffisent à leur foi. Ils comprennent alors les Écritures dont les prophéties éclairent l'énigme du tombeau vide. Comme, à côté d'eux, elle paraît frileuse, Marie de Magdala ! Elle était partie seule avant le jour. L'ombre crépusculaire, la douleur, la pierre enlevée, le corps absent, la solitude du jardin avait épaissi sa détresse. Elle avait couru se réfugier auprès des disciples Pierre et Jean.

Quand on la retrouve auprès du tombeau, elle est debout et sanglote, comme si elle était au pied de la croix. La passion, pour elle, continue dans l'affront supplémentaire du corps disparu. Ce qui est source de foi pour les disciples aggrave son tourment.

Elle voit deux anges vêtus de blanc, assis là où reposait le corps de Jésus, l'un à la tête, l'autre aux pieds. Ils lui disent : « Femme, pourquoi pleures-tu ? » Sa détresse est si profonde qu'elle chasse toute frayeur. Pas un signe de crainte dans ce récit, ni même de surprise. Les deux anges ne l'étonnent pas, malgré leur habit blanc et leur emplacement symbolique. La douleur a tout envahi.

« On a enlevé mon Seigneur, répond-elle, et je ne sais pas où on l'a mis. » On comprend alors la nature de son chagrin.

Elle ne pleure pas seulement la mort de Jésus mais la disparition d'un corps. Elle venait accomplir d'ultimes devoirs, elle en est empêchée. D'où ce flot de tristesse, que n'éclaire aucune lueur de foi. Jésus, dans le texte de Jean, est bien mort, plus mort que chez les autres évangélistes. Elle en parle comme d'un objet dont elle peut prendre possession. Triste fin : le salut universel s'effondre dans une sordide histoire de corps volé !

« Se retournant, elle aperçoit Jésus qui se tenait là, mais sans savoir que c'était lui. » Voici le troisième secours offert à sa foi, après le tombeau vide et les anges en tenue réglementaire ; et cette tradition est la seule qui mette Jésus auprès de son tombeau Ses yeux vont-ils enfin s'ouvrir ? Pas si vite ! Cet Évangile est plein de patience. Jésus essaie de l'aider, orientant la question sur lui-même : « Qui cherches-tu ? » Et elle persiste dans le deuil, c'est-à-dire dans l'incrédulité. A celui qu'elle prend pour le jardinier, elle redit obstinément sa souffrance avec les mêmes mots naïfs de la possession et du découragement : « Seigneur, si c'est toi qui l'as emporté, dis-moi où tu l'as mis et j'irai le prendre. » Chez Marc, les femmes désespéraient de pousser à trois une pierre et ici Marie prétend soulever Jésus toute seule ? Est-il devenu chose si légère ? Est-il la drachme perdue ? Et pourquoi le jardinier aurait-il profané son corps ? Notons pourtant que son délire jouxte une certaine vérité : Jésus n'est pas le jardinier, mais c'est bien lui qui a enlevé le corps. Quant à dire où il l'a mis, cela va être fait tout de suite.

Jésus se révèle en effet, en la nommant : « Marie ! » Nommer convoque et appelle à l'obéissance. Les trois premières incitations à la foi l'avaient égarée ; celle-ci a-t-elle touché juste ? Marie reconnaît Jésus et s'écrie en hébreu : *Rabbouni !*

Il n'est cependant pas sûr qu'elle ait bien compris. Marie est encore immergée dans l'incrédulité du deuil, lorsqu'elle dit : *Rabbouni.* Elle désigne le Seigneur par sa fonction sociale, comme pour corriger l'erreur qui l'avait confondu avec un jardinier. Était-ce là le titre qui s'imposait ? « Il ne suffit pas d'admirer la promptitude de la réponse, écrit Xavier Léon-Dufour, il faut surtout s'étonner de ce que, si admirable soit-elle, elle ne dépasse pas ce que les disciples ont répondu à l'aurore de la vie publique : Rabbi, où demeures-tu[1] ? » C'est le Christ du passé, celui qui enseignait dans les synagogues. Revêtu par sa résurrection d'une dignité plus éminente, la langue sacerdotale s'impose, l'hébreu. Mais comme le note encore cet auteur, Marie n'accède pas à la foi de Thomas qui s'écriera : « Mon Seigneur et mon Dieu[2] ! » Ni de Nathanaël qui avait eu le coup

1. Xavier Léon-Dufour, *Résurrection de Jésus et Message pascal,* Seuil, 1971, p. 230.
2. Jean 20,28.

d'œil, dès le début du ministère, disant à Jésus : « Rabbi, tu es le fils de Dieu, tu es le roi d'Israël[1]. »

Et sans doute Marie s'est-elle jetée aux pieds de Jésus, puisque celui-ci lui dit : « Ne me touche pas », ou plutôt : « Cesse de me toucher » (le présent indiquant une action dans sa durée), et il ajoute : « Car je ne suis pas encore monté vers le Père. » Elle a eu le même geste d'adoration que les femmes dans l'Évangile de Matthieu. Mais son étreinte ne répond plus comme chez Thomas au désir de toucher le Christ pour y croire ; elle ne sert pas, ou peu, à authentifier le corps réel du Ressuscité. C'est parce qu'elle y croit qu'elle le touche. Mais elle y croit comme tout à l'heure, ainsi qu'en témoignent ses gestes passionnés. Elle voulait prendre son corps. Voici qu'elle le tient et console ses mains agrippées à celui qu'elle a tant cherché.

La réponse de Jésus est énigmatique : « Cesse de me toucher, car je ne suis pas encore monté vers le Père. Mais va vers mes frères et dis-leur »... Pour la clarté du texte, on préférerait faire sauter la phrase du milieu. Cela donnerait : « Ne t'attarde pas à me toucher, et va vite annoncer à mes frères. » Mais ce serait tronquer le mouvement essentiel : Jésus n'a pas achevé sa progression ascendante, en ressuscitant. Ce que saint Jean appelle la glorification n'est pas un simple relèvement du tombeau. Elle implique une entrée solennelle dans la plénitude divine, dont la résurrection ne forme que les linéaments, non le but ultime.

On peut comprendre ainsi : ne me touche pas ; il est vrai que tu peux le faire, puisque je ne suis pas encore monté vers le Père. Mais peut-être est-il plus conforme à l'esprit de cet Évangile (comme à la valeur de la conjonction « car ») de percevoir une autre nuance : ne me touche pas, car je n'ai pas achevé mon exaltation et tes gestes d'étreinte ne doivent pas contrarier ce grand mouvement en cours.

On voit pourquoi la mention de sa montée revêt cette

1. Jean 1,49.

importance. La glorification célébrée par saint Jean est un mouvement unique et progressif qui, commencé à la croix, se termine dans la plénitude du Père. « Quand je serai élevé de terre, j'attirerai tout à moi[1]. »

Tandis qu'il parle à Marie, Jésus est ressuscité; il n'est que ressuscité. A ce témoin comblé au-delà de ses espérances, il montre que le rêve infini de Dieu ne fait que commencer. Et, dès maintenant, Jésus fait participer Marie aux œuvres ultérieures de la glorification. La mort n'est rien, la résurrection elle-même, peu de chose. L'Heure est venue. « Cesse de me toucher », tu verras mieux encore. Va dire aux disciples que le Christ monte. Ainsi l'enseigne-t-il à croire, non avec ses sens, mais « en esprit et en vérité ».

Et cette Marie qui, à quatre reprises, n'a pas cru, n'ayant pressenti ni la résurrection devant le tombeau vide, ni dans le jardinier, Jésus, ni dans Jésus, le Christ, ni dans la résurrection, la glorification, Marie est choisie pour apporter la suprême nouvelle aux disciples. Elle ne leur annoncera pas qu'il est ressuscité. Ce stade est dépassé. Mais dans une éblouissante absence de transition, que Jésus est glorifié. Il y avait un homme enseveli : il monte vers le Père. Cette fois, elle a compris.

SIGNIFICATION DES RÔLES FÉMININS

Une question se pose encore : pourquoi des femmes ont-elles été les premières averties de la résurrection ? Jésus aurait pu se manifester directement à ses disciples, et le tombeau vide être découvert par n'importe qui. Fallait-il pour un événement incroyable des témoins incroyables[2] ?

On serait tenté de donner la réponse facile de la sociolo-

1. Jean 12,32. Cf. Annie Jaubert, *Approches de l'évangile de Jean*, Seuil, 1976, p. 56.

2. Le témoignage des femmes n'avait pas de valeur juridique chez les Juifs.

gie. La raison qui explique un tel honneur est que les femmes s'occupent des morts. Elles sont revenues de bonne heure au tombeau, pressées par les obligations de l'onction aromatique dévolues à leur sexe. Ce n'est pas douteux. Mais ces textes, gorgés de symboles jusqu'à l'éclatement, expriment probablement davantage. Pour relater cet événement-là, les femmes s'imposaient.

Sous la linéarité du récit tremble en effet la vie pathétique des premières communautés de foi. Lorsque les Évangiles sont rédigés, l'Église traverse une sorte de crise d'éloignement, dont Luc et Paul se font les échos. Entre 60 et 80, les générations se sont renouvelées. L'Église a perdu ceux qui pouvaient encore garantir la validité du message par des expériences directes. Ils avaient peut-être vu les proches disciples du Christ. Sans le soutien de cette foi qui s'appuyait à des témoignages sensibles, la bonne Nouvelle allait-elle s'affaiblir ? Une génération avait vu, les suivantes étaient amputées d'un sens, elles ne pouvaient plus qu'entendre.

Il fallait donc établir que la foi ne dépérissait pas, au sein de cette transmission, et même au contraire que les nouveaux venus étaient plus entourés de garanties que les anciens. La logique d'un tel propos voulait donc que l'on présentât les témoins directs comme des êtres dépourvus d'assurance et de sérénité.

Les premiers écrits de la foi, notamment Jean, Luc et Paul, le disent avec véhémence : chrétiens de cette génération, vous avez la meilleure part. Écouter est plus facile qu'observer. La transmission est plus sûre que l'expérience ! Leurs récits de la résurrection dévalorisent quelque peu l'intelligence des sens, au bénéfice de la parole irrésistiblement dite et redite. Les quatre évangélistes nous livrent des récits dramatiques, où l'espérance ne se relève qu'à l'écoute des messages, non à la vue des signes. L'ange de Matthieu a beau faire une entrée tonitruante, les femmes ne sont pas converties. Marie a beau voir Jésus, c'est comme si elle ne le voyait

Il leur parlait encore, quand un chef vint se prosterner devant lui, en disant : « Ma fille est morte à l'instant. Mais viens poser ta main sur elle, et elle vivra. » Et se levant, Jésus le suivit, ainsi que ses disciples.

Et voici qu'une femme, atteinte d'une perte de sang depuis douze années, s'avançant par-derrière, toucha la frange de son manteau. Car elle se disait : « Si seulement je touche son manteau, je serai sauvée ! » Jésus se retournant, la regarda et dit : « Courage, ma fille, ta foi t'a sauvée. » Et la femme fut guérie dès cette heure-là (Matthieu 9,18-22).

Le texte du premier Évangile est d'une extrême concision. Matthieu le juif oppose deux figures antithétiques, le chef de la synagogue et la malade ; la légalité et la clandestinité.

Toutes les notations pointent sur l'échec de la malheureuse. Elle a besoin de Jésus un jour où il déborde d'activités. Les pharisiens puis les disciples de Jean sont venus discuter tour à tour[1]. Ils parlent encore quand un homme se jette à ses genoux. Sa fille est morte mais « viens poser ta main sur elle et elle vivra ». Jésus se lève et le suit, escorté de ses disciples.

L'hémorroïsse a surgi par-derrière. Sans se laisser voir, elle suit le groupe que les autres évangélistes, animés de projets différents, submergent dans la marée des curieux. Comment intercepter l'attention de Jésus ? Tout la condamne à s'abstenir, et d'abord cet individu, ce rival qui a mis les avantages de son côté : sa qualité d'homme, son prestige de chef religieux, l'atrocité de son malheur, l'urgence du secours, le caractère public de la demande. Le miracle lui revient de droit.

Et elle ? Impossible de retarder la course impérative de Jésus, ni d'exiger une action simultanée, un miracle effectué en « surimpression ». Qui d'ailleurs est-elle, pour prétendre à l'intervention du Maître ? Une femme, une impure, presque un paria. Les exclusions temporaires qui frappent les femmes aux instants critiques de leur vie[2] se sont transformées en

1. Matthieu 9,11-17.
2. Cf. Lévitique 15,19-32.

relégation perpétuelle : elle souffre depuis douze ans. Derrière cette figure de délaissement, on ne discerne aucun entourage, parents, amis. Le chef de la synagogue, lui, est immergé dans la vie sociale : il possède une famille et appartient à une communauté que l'on voit se rassembler autour de sa douleur. Il est mêlé à ce groupe en marche, où la femme ne s'agrège pas, encore et toujours séparée de tous.

Et quand bien même Jésus serait oisif, la demande serait impossible : elle est en état d'impureté. Si Jésus la touche, comme il fait dans ses gestes de guérisons coutumières, il contracte la souillure. Elle ne se résout pas à cette demande outrecuidante. La nature de sa maladie l'empêche d'implorer le Maître devant témoins, et surtout un toucher indu lui transmettrait immédiatement son impureté. Elle s'abstient donc : question de tact, si l'on peut dire ! mais la foi passe outre et débouche sur la ruse. A défaut de requête officielle, elle opte pour la clandestinité. Elle s'administrera elle-même la guérison à l'insu de tous, y compris de Jésus. Aucun retard ne lésera la jeune morte. « Elle s'approcha par-derrière et toucha la frange de son manteau. Car elle se disait en elle-même : si seulement je touche son manteau, je serai sauvée. »

Elle ne touche pas son corps mais son manteau, et de son manteau cette extrémité où pendent les franges rituelles [1]. Elle évite un contact trop sensible. La prudence rend imperceptible son geste et sa délicatesse évite de contaminer Jésus.

La différence entre les deux requêtes s'est accentuée : l'hémorroïsse n'est pas passée par le cérémonial de la supplication, elle n'a pas suggéré à Jésus, comme le chef religieux, de « venir et d'imposer les mains ». Sa foi dans le Christ est bien plus grande : elle est assurée qu'il la sauvera

1. Cf. Nombres 15,38. Yahvé avait ordonné à Moïse de garnir les pans des manteaux avec ces franges, censées rappeler les commandements. Jésus observe cet usage, mais il reproche aux pharisiens de les arborer avec ostentation (Matthieu 23,5).

sans être imploré, ni même averti. A un infime contact elle prête le pouvoir de guérison.

« Jésus se retournant l'aperçut et lui dit : Courage, ma fille, ta foi t'a sauvée. » Pourquoi ce claironnant « Courage » quand justement elle n'en a plus besoin ? La traduction du grec *tharsei* mérite d'être précisée. Car ce serait, plutôt qu'une invitation au courage, un furtif « sois tranquille ». Jésus apaise l'inquiétude qui pourrait tenailler cette femme, à la suite de sa timide audace. Nul n'a vu, sauf lui et il n'ébruitera rien. Qu'elle se rassure. Mais plus étonnante est l'apostrophe « ma fille », unique dans les Évangiles. Jésus n'abuse pas des titres empruntés à la famille, qu'il réserve principalement à son Père. Le mot de fille est ici d'autant plus insolite que, d'après la nature et la durée de l'infirmité, la malade avait au moins l'âge du Christ. Alors, pourquoi ce terme ? On peut tenter deux explications.

Jésus se dirige vers la maison d'un homme dont il va sauver l'enfant. L'hémorroïsse le suit ; sa demande n'est équivalente ni en pathétique ni en dignité. En disant « ma fille », Jésus élève sa détresse à la hauteur de celle du chef religieux. L'hémorroïsse a le même prix que l'enfant de ce père éploré. Le miracle caché est aussi important que celui qui se déroulera avec éclat, en présence des officiels et de l'orphéon. La honteuse maladie est traitée avec la même considération que la haute tragédie de la mort.

Et en usant d'un mot si paternel, Jésus réunit à la collectivité une créature dont tout accusait le sinistre isolement. Il la fait sortir de son exclusion sociale et religieuse et l'intègre à une famille, éternelle entre toutes, si la vraie parenté est celle qui unit les croyants d'un même Père [1].

La suite ménage également des surprises : « Ta foi t'a sauvée [2] ! » Ainsi elle est guérie et apprend que ce n'est pas

1. Matthieu 12,49-50.

2. Le grec, toujours précis, exprime par le temps du parfait une idée beaucoup plus forte que ne le laisse supposer la traduction : « Tu es entrée dans la durée définitive du salut. »

l'œuvre de Jésus mais un effet de sa foi! Pourtant Jésus est bien le maître du jeu, puisque le salut ne survient que lorsqu'il le décrète.

Cette espérance jalousement gardée pour soi, ce doigt invisible, et cette ingénuité, c'était donc de la foi! Elle a cru au silence et à cet effleurement; des choses infimes recelaient les pouvoirs de l'infini. Cette conviction brille d'un feu plus vif que celle du chef religieux. Elle est exaucée avant lui.

> *Et après que Jésus eut regagné en barque l'autre rive, une foule nombreuse se rassembla. Il était au bord de la mer. Vient un des chefs de la synagogue, du nom de Jaïre. Le voyant, il tombe à ses pieds et le prie instamment : « Ma petite fille, dit-il, est à toute extrémité; viens poser les mains sur elle, pour qu'elle soit sauve et qu'elle vive. » Et il s'en alla avec lui. Et une foule nombreuse le suivait et le pressait de toutes parts.*
>
> *Or il y avait une femme, malade d'une perte de sang depuis douze années, qui avait beaucoup souffert entre les mains de nombreux médecins, et dépensé toute sa fortune sans le moindre profit. Bien au contraire, son état n'avait fait qu'empirer. Ayant entendu parler de Jésus, elle vint dans la foule par-derrière, et toucha son manteau. Car elle disait : « Si je touche ne fût-ce que ses vêtements, je serai sauvée. » Et aussitôt la perte de sang s'arrêta, et elle sentit en son corps qu'elle était guérie de son mal.*
>
> *Et aussitôt, connaissant en lui-même qu'une puissance était sortie de lui, Jésus se retourna vers la foule et dit : « Qui a touché mes vêtements ? » Les disciples lui dirent : « Tu vois la foule qui te presse et tu dis : Qui m'a touché ? » Et il regardait autour de lui pour voir celle qui avait fait cela. La femme, craintive et tremblante, sachant ce qui lui était arrivé, vint, tomba devant lui et lui dit toute la vérité. Il lui dit : « Ma fille, ta foi t'a sauvée! Va en paix et sois guérie de ton mal »* (Marc 5,21-34).
>
> *Comme Jésus s'en retournait, la foule l'accueillit, car tous étaient à l'attendre. Et voici que vint un homme du nom de Jaïre et celui-ci était le chef de la synagogue. Et, tombant aux*

pieds de Jésus, il le priait d'entrer chez lui, parce qu'il avait une fille unique, d'environ douze ans, et elle se mourait. Et tandis qu'il s'y rendait, les foules le serraient à l'étouffer.

Et il y avait une femme atteinte d'un flux de sang depuis douze années, et personne n'avait pu la guérir. S'approchant par-derrière, elle toucha la frange de son manteau et à l'instant même s'arrêta le flux de son sang. Et Jésus dit : « Quel est celui qui m'a touché ? » Comme tous s'en défendaient, Pierre dit : « Maître, ce sont les foules qui te serrent et te pressent. » Mais Jésus dit : « Quelqu'un m'a touché, car j'ai connu qu'une puissance était sortie de moi. »

Voyant qu'elle était découverte, la femme vint tremblante et, tombant devant lui, elle déclara devant tout le peuple pour quel motif elle l'avait touché, et comment elle avait été guérie à l'instant même. Il lui dit : « Ma fille, ta foi t'a sauvée ! Va en paix » (Luc 8,40-48).

Chez Marc et Luc, renversement de perspectives. Le climat s'alourdit, devient oppressant, pour la femme mais aussi pour Jésus, Jaïre[1] et la foule. Jésus est comme prisonnier à l'intérieur de murs étroits que sont d'un côté la mer, de l'autre les foules qui « le serrent à l'étouffer ». Il est pressé au double emploi du mot. Car Jaïre, chez Marc, est montré en proie à de plus grands tourments, tandis que Luc accroît son malheur en faisant mention d'un enfant unique.

La détresse de l'hémorroïsse s'accentue ; elle est impure, et de plus ruinée de corps et de biens ; les médecins lui ont coûté sa fortune, sans la guérir. Assimilés à une bande de fripons, ils rendent plus aigu le caractère irrémédiable de son exclusion sociale : elle ne peut frayer avec personne, sinon à son préjudice. Enfin, son état n'est pas stationnaire, les progrès du mal font rôder autour d'elle des relents de mort.

Cette ultime tentative implique en elle-même la foi. Jésus n'est pas tenu pour un médecin ordinaire. Chez les

1. C'est le nom que porte, dans ces deux Évangiles, le chef de la synagogue.

deux évangélistes, la guérison s'opère instantanément, dès que la femme a touché le manteau. On se souvient que chez Matthieu, elle survenait après la parole du Christ. Une idée nouvelle s'infiltre dans le texte et s'y étale. La guérison est immédiate, mais Jésus ne l'a pas maîtrisée. Cela s'est fait tout seul. Les phénomènes physiques priment sur les paroles et les volontés. La femme est avertie de sa guérison par son corps. Jésus a senti une force s'échapper de lui. Il est lésé. On vient de le déposséder de ses prérogatives. Sans parler du contact maléfique de son impureté, la femme, en le touchant, le subjugue et en dispose à sa guise comme s'il était un objet. Elle a littéralement fait main basse sur la personne messianique. Victime d'un larcin et outragé dans sa divinité, Jésus se met immédiatement à la recherche de l'indélicat. Il se retourne vers la foule et demande : « Qui m'a touché ? »

Lui aussi passe par l'incertitude et l'angoisse. Les disciples ont écarté sa question dans l'éclat d'une raillerie : « Tu vois la foule qui te presse de tous côtés et tu demandes : Qui m'a touché ? », et tout divins qu'ils soient, ses yeux ne trouvent pas le coupable. La défaillance de l'homme Dieu accentue l'aspect sacrilège du vol et les dénégations de la foule étendent sur le délit les ombres obliques du mensonge. Tous se rétractent, mais le traître est présent, comme dans le dernier repas.

Craignant peut-être, de la puissance qui l'a guérie, le don de découvrir et de condamner, la femme se dénonce. A deux scélératesses, faudrait-il ajouter une troisième ? Elle l'a rendu impur, lui a dérobé sa force, et elle prendrait la fuite ? « Se jetant à ses pieds, craintive et tremblante, elle lui dit toute la vérité. » Supplication équivoque. Elle l'implore, elle l'adore. Il est son sauveur et son juge. Va-t-il la perdre après l'avoir sauvée ? Quoi qu'il dise cependant, une sanction la frappe ; l'aveu de son impureté la couvre de honte ; celui de son larcin l'expose au ressentiment du Christ ou de la foule. Sa propre parole entraîne humiliation et risques.

La réponse de Jésus, presque identique dans les trois synoptiques[1], opère des effets de résonance très différents. En particulier, le sens du mot « foi » se charge ici d'une extrême densité. Chez Matthieu, Jésus avait appelé foi de timides manœuvres. Ici, le mot étonne davantage. La foi, c'est le délit ! C'est cette superstition, cette honte, cette malhonnêteté, ce sacrilège ! Aux pieds du Christ, la femme confesse ses actions misérables ou ce qu'elle croit en être. La réponse de Jésus convertit la faute. Non seulement le mal guérit, mais la culpabilité devient prophétie !

Aucune indulgence dans la formule de Jésus. Jésus ne prononce pas les mots de pardon, parce que la faute de l'hémorroïsse est nulle ; il n'y a rien à excuser. Le secret, les miasmes, la honte, le larcin ne faisaient que réfracter la puissance d'une conviction !

Peut-être Luc insiste-t-il plus que Marc sur ce renversement. Au moins le second Évangile avait-il pris soin d'indiquer les raisons de la malade et nous étions apitoyés. Luc la saisit de l'extérieur, il porte un regard froid sur sa déchéance, ne laissant rien filtrer de sa foi. On ignore ce qu'elle a en tête, et l'on ne connaît que ses actes délictueux. Son aveu n'a pas la franchise de celui de Marc. « Elle se voit découverte », dit expressément Luc : elle parle, parce qu'il le faut absolument. De là cette explosion de surprise. Tous les détails du récit préparaient l'éblouissement de la dernière parole : « Ma fille, ta foi t'a sauvée ; va en paix. » Les motifs de colère s'amoncelaient ; ils s'effondrent dans une joyeuse exclamation. Jésus célèbre une ferveur singulière, qui tranche vigoureusement sur l'attente des foules.

1. « Sois guérie de ton mal », ajoute Marc. Certains commentateurs s'étonnent que Jésus décrète une guérison déjà effective. Elle n'aura vraiment recouvré la santé que si le Christ lui donne son consentement, et, faisant de son larcin à elle sa volonté à lui, expulse tout remords.

Le grec, dont la précision se traduit malaisément, dit du reste : « Existe en bonne santé, loin de ton tourment. »

Quel écart en effet entre l'hémorroïsse et cette multitude ! Jésus ne s'y trompe pas, quand il distingue entre de vulgaires pressions et cet effleurement. La foule s'est amassée autour d'un champion qui va accomplir une performance spectaculaire. Elle assouvit ses besoins de foule. La femme, dans son silence, n'est qu'invocation. Son désir porte sur d'invisibles métamorphoses. Peut-être décèlerait-on en elle de l'égoïsme, de la superstition, une croyance primitive ? Mais Jésus ne se trompe pas en louant sa conviction. L'hémorroïsse est l'alliance de la misère et de la ferveur : l'emblème de la foi.

LA CANANÉENNE

Et sortant de là, Jésus se retira dans la région de Tyr et de Sidon. Et voici qu'une Cananéenne, sortie de ce territoire, criait : « Aie pitié de moi, Seigneur, Fils de David ! Ma fille souffre cruellement d'un démon. » Il ne lui répondit pas un mot. Et s'avançant, ses disciples le priaient, en disant : « Renvoie-la, parce qu'elle nous poursuit de ses cris. » Il répondit : « Je n'ai été envoyé qu'aux brebis perdues de la maison d'Israël. » Mais elle vint, et elle se prosternait devant lui, en disant : « Seigneur, secours-moi ! » Il répondit : « Il n'est pas bon de prendre le pain des enfants et de le jeter aux petits chiens. » Elle dit : « Oui, Seigneur ; mais les petits chiens mangent les miettes qui tombent de la table de leurs maîtres. » Alors prenant la parole, Jésus lui dit : « O femme, grande est ta foi ! Qu'il te soit fait selon ton désir ! » Et sa fille fut guérie dès cette heure-là (Matthieu 15,21-28).

Partant de là, il s'en alla dans le territoire de Tyr et de Sidon. Et, entré dans une maison, il voulait que personne ne le sût, mais il ne put rester ignoré. Car dès qu'elle eut entendu parler de lui, une femme dont la petite fille avait un esprit impur vint et tomba à ses pieds. Cette femme était grecque, syrophénicienne d'origine, et elle lui demandait de chasser le démon de sa fille. Et il lui disait : « Laisse d'abord se rassasier les enfants ; car il n'est pas bien de prendre le pain des enfants et de le jeter aux petits chiens. » Elle répondit et lui dit :

« Oui, Seigneur, mais les petits chiens, sous la table, mangent les miettes des enfants. » Et il lui dit : « A cause de cette parole, va. Le démon est sorti de ta fille. » Et s'en allant chez elle, elle trouva l'enfant étendue sur le lit et le démon parti (Marc 7,24-30).

La Cananéenne, quant à elle, fait beaucoup de bruit. Ses clameurs s'opposent à la discrétion de l'hémorroïsse. Ce tumulte n'implique apparemment pas de disposition pour la prière intérieure. Qu'aurait-elle du reste à cacher ? Tout le monde connaît son péché, et tous l'abhorrent : elle sort d'une terre païenne, couverte d'idolâtrie. Dans le paysage tracé par l'évangéliste, qui pose d'emblée les codes utiles à l'intelligence du texte, les noms des deux cités, Tyr et Sidon, dressent leur citadelle d'impiété [1].

La femme arrive, charriant derrière elle la bonne réputation du pays. Jamais personne n'a invoqué le Seigneur avec des cris aussi gutturaux. L'Écriture emploie rarement le verbe qu'utilise ici Matthieu, *kraugazeïn*. Le Nouveau Testament le produit en une autre occasion et à propos du Christ [2], dans la scène terrifiante d'une résurrection. Pour rappeler Lazare des profondeurs du shéol, il faut ce glapissement qui ne doit plus rien à la voix humaine.

La Cananéenne donc crie comme une bête. On peut même savoir laquelle. Le verbe, dans son sens plus exact, évoque des aboiements. Rien d'étonnant. Les juifs traitaient de chiens les habitants de Canaan. Voilà donc qui est fait.

Elle suit le groupe de Jésus et de ses disciples, cornant son malheur : « Aie pitié de moi, Seigneur, fils de David ; ma fille souffre cruellement d'un démon. »

A la différence d'un Jaïre, elle ne lui dit ni de guérir ni comment guérir. Elle jette son appel : « Aie pitié de moi. »

1. La scène pourtant se passera sur les frontières. La Cananéenne est sortie de son territoire pour implorer Jésus. Concession aux lecteurs juifs et allégorie de la vocation des païens à la foi.

2. Jean 11,43. C'est aussi par ce verbe que grands prêtres et gardes, dans la cour de Caïphe, crient : « Crucifie-le ! Crucifie-le ! » (Jean 19,6).

Sa foi ne connaît pas les frontières et cette païenne trouve spontanément les plus hauts titres de la piété juive : « Seigneur, fils de David. »

« Aie pitié de moi, Seigneur. » Le cri est devenu liturgie d'Église. La Cananéenne appelle en deçà des actes, c'est le cœur qu'elle désire[1]. L'hémorroïsse n'avait pas ouvert la bouche ; elle voulait guérir à l'insu de Jésus ; l'autre hurle et n'imagine pas que Jésus puisse la secourir sans être bouleversé par la compassion. Sa foi ardente lui représente le miracle surgissant d'un tressaillement de l'être, d'une souffrance véritablement partagée. Elle est sans doute fort mal élevée, avec son tapage. Mais ce déchirement maternel, cette pitié sollicitée et jusqu'à ce reniement de ses dieux qui éclate dans le judaïsme de la salutation : « Seigneur, fils de David », que de souffles d'une puissante foi !

A cet appel pathétique, Jésus ne répond pas un mot. Comment expliquer cette dureté ? Matthieu parle aux juifs, a-t-on dit. Les païens ne l'intéressent pas. Jésus n'est pas venu pour les exaucer. Il fait le sourd. C'est comme si elle n'avait pas parlé. Elle n'a pas parlé, elle a aboyé. Le silence de Jésus la refoule dans l'animalité. On ne converse pas avec une bête, même pour lui signifier un refus. Elle a aboyé, elle est chien. Jésus s'est fait homme jusqu'aux préjugés. Dans son pays on n'aime pas les Cananéens.

Les cris reprennent de plus belle. « Fais-lui grâce », implorent les disciples. Ils insistent. Sont-ils attendris quand Jésus ne l'est pas ? Eux-mêmes s'en expliquent : « Elle nous poursuit de ses cris. » Leur charité était de l'agacement. « Fais-lui grâce », disent-ils dans un grec inimitable qui fuse d'images, et ici encore suggère le chien. Littéralement : « détache-la ». Si Jésus la délie, elle filera. C'est tout ce qu'ils demandent : la paix.

« Elle nous poursuit de ses cris. » Le verbe a changé. *Krazeïn,* le cri de la femme en couches, du démon furieux qui

1. Le verbe utilisé évoque une compassion intense.

agite sa fille, de Jésus au bout de son agonie, ou des appels solitaires lancés dans les ténèbres, peu avant les adieux[1]. Les disciples ne prêtent pas à ce mot de sens mystique. Ils n'en retiennent que la clameur qui déchire leurs oreilles. Qui les délivrera de cette bête entêtée ?

Jésus alors retrouve la parole. Mais c'est aux disciples qu'il justifie son refus. La femme n'a pas besoin d'explication. « Je n'ai été envoyé que pour les brebis perdues de la maison d'Israël. » Ainsi sa raison est d'ordre nationaliste. La mission fixée par le Père se borne à sa patrie. Il n'est pas responsable de ce sectarisme[2]. Dieu est juif, voilà tout. Il accomplit sa tâche en fils obéissant. Même la pitié ne peut infléchir la piété.

« Mais la femme était arrivée et se tenait prosternée devant lui. » Certes, la douleur n'a pas submergé la religion ; elle la décuple au contraire. Car les autres suppliants « se jettent à ses pieds », comme l'hémorroïsse au moment de l'aveu, mais elle choisit de se prosterner. L'attitude n'est pas seulement de prière mais d'adoration : elle a discerné l'ascendant mystérieux de Jésus. La sûreté de cette foi païenne sert d'exemple à la piété nonchalante des juifs. Ainsi se prépare l'élargissement de la mission en terre païenne.

Mais le grec poursuit ses jeux agiles sur les mots. De près, elle ressemble encore plus à un chien. Le verbe que l'on traduit par « se prosterner » a pour sens littéral « faire le chien couchant ».

Sa prosternation confesse son respect pour le Fils de Dieu, mais la maintient également dans l'espèce canine. Le texte se lit sur deux lignes : d'une manière religieuse, comme une perception aiguë de la messianité du Christ et, d'une manière profane, comme l'imploration désespérée d'un animal touché à mort. Parfaite coïncidence de la mystique et du réalisme.

1. Jean 12,44.
2. Cf. Matthieu 10,5-6.

Devant l'insensibilité du Christ, la Cananéenne a rabattu ses prétentions. Elle ne réclame plus de pitié. Elle n'appelle plus le cœur, mais les gestes. La demande s'amenuise : seulement un coup de main. Qu'il exécute au moins l'acte efficace. « Seigneur, secours-moi ! » Cette restriction de la prière dénote l'ampleur de sa foi : elle réclame moins, mais elle garde la même espérance et peut-être celle-ci s'élargit-elle encore !

Alors Jésus, sans céder, condescend à motiver son refus. « Il ne sied pas de prendre le pain des enfants pour le jeter aux petits chiens. » Cette fois, c'est lui qui l'a dit. Elle demeure chien, tandis que les juifs sont passés de l'état de brebis au rang d'enfants. Le mot utilisé pour eux signifie enfant, non pas au sens de l'enfance mais à celui de la lignée. Il renvoie à l'ascendance d'Abraham, d'Isaac et de Jacob. La parole est très dure. Jésus s'estime dans la justice édictée par son Père. Sa mission est impérativement circonscrite. Il ne peut en outrepasser les frontières. En outre, une différence de nature isole le juif du païen. Les exégètes, horriblement gênés par cette bizarre charité, se réfugient dans la métaphore. Attention, disent-ils, ici c'est très complexe. Matthieu lance une idée qui rejaillira à la seconde multiplication des pains. On ne comprend rien à l'épisode si l'on n'a pas à l'esprit l'entrée de la communauté païenne dans le projet de salut universel. Très bien, très bien, mais cela n'explique pas pourquoi les disciples, le narrateur et Jésus la traitent si chiennement. Les commentaires se sont donc égaillés dans la mission auprès des païens. Voyez, poursuivent-ils : la véhémence de cette femme fait des reproches aux juifs, lents à croire. La demande païenne, elle, est béante. Mais, je le répète, il n'empêche qu'une femme est là et qu'elle vit, et pas seulement par les allégories[1]. Elle est un personnage réel de l'Évangile. Justement, qui ?

En attendant, Jésus parle sans ménagement. Le Juif est

1. Exagérément développées en raison de la gêne que, dans sa littéralité, provoque le texte. S'il ne reflétait que l'entrée des païens dans la communauté de foi, ce texte serait aujourd'hui caduc.

homme, le Cananéen appartient à la bestialité. Et même Jésus en rajoute. Les exégètes, toujours effrayés par la dureté d'une telle réponse, unissent leurs efforts pour tempérer la violence du Seigneur. Les interprétations symboliques ne suffisant pas, ils regardent le vocabulaire. Heureusement, Jésus a parlé de « petits chiens ». Ils se précipitent sur les petits chiens et les serrent sur leur cœur ! Les petits chiens en effet sauvent tout. Ainsi : « La forme diminutive employée atténue dans la bouche de Jésus ce que l'épithète aurait de méprisant [1]. » C'est possible en effet, mais pas garanti. Le chien dans les sociétés antiques n'est pas un animal sans noblesse ni utilité, au moins par comparaison avec des espèces moins favorisées. Constellation, berger, philosophe, chasseur, compagnon fidèle de l'homme. Le petit chien, le toutou est la bestiole frivole qui ne sert qu'aux jeux des enfants. On peut en déduire que le mépris se renforce, au lieu de s'atténuer. Le suffixe n'a rien arrangé, au contraire. Il est une injure de plus. Doux Jésus !

D'ailleurs tous les mots font outrage. Cette vertu triomphalement définie par la préséance des juifs « il n'est pas bon que » ; les prérogatives des enfants qui lui sont envoyées en pleine gueule ; la supériorité du peuple élu, l'identification du sectarisme à la justice. Ce mot de *jeter* qui s'oppose à *prendre*. Si je te sers, je prive les enfants, qui sont d'espèce humaine et, de plus, de la lignée. Servir Canaan serait dépouiller les fils. Étrange charité qui comble l'un, affame l'autre. Et quand elle consentirait à quelque partage, elle « jetterait » le pain au lieu de le « donner ». Vraiment, le silence valait mieux !

D'autres que cette femme seraient repartis. Elle s'entête dans sa foi admirable. Quoi de plus décourageant qu'un refus ? Elle avait cru à la pitié de cet homme. Elle découvre un impitoyable sectaire. Elle résiste à la déception, la plus

1. Bible de Jérusalem, p. 1310. La même note estime que le « caractère traditionnel de cette image » joue aussi dans le sens de l'adoucissement. Il me semble au contraire que ça aggrave tout.

cruelle qu'elle pouvait essuyer : l'inhumanité de Jésus. Derrière l'homme intransigeant, elle repère une présence invisible. Elle entrevoit le fils de Dieu au-delà du Juif excédé qu'elle a sous les yeux. Bref en Jésus, malgré Jésus, elle contemple le Christ. A moins que ce ne soit le contraire : le Christ aux missions officielles masquait la bondissante spontanéité de Jésus. Par le Christ, Jésus. Et le Christ, par Jésus. En tout cas, ce n'est pas un miracle qui lui ouvre les yeux ; c'est l'obstacle. Les ombres font la lumière.

Son insistance irritait les disciples. Mais elle constitue aussi une preuve de foi qui mènera Jésus à l'exaucement. Lui-même dans la parabole de la veuve importune loue cette opiniâtreté qui est le propre du vrai fidèle :

> *Il leur disait une parabole sur ce qu'il leur fallait prier toujours et ne pas se décourager, disant : Il y avait dans une ville un juge gui ne craignait pas Dieu et ne respectait aucun homme. Et il y avait dans cette ville une veuve qui venait vers lui, en disant : « Venge-moi de mon adversaire. » Et il refusa longtemps. Après quoi il se dit : « Bien que je ne craigne pas Dieu et ne respecte aucun homme, comme cette veuve me cause de l'ennui, je vais la venger pour qu'elle ne vienne pas sans fin me rompre la tête. » Et le Seigneur dit : « Écoutez ce que dit le juge inique. Et Dieu ne vengerait pas ses élus qui clament vers lui jour et nuit, alors qu'il patiente à leur sujet ? »* (Luc 18,1-7).

Origène[1] commentera également le désir qu'a Dieu d'être « fatigué » par la prière de l'homme.

La Cananéenne s'abstient de contredire Jésus. Il est le Seigneur ; il a raison. Elle va donc parler dans le sens du poil. Loin de se récrier sur son humanité, elle prolonge le raisonnement, le détaille, l'affine, en tire le suc.

« Oui, Seigneur. » Le mot éclate comme une affirmation de foi. De ces phrases humiliantes, elle va exhiber sa gloire. Les évangélistes n'emploient ce « oui » qu'aux grandes occa-

1. Homélie 2 sur Isaïe.

sions. « Crois-tu cela ? » dit Jésus à Marthe, « oui ». Mais alors il sollicitait la foi, ici il la repousse. C'est encore « oui ». Elle consent à tout ce qu'il a dit.

L'image se développe, renforçant la véracité du discours de quelques nuances plus exactes. Tous les mots servent, et surtout ceux qui ont nui. Soyons donc précis : on ne « prend » pas, dans les repas, le pain des enfants. Ils sortent repus, mais les chiens ont mangé. Et ils n'ont pas un appétit de loup ; puisqu'ils sont tout petits (le Seigneur ne l'a-t-il pas dit ?), les miettes suffisent. Ce n'est pas le pain, ce sont les miettes, que les enfants ne consomment pas. Enfin, ce n'est pas « pris », et ça n'a pas même besoin d'être « jeté » : ça tombe tout seul. Personne n'y prête attention. Il n'y a plus de mains, il y a la table et la loi de la pesanteur.

La païenne cependant a changé un mot : l'enfant est devenu le maître. Cela va dans le sens d'un plus grand respect. Elle semble augmenter encore la distance qui sépare un Juif d'un Cananéen. Le chien est sous la protection du maître. En fait, la femme resserre ce que Jésus avait désuni, imprudemment, ma foi. Les petits chiens faits pour le plaisir des enfants ne sont pas des ennemis. Ils sont sous la dépendance des maîtres et l'humanité de ceux-ci protège l'animalité de ceux-là. La substitution du mot a permis de faire surgir des obligations d'assistance. Et elle aussi s'entend aux jeux du langage : entre *kurion* (maître) et *kunarion* (petit chien), la parenté phonétique rappelle opportunément l'intimité de ceux qui vivent sous le même toit. La barrière que Jésus avait dressée entre Israël et les nations étrangères s'effondre. La maison est le symbole de la communauté et de la facile circulation des biens et des paroles. Qui donc, au fait, sinon Jésus avait évoqué l'idée de la maison[1] ?

1. Une interprétation plus théologique ne manquerait pas de faire valoir le lien entre le *kurion* appliqué aux enfants et le *kurios* par lequel elle invoque Jésus. L'allusion à la table eucharistique est évidente et resserre encore l'argumentation circonstancielle : les enfants et Jésus sont la même personne.

Donc ils mangent et c'est tout ce que l'on voulait. Ils mangent des miettes et ils sont rassasiés. Quel contraste entre la cause et l'effet ! L'une est minime, l'autre démesuré. Comme dans la multiplication des pains que ce récit annonce. Nouveau saut dans l'azur : la païenne connaît l'abondance de la grâce, au moment où on la lui refuse. Elle sait que sept pains nourrissent quatre mille hommes [1] et que le vin, à Cana, coule à flots.

Les symboles attachés à cet épisode, accès des païens au salut, multiplication des pains, repas eucharistique, n'éclipsent pas l'acuité et la persévérance de la foi cananéenne, la farouche et subtile personnalité de cette femme. Elle aurait dû filer depuis longtemps, queue basse si l'on ose dire, honteuse d'être cananéenne et canine, sous les ricanements des disciples. Sa foi a résisté. Le Jésus personnel à qui elle s'adressait garde, malgré ses silences et ses insultes, son irrésistible ascendant. Elle a perçu, sous l'homme d'apparences, le Messie qui est invisible à tant de regards. Avec une surprenante intelligence, elle a repris la réponse qui jouait contre elle et l'a pliée en argument irréfutable.

Et pour la troisième fois, elle a rabattu ses prétentions. Elle réclamait un geste. Ce n'est pas même la peine. Il suffit de laisser tomber d'infimes parcelles de la grâce. Sa discrétion augmente avec son entêtement. Elle criait bien fort mais elle ne demande presque plus rien. Est-ce sa faute si les chiens ont cette grosse voix ? Dans les repas normaux, chez les gens qui sont faits comme tout le monde, ces animaux mangent, même si on oublie de les nourrir. Il leur faut très peu et ce peu est tout. La grâce est cet éclaboussement.

« Alors Jésus lui répondit. » Solennité du ton. Si Bach avait écrit une cantate sur ce récit (et quelle pitié qu'il ne l'ait fait !), l'orgue et le violoncelle chanteraient gravement l'émotion du Christ, après un moment de silence, en sur-

1. « Sans compter », selon l'habitude, « femmes et enfants », qui cependant doivent bien avoir autant d'appétit.

plomb sur l'étonnement. « Ô femme, grande est ta foi ! Qu'il advienne selon ton désir ! »

Revirement sans autre exemple dans les Évangiles. C'est l'unique occasion où le Christ accomplit le contraire de ce qu'il a annoncé. Il s'incline devant cette volonté féminine, revient sur son refus ; plus gravement il change le projet de Dieu. Peut-être désobéit-il à son Père.

La spontanéité de Jésus se donne libre cours, faisant voler en éclats les axes rigides de sa mission dont cette femme lui révèle peut-être l'élargissement. Le Christ qui apparaît est aussi frémissant de sensibilité que tantôt il semblait dur.

Et voyez la parole d'exaucement. Ce n'est plus l'habituelle formule : « Va en paix, ta foi t'a sauvée. » C'est un hommage à cette admirable résistance qui a triomphé de tous les obstacles, son paganisme, l'imprudence des disciples et le plus douloureux où puisse se heurter la confiance d'un être, l'incompréhension et le rejet de Jésus. « Ô femme, grande est ta foi ! » Tressaillement d'admiration devant la beauté d'un tel témoignage, l'un des plus souverains de l'Évangile, quoiqu'il eût commencé dans le ridicule et la vulgarité.

Jésus évite de parler en maître. Les impératifs disparaissent. Il ne distribue pas d'ordres comme aux autres d'entre ses obligées. Il lui parle avec un respect ébloui et son langage rejoint les accents d'une prière élevée à Dieu. « Qu'il en soit comme tu le veux. » Que ta volonté soit faite ! Ce n'est pas celle de Dieu, et à présent qu'importe ? Elle est servie d'abord.

Marc, qui aime les secrets, ne se résout pas à faire crier si fort la païenne. La scène se passe du reste dans une maison où Jésus s'est réfugié, redoutant un mauvais coup de cette terre ennemie. L'irruption de la femme montre le caractère imparfait de son incognito. La rumeur le suit. Même ses cachettes sont épiées.

La femme est présentée comme une « païenne, syrophénicienne de naissance ». Marc cite le nom de la province romaine, plus familier à ses lecteurs que le vieux nom de Canaan. Et la mention de son paganisme les associe plus étroitement à sa demande, où s'incarne leur propre attente.

Elle entre, se jette aux pieds de Jésus et implore la guérison. Prière sans outrance, que le style indirect fond en quelque sorte dans la narration. Le récit, du reste, est tout en demi-teintes, et contraste avec le réalisme haut en couleur de la version de Matthieu. A la prière de cette mère, Marc n'oppose pas de refus brutal mais explique sa réticence. Le tour des païens viendra après et il l'invite délicatement à ne pas perturber le programme : « Laisse d'abord les enfants se rassasier », ce qui tempère la brusquerie qui suit, identique à celle de Matthieu. Marc ne veut pas décourager ses lecteurs. Aussi ni les disciples, ni le narrateur, ni Jésus ne la maltraitent-ils. Silence ou persiflage ne seraient plus de mise. Jésus invoque des raisons modérées. Sa mission doit respecter des préséances, et si les enfants sont servis avant les petits chiens, c'est bien la seule dureté du texte.

La Syrophénicienne admet sans difficulté. « Oui, Seigneur », dit-elle avec la même ferveur que l'autre. Sa foi à elle aussi se prépare de malicieuses issues. Elle tire à son bénéfice les raisons négatives de Jésus. « Sous la table, les petits chiens mangent... » Plus que Matthieu, Marc appuie sur la discrétion de ces bêtes. Ils mangent peu et ils se font parfaitement oublier « sous la table ». On ne peut pas dire qu'ils dérangent : on ne les voit même pas.

Subtilement, la femme a troqué le mot *tekna* (enfants de la lignée, c'est-à-dire le peuple juif) contre celui de *pedia* (enfants selon l'âge, c'est-à-dire tout le monde). La filiation est escamotée. Le terme nouveau rapproche la petitesse humaine de celle des chiens et réconcilie deux enfances, que scellent les jeux et la tendresse.

La judaïté s'estompe. Un mot substitué, et la femme a donné au propos nationaliste du Christ une portée universelle qui rompt cette chronologie de la distribution. Ils vont manger ensemble. Les miettes tombent dans les gueules aussi vite que le pain se porte à la bouche. Pas de hiérarchie, pas de cérémonial, mais la fraternelle vivacité d'une tablée d'enfants.

Jésus qui, chez Marc, a moins de préjugés contre les païens n'est pas saisi de la même stupeur. Il est séduit par l'astuce de la réponse. La femme l'a désarmé, il en convient et on croirait l'entendre rire tandis qu'il répond : « Grâce à cette parole, le démon est sorti de ta fille ! »

Chez Matthieu, l'homme perçait sous l'envoyé. Ici la divinité persiste. Jésus concède à la femme qu'elle a bien parlé, mais il conserve l'autorité du maître qui apprécie, juge, décrète et agit avec puissance, sans trop céder à l'émotion. Et Marc confirme la réalité du miracle en nous invitant chez la païenne : l'enfant est sur son lit, paisible. Le démon a disparu. Tel est, chez cet auteur, le style du secret : la personne se cache, mais dans une floraison de signes.

LA PÉCHERESSE DE LUC

Un pharisien l'invita à sa table. Entré chez le pharisien, il prit place. Survint une femme qui dans la ville était une pécheresse. Ayant su qu'il était à table dans la maison du pharisien, elle avait apporté un flacon de parfum. Et se tenant en arrière, à ses pieds, tout en pleurs, elle se mit à lui arroser les pieds de ses larmes, et avec ses cheveux elle les essuyait, et elle les couvrait de baisers et les oignait de parfum.

A cette vue, le pharisien qui l'avait invité se dit en lui-même : « Si cet homme était prophète, il saurait qui est cette femme qui le touche, et ce qu'elle est : une pécheresse ! » Et, prenant la parole, Jésus lui dit : « Simon, j'ai quelque chose à te dire ! » Et lui : « Parle, Seigneur, dit-il. – Un créancier avait deux débiteurs ; l'un devait cinq cents deniers, l'autre cinquante. Comme ils n'avaient pas de quoi rembourser, il fit grâce à tous deux. Lequel des deux l'en aimera le plus ? » Simon répondit : « Je suppose que c'est celui à qui il a fait le plus grâce. » Jésus lui dit : « Tu as bien jugé. »

Et, se retournant vers la femme, il dit à Simon : « Tu vois cette femme ? Je suis entré dans ta maison, tu ne m'as pas donné d'eau pour mes pieds ; elle, au contraire, m'a arrosé les pieds de ses larmes, et avec ses cheveux elle les a essuyés. Tu ne m'as pas donné de baiser ; elle, au contraire, depuis que je suis entré, n'a cessé de me couvrir les pieds de baisers. Tu ne m'as pas oint la tête d'huile ; elle, au contraire, m'a oint les pieds de parfum. A cause de cela, je te le dis, ses péchés, ses nombreux péchés lui sont remis, puisqu'elle a beaucoup aimé. Mais celui à qui on remet peu aime peu. » Il dit à la femme : « Tes péchés sont remis. » Et ceux qui étaient à table avec lui se mirent à dire en eux-mêmes : « Quel est cet homme qui va jusqu'à remettre les péchés ? »

Il dit à la femme : « Ta foi t'a sauvée ! Va en paix » (Luc 7,36-50).

Cet épisode s'incorpore aux récits d'onction relatés par tous les évangélistes, mais Luc prend ses distances par rapport aux trois autres, qui n'offrent entre eux que les variations dictées à chacun par son génie propre. Ici, tout est changé : le cadre, les circonstances, les personnages, les intentions, l'esprit. La version de Luc combine à parts presque égales les quatre genres que nous avons essayé de définir :

1) La polémique sur la loi et la grâce, repérable à la présence du pharisien et au thème de la discussion : comme la femme adultère, la pécheresse est le prétexte d'un débat où elle reste silencieuse.

2) La fidélité du service, puisque la femme se substitue au maître de maison insuffisant, et accomplit à sa place les rites de l'hospitalité.

3) La prière de la foi. Ce texte offre des parentés de structure et d'intention avec les récits de l'hémorroïsse et de la Cananéenne. La pécheresse arrive en état de supplication, qu'attestent ses larmes et ses gestes repentants. Jésus l'exauce, par le miracle de son pardon, et la congédie avec une formule identique à celle des textes déjà considérés. Nous avons regardé cette similitude comme un indice d'appartenance et inséré la scène à cet endroit de notre étude.

4) La pécheresse annonce enfin les grandes confessions des onctions de Béthanie, dont elle est un fragment erratique. Car il est aussi vrai de dire qu'elle vient ici gratuitement, pour glorifier Jésus et témoigner par des gestes, éloquents comme des paroles, sa connaissance du Christ. Son geste annonce la passion et adore. Au-delà de toute requête humaine, il prend l'ampleur d'une liturgie et d'une déclaration prophétique.

Ces quatre « niveaux de sens », comme on dit en analyse structurale, s'interpénètrent dans un habile brassage. Leur pluralité cependant ne va pas sans créer quelque turbulence dans la logique du texte. Deux idées en particulier se font concurrence et s'amalgament laborieusement : la prière et la glorification, qu'il est difficile d'ajuster bord à bord. Comment en effet implorer un secours et en même temps ne pas l'implorer ? La célébration suppose une gratuité que la prière dément. Le rédacteur a juxtaposé ces thèmes visiblement sans chercher à les harmoniser ; son texte souffre d'incohérences que nous n'essaierons pas de dissiper, car cela ne pourrait se faire qu'au prix d'une véritable mutilation du récit. Nous y reviendrons.

La première phrase lance l'idée générale, qui est double. « Un pharisien l'invita à sa table. » Le repas évoque nécessairement le partage et l'on s'étonne de ces avances faites à Jésus par un pharisien. Est-ce dans un sentiment amical ? Qui donc est cet homme qui invite ? C'est la première intention du texte. La seconde est évidemment liée à l'antithèse des deux personnages : on peut s'attendre à la reprise d'une de ces interminables querelles de rabbis et à une forme de conspiration : le pharisien épie Jésus et guette ses défaillances.

L'irruption de la femme perturbe le déroulement du repas mais enflamme la double interrogation sur les personnes de Jésus et du pharisien. Il y a peut-être du désordre dans la succession des plats mais pas dans les idées. La nouvelle venue, sans le savoir, fournit la clé à ces deux énigmes.

La femme fait donc son entrée et se livre aux démonstrations incompréhensibles de sa ferveur. Surpris et probablement choqué, le pharisien observe la scène. Mais il ne chasse pas la femme tandis qu'elle se livre à ce qu'il juge être des obscénités. En fait, elle ne l'intéresse pas. Son cas est clair : elle est hors la loi et n'attire plus de sanction particulière. C'est Jésus qu'il observe, avec le désir permanent de le prendre en défaut. Justement, la prostituée lui en fournit l'occasion. Car Jésus, inconscient, semble-t-il, accepte le contact avilissant. Et le pharisien tire la conséquence : « Si cet homme était prophète, il saurait qui est cette femme qui le touche et ce qu'elle est : une pécheresse. »

Soit, il n'est pas prophète ! Et il faut même qu'il soit franchement aveugle pour ne pas identifier immédiatement la créature : les cheveux dénoués[1], les parfums, l'entrée intempestive, l'audace des manières, c'est assez caractéristique, non ?

Cependant, où Jésus prophétise, c'est en devinant, une fois de plus, les pensées que le pharisien roule en sa tête. D'où le ton secret qui semble rejoindre cet homme dans ses réflexions tacites : « Simon, j'ai quelque chose à te dire. » Mais n'est-il que prophète ? A la fin de l'épisode, nul ne répétera la question initiale : Jésus aura posé des actes qui dépassent largement cette vénérable fonction biblique. L'interrogation sur sa personne s'égare, ne sachant plus où prendre ses appuis : « Qui est cet homme qui va jusqu'à remettre les péchés ? » Intimidée, l'assemblée suspend ses jugements, au seuil d'un mystère entrevu, trop vaste pour elle.

Mais regardons la femme, avant le pharisien. Jésus est à table avec les autres convives. Il est étendu, selon l'usage romain, quand l'inconnue surgit, présentant les signes d'un extrême désarroi. Elle vient, comme sont venues l'hémorroïsse et la Cananéenne, pathétique dans sa demande, mais confiante dans la miséricorde du Christ. Elle se place derrière lui et lui arrose les pieds de ses larmes. Elle tient un

1. Marque d'indécence dans la société juive du premier siècle.

vase de parfum, qu'elle devrait normalement verser sur sa tête : là se font les onctions. Elle n'ose effectuer ce geste, trop noble pour elle, et dans sa bassesse demeure aux pieds du Seigneur. C'est bien l'attitude de l'indignité. Quand, avant sa passion, Jésus veut exprimer l'humilité du serviteur, il lave les pieds à ses disciples.

« Tout en pleurs, à ses pieds, elle se mit à lui arroser les pieds de ses larmes ; puis elle les essuyait avec ses cheveux, les couvrait de baisers, les oignait de parfum. » Les assistants voient la pécheresse dérouler les actes d'un repentir en quatre phases, qui sont comme les états successifs d'une âme en quête d'innocence. Il n'y a qu'à tendre la main pour cueillir des symboles, beaux comme des fruits. Les larmes sont la douleur du péché ; les cheveux qui les essuient le pardon, quand la souffrance a purifié la faute. Les baisers expriment la relation nouvelle à la vie, dans un élan de gratitude et d'amour. Au parfum s'attachent les notions d'incorruptibilité et d'immatérialité. C'est assez pour désigner l'Esprit de Dieu. Ainsi cette femme, en quatre gestes, s'est-elle élevée de l'imploration à l'exaucement. Tirée de sa misère, elle a obtenu la purification et rejoint l'intimité de Dieu.

Mais elle fait encore autre chose. Comme dans les onctions de Béthanie, elle rend témoignage à Jésus, sur le mode prophétique. Elle raconte sa mort et sa résurrection. Le deuil, dans ses larmes ; la toilette du corps dans ces cheveux qui essuient, et l'enveloppent comme d'un suaire ; les baisers dont elle le couvre préfigurent les femmes qui, à la résurrection, se jetteront aux pieds de Jésus, l'onction du parfum évoquant et le rite funèbre, dont on verra plus loin l'ambiguïté[1], et la diffusion de la bonne Nouvelle, répandue comme une vapeur à travers le monde.

Qu'a donc fait cette femme ? A-t-elle supplié ou célébré ? Les deux thèses s'affrontent, avec d'autant plus d'entêtement que le récit de Luc fait bon poids à chacune, et l'on

1. Cf. p. 104.

peut s'épuiser en discussions infinies. Le pardon est-il la cause ou l'effet de l'amour ? Ici, l'on soutient que Luc est le chantre de la miséricorde et que ce texte est, avec la parabole de l'enfant prodigue, l'un de ses plus beaux joyaux. L'indigne se repent, aime et obtient sa grâce. Mais là on rétorque : soit, elle a péché. Mais c'est un pardon préalable à son entrée en scène qui entraîne ces effusions d'amour. Elle rend grâces à Dieu parce qu'elle est pardonnée, non pour l'être.

La parabole des deux débiteurs conduit impérieusement à cette conclusion : le premier aime beaucoup parce qu'il bénéficie d'une importante remise. Le second aime peu, ayant reçu une moindre grâce. L'amour de l'homme dépend-il donc de Dieu ? Ou le monde est-il ainsi fait que, l'amour dérivant du pardon et le pardon du péché, seul aime le pécheur ?

Surprenante idée que Jésus semble confirmer quand il attribue le manque d'amour du pharisien à la modicité de sa dette et exalte les dons fastueux de la pécheresse ! Seulement, qu'est-ce que cette dette modique ? Et qui peut s'estimer quitte envers Dieu, à commencer par le parfait ? Celui qui croit devoir peu se met à devoir beaucoup. La présomption qui affiche une sorte d'égalité avec Dieu est une outrecuidance qui endette fort ! Du reste, petit ou grand, le péché est toujours le péché ; petite ou grande, la grâce toujours la grâce. Ce sont infimes variations dans cette infinie distance que le pécheur, mieux que le juste, appréhende entre Dieu et lui ! Tel est le statut de l'homme : pécheur, il a à demander pardon de sa faute. Impeccable, il se croit au-dessus du pardon et ne peut plus aimer, péché qui, entre tous, appelle le repentir et la miséricorde ! Pardon et amour sourdent d'une conscience souffrante.

Mais la première interprétation qui fait dériver le pardon de l'amour (et non plus l'amour du pardon) émerge à nouveau, tandis que Jésus s'adresse à la femme : « Tes péchés sont remis. » Il ne proférerait pas une sentence aussi inutile, si

Dieu avait déjà accordé sa grâce, dont la femme manifestement ne ressent pas les effets ! Pourquoi pleure-t-elle et essuie-t-elle les pieds de Jésus avec sa chevelure ? En démonstration de joyeuse gratitude ? Si le pardon est déjà acquis, la phrase solennelle du Christ devient absurde : « C'est pourquoi, je te le dis, ses péchés, ses nombreux péchés lui sont remis, puisqu'elle a montré beaucoup d'amour. » Pour défendre sa thèse, l'exégète est alors obligé de malmener la syntaxe et ainsi amène-t-il la phrase à la signification convoitée : « Ses péchés lui sont remis, la preuve c'est qu'elle a montré beaucoup d'amour. » Le grec gémit, sous un pareil traitement. Et à quoi bon ? C'est réduire Jésus à un rôle d'huissier qui lui va fort mal : il vient dresser constat d'une situation déjà acquise. Le texte est privé de son nerf. L'essentiel se serait passé avant, dans un passé indéfini, l'intérêt de la rencontre s'efface, dépouillé de ses enjeux, de sa pointe, de son souffle, de sa puissance purificatrice, de son élan dramatique. Il n'en resterait qu'un bilan, une évaluation, une morale. Enfin la question des pharisiens deviendrait incompréhensible, quand ils disent entre eux : « Quel est cet homme qui va jusqu'à remettre les péchés ? » puisqu'il n'aurait rien remis du tout. Et pourquoi Jésus aurait-il, exceptionnellement, proféré deux fois l'annonce du pardon, au pharisien puis à la pécheresse, si la chose s'était faite sans lui, on ne sait trop quand ? La hauteur du ton n'autorise guère le doute : c'est bien à cet instant-là, non dans une antériorité brumeuse, que Jésus a posé l'acte majestueux du pardon.

Mais cette thèse ne peut se soutenir seule, sans que les contradictions recommencent. La parabole des deux débiteurs et le commentaire qu'en tire Jésus formeraient alors, dans le repas du pharisien, un hors-d'œuvre bien indigeste, ou plutôt un plat de résistance qui résiste diablement sous la dent des lecteurs. Il faudrait, pour que le texte reprît son intelligibilité, supprimer cette étrange digression sur l'amour sise entre les versets 41 et 47. En a-t-on le droit ?

Sacrifions le goût de la logique plutôt que la superbe

richesse du texte ! Celui-ci est à prendre comme il est, avec ses combinaisons d'idées, ses raisons disjointes, son foisonnement d'intentions.

Désordre qui fait du reste rebondir le problème : comment Luc a-t-il pu se rendre coupable d'une telle négligence, mêlant ainsi deux thèmes sans veiller à leur ajustement ? Sans doute est-il peu sensible aux soucis de cadrage et de composition. De plus impérieux sujets retiennent son attention. Ainsi le thème de l'offrande, lancé par la première phrase. Un pharisien qui invite, ce n'est pas fréquent. Serait-il pharisien par erreur et son invitation va-t-elle découvrir en lui une âme de publicain, insolente, fêtarde, joviale ? Eh bien non ; ce n'est pas l'intention de Luc, qui s'applique à nous montrer que l'homme appartient bien à sa caste, et donc que même lorsqu'il invite, il n'invite pas !

Les autres pour lui ne sont ni les hôtes ni les amis. Devant son éternelle référence à la loi, ils ne peuvent constituer que des partisans ou des adversaires. Voilà qui dessèche les relations ! Alors que la pécheresse laisse le parfum couler à flots, lui, dans son souci de justice, tarit tous les échanges. Il ne peut ni aimer ni être aimé. L'autarcie de la vertu dont il se prévaut élimine la dépendance et la générosité. En règle avec Dieu, il ne lui doit rien. Il y a en effet peu à lui remettre. Simon est l'homme du minimum, en quoi semble aboutir la perfection légaliste. Il ne donne presque rien et ne possède, semble-t-il, presque rien, ne souffrant ni désir, ni amour, ni regret. Il lui manque jusqu'au sens du manque [1]. Regardons comme son accueil se place sous le signe du peu ! Il est impropre à autrui. La présence de Jésus ne change pas sa façon : il le voit peu, l'honore peu, le reçoit du bout des lèvres. Cet homme dépourvu d'élan accueille chichement, parce que le don est une notion incompréhensible à celui qui a chassé l'esprit de la lettre.

1. Sur le « vide » du pharisien, voir Catherine Vallée-Bedu, « Un repas interrompu », in *Exister,* 19, p. 33.

Sa visiteuse au contraire a rompu avec la Loi. Cela n'appelle pas d'éloges particuliers. Ses péchés sont bien des péchés, et Jésus sur ce point se garde bien de l'innocenter. Mais elle se distingue par une étonnante aptitude à la relation. Championne des échanges libres, elle se rend volontiers auprès de Dieu ou des hommes, ainsi qu'on la voit faire ici, pénétrant avec simplicité dans une maison où elle n'était pas attendue.

La pécheresse se définit par l'abondance triomphale et la générosité, métaphoriquement exprimée par la fluidité de ses offrandes : ses pleurs, ses cheveux, son parfum, voire ses humides baisers. Tous les mots que Jésus reprend dans son inexorable comparaison soulignent l'opposition entre la profusion de l'un et la retenue de l'autre. Cette différence n'est pas à porter au seul compte des gestes matériels et des intentions de l'âme ; elle atteint sa véritable ampleur dans la vision théologique que tous deux révèlent ici.

Le pharisien a invité un adversaire, contre qui, seul ou avec ses pairs, il ne cesse de rompre des lances. Des soucis de tactique expliquent son attitude circonspecte : il l'épie et couve des arrière-pensées. La pécheresse a reconnu la face divine. En Jésus elle a salué la rédemption du monde. Elle est toute en dehors. Son corps la proclame, sans qu'elle prononce un mot. C'est le bavard ici qui est secret ; la muette a un silence qui retentit comme une chanson. Ses gestes, dans leur méthodique succession, attestent sa foi [1].

L'opposition que Jésus met entre le pharisien et la pécheresse n'a plus rien à voir avec celle qui apparaissait évidente à l'homme de la Loi. Celui-ci croyait simplement incarner la justice, en face de la transgression. Son attitude empesée tranchait volontairement sur ce dévergondage de cheveux, de pleurs et de parfums.

1. La syntaxe elle-même est proclamatrice de la gloire qui, dans les actions parallèles du pharisien et de la prostituée, ici, appuie d'un *sforzando* la personne royale : elle a arrosé *mes* pieds, répandu du parfum sur *ma* tête ; là, et par simple déplacement du pronom personnel qui désigne Jésus, rend on ne peut plus discrète la présence du Seigneur.

Mais Jésus lui dit : « Regarde cette femme. » Bizarre conseil. Certains regards ont des effets malheureux dont Jésus ailleurs met en garde les hommes[1]. Sommé de considérer l'impure, le pur va-t-il contracter la peste ? Cette insolente exhortation nous prépare de nouvelles surprises : eh bien, non, la femme est indemne de germes nocifs. Elle est au contraire le bon exemple. Loin de s'en préserver, le pharisien doit l'imiter. Lui le notable ! Il se fera novice et, à son contact, il s'initiera à l'hospitalité dont il a inconsciemment enfreint les règles. La prostituée prend le rang de rabbi ; il est son modeste disciple.

L'inadvertance de Luc s'éclaire peut-être : qu'importe de savoir qui doit commencer, l'amour, le pardon, l'homme ou Dieu ? Le débat est oiseux. La propre confusion de Luc célèbre la circularité de la notion. Sa maladresse devient pièce démonstrative. Le péché fuit le péché ; s'il trouve l'amour, le pardon advient ; s'il obtient le pardon, l'amour s'ensuit. Ces trois notions forment les sommets d'un triangle dont, par définition, chacun est relié aux deux autres. Il n'y a pas de figure qui exprime plus impérieusement la solidarité d'un corps, cette énorme concertation des parties. Chacun est médiateur de tous les autres. Tout rejoint tout. Et voilà l'unité, au moins dans sa perfection géométrique !

Notre époque, qui veille amoureusement à nos libérations, nous exhorte à nous dégager de cette mentalité où la notion de péché joue un rôle si destructeur. Sans doute a-t-elle raison : de péché, dans ce monde d'amour et de paix dont chaque jour nous donne l'occasion de nous réjouir, il n'y a plus. Mais c'est également se méprendre sur l'extrême vitalité de cette psychologie de la foi qui, en conjuguant amour, péché, pardon, enracine l'être dans l'autre. Le moi n'est lui-même que par ces prochains qui l'aiment, qu'il aime, dans une réciprocité fondatrice.

1. Cf. p. 171.

Et ce sobre récit ébauche la relation de Dieu et de l'homme, où l'être se délivre de ses douleurs dans la présence d'une amitié.

Le pharisien est petitesse et isolement. La femme est l'âme réconciliée du monde, la foi dans un Dieu d'amour. Avant les pharisiens, les prostituées entrent dans son Royaume.

LA MÈRE DES FILS DE ZÉBÉDÉE

> *Alors s'avança vers lui la mère des fils de Zébédée avec ses fils, en se prosternant pour lui demander quelque chose. Il lui dit : « Que veux-tu ? » Elle lui dit : « Ordonne que mes deux fils que voici soient assis l'un à ta droite et l'autre à ta gauche, dans ton royaume. » Répondant, Jésus dit : « Vous ne savez pas ce que vous réclamez. Pouvez-vous boire la coupe que moi je vais boire ? » Ils lui disent : « Nous le pouvons. » Il leur dit : « Ma coupe, vous la boirez. Mais d'être assis à ma droite et à ma gauche, cela, il ne m'appartient pas de l'accorder : c'est à ceux pour qui mon Père l'a préparé »* (Matthieu 20,20-23).

Le texte est représentatif, par contraste. La prière échoue mais la logique n'en a pas démordu. C'est bien la même qui a assuré le succès des autres. Cette mère ambitieuse est sortie des codes stricts que respectaient l'hémorroïsse et la Cananéenne. Sa demande exceptionnelle, en malmenant les règles du jeu miraculeux, essuie un échec et par là les confirme. Impossible à Jésus de la renvoyer avec la belle parolc finale.

Pourtant tout avait bien commencé. Elle vient, se prosterne et Jésus se met à son service, quand soudain la mécanique se grippe ! Où est la faute ? Elle est sortie du témoignage de la foi : sa démarche ne traduit aucune adoration.

D'abord cette femme n'est pas venue seule, mais avec ses fils. Pourquoi n'ont-ils pas formulé eux-mêmes la requête puisqu'elle les concernait ? Jésus n'est pas dupe : la mère lui parle, mais c'est à Jacques et Jean qu'il répond. Ensuite, cette femme ne vient pas ici, poussée par une pénible épreuve ; elle quémande une faveur, cherchant de brillantes places pour ses fils. Enfin, elle se méprend et sur la carrière que leur offre Jésus et sur la nature du Seigneur, dont elle fait un personnage influent, bien en cour, ce qui n'a rien à voir avec la qualité de fils de Dieu. Jésus ne peut l'exaucer : dans ce domaine, il fournit plutôt des tribulations. Pour l'avancement proprement dit, il vaut mieux s'adresser à son supérieur hiérarchique.

Telles sont ces femmes, à l'exception d'une, étrangère à ces exemples de foi personnelle, et qui n'est pas exaucée. Elles prient, remplies d'une confiance qui est plus qu'une confiance. Car elles ne se bornent pas à attendre ; elles provoquent, insistent, combattent. Leur foi est intense, audacieuse, solitaire déjà, puisque Jésus est désormais le seul à entrer dans leur intelligence.

Elles annoncent les femmes qui se distingueront d'elles par un degré supplémentaire, touchant le sommet de la conviction, où elles ne peuvent plus être dépassées. C'est elles que nous regardons à présent.

4
La confession de la foi

Déjà Marie, sœur de Marthe, nous avait doucement acheminés vers une autre relation avec le Christ. Elle avait délaissé les obligations du service que réclamaient et la présence d'un invité et un juste partage d'efforts avec Marthe, s'était assise aux pieds du Maître et elle écoutait sa parole. Cette fervente immobilité molestait les usages. Jésus l'avait félicitée. Sa paresse, traduisant la juste perception de la personne divine. étrennait des rapports de gratuité.

Plusieurs femmes saluent en Jésus-Christ le fils de Dieu. Rien ne presse leur rencontre. Jésus n'est plus ni le secouru ni le secours. Elles ne veulent pas se dévouer à lui, n'ont pas avec lui de relation d'amitié suivie, sauf pour une. Elles n'ont rien à lui demander. Elles viennent auprès de Jésus pour des raisons mystérieuses. On ne comprend pas pourquoi l'inconnue arrive et dépense son parfum. On ne voit pas pourquoi la Samaritaine provoque Jésus au lieu de lui donner à boire, comme il le demande. Seule Marthe avait une grâce à implorer. Mais, à l'instant où Jésus lui fait entrevoir sa réalisation, Marthe se détourne, happée par un plus grand sujet.

La foi se fait grâce pure. Les femmes saluent le Maître seul, dans la vision de sa messianité. Elles deviennent des figures de l'Église, et l'Église en effet est déjà autour d'elles, dans cette humanité tantôt rebelle, comme aux onctions de Béthanie, tantôt gagnée à l'appel des femmes, comme dans l'épisode de la Samaritaine ou celui de Marthe, à propos de Lazare.

Il convient de remarquer que les pharisiens, à ce niveau de rencontre, ont disparu. Le public rassemblé est celui qui formera ou pourrait former la future Église : ce ne sont pas des ennemis, ce sont des partisans, des proches, des gens simples et disponibles. Cela ne signifie pas qu'ils entendent d'emblée le message, mais leur bonne volonté n'est pas en cause. Ils sont simplement moins élevés dans l'ordre de la foi.

Enfin l'on notera l'ampleur toute liturgique des paroles ou des gestes accomplis. Pour les formules qu'énoncent ces femmes, les martyrs accepteront de verser leur sang : credo simples et denses, lourds d'une théologie qui se livre ici en traits fulgurants.

Ces reconnaissances se manifestent tantôt par une gestuelle, commentée par le Christ devant un auditoire étonné et lent à comprendre, tantôt sous la forme d'un dialogue ascendant avec Jésus, qui les achemine peu à peu à la formule suprême où sa divinité éclate de lumière.

La première série offre des caractéristiques communes qui méritent l'attention : il s'agit de l'épisode de Marthe et Marie, déjà évoqué, et des trois onctions de Béthanie. Ces scènes se déroulent à l'intérieur d'une maison où Jésus est censé être servi. Ici un repas se prépare dans la fièvre, là Jésus est déjà à table. Scènes entre toutes traditionnelles, ou qui devraient l'être. Mais un personnage féminin trouble le déroulement des coutumes. L'inconnue de Béthanie interrompt un repas qui dégénère en querelle. La paresse supposée de Marie déclenche la colère de Marthe. Attitudes obscures, à la limite d'actes profanateurs : l'entourage ne sait pas les interpréter et, les jugeant avec des critères communs, entre en conflit avec leurs auteurs et les rabrouent brutalement ; nul ne peut saisir la dimension prophétique de ces gestes, dont Jésus cependant finit par donner la clé.

LES ONCTIONS DE BÉTHANIE

Les onctions de Béthanie surviennent dans le temps inéluctable qui conduit Jésus à la croix. L'objection l'a emporté. La Passion commence. Rien n'arrêtera plus ceux qui sont déterminés à le faire mourir. Entre la persécution des ennemis et l'abandon des proches, le témoignage féminin jette une lumière d'une étrange constance.

Les récits de saint Matthieu et de saint Marc

Tandis que Jésus se trouvait à Béthanie dans la maison de Simon le lépreux, s'avança vers lui une femme avec un flacon de parfum d'un prix élevé, et elle le versa sur sa tête, alors qu'il était à table. Ce que voyant, les disciples s'indignèrent et dirent : « A quoi bon cette perte ? Car on aurait pu vendre cela bien cher, et le donner à des pauvres. »

Jésus s'en aperçut et leur dit : « Pourquoi tracassez-vous cette femme ? Oui, c'est une belle œuvre qu'elle a faite envers moi. Toujours en effet vous avez les pauvres avec vous ; mais moi, vous ne m'avez pas pour toujours ! Si elle a répandu ce parfum sur mon corps, c'est pour m'ensevelir qu'elle l'a fait. En vérité, je vous le dis : partout où sera proclamée cette bonne Nouvelle, dans le monde entier, on redira aussi, à sa mémoire, ce qu'elle a fait » (Matthieu 26,6-13).

Et tandis qu'il était à Béthanie dans la maison de Simon le lépreux, alors qu'il était à table, vint une femme avec un flacon de parfum, un vrai nard, d'un grand prix ; brisant le flacon, elle le versa sur sa tête. Il y en avait qui s'indignaient entre eux : « A quoi bon avoir perdu ce parfum ? Car on aurait pu vendre ce parfum plus de trois cents deniers et les donner aux pauvres. » Et ils la grondaient.

Jésus dit : « Laissez-la. Pourquoi la tracassez-vous ? C'est une bonne œuvre qu'elle a accomplie sur moi. Toujours en effet vous avez les pauvres avec vous et, lorsque vous voulez, vous pouvez leur faire du bien ; mais moi, vous ne m'avez pas pour toujours ! Ce qu'elle pouvait, elle l'a fait : elle a d'avance parfumé mon corps pour la sépulture. En vérité, je vous le dis :

partout où sera proclamée la bonne Nouvelle, au monde entier, ce qu'elle a fait sera aussi raconté, en mémoire d'elle » (Marc 14,3-9).

Ces deux récits, comme plus loin celui de Jean, demeurent dans l'éclairage plombé de la Passion ; Jésus est à la merci du traître, dont la silhouette, d'Évangile en Évangile, se précise plus nettement. Quant aux disciples, ils entament la lente dérive, qui les fera dormir, partir, trahir.

Les commentaires, qui exaltent volontiers les femmes de la résurrection, omettent souvent de saluer ces gestes de l'onction, malgré l'impérieuse recommandation du Seigneur. Il est vrai que la résurrection ne bouscule pas les préjugés. On y voit des femmes tremblantes, obéissantes, galopantes. Elles ne font que répéter un message. Celles de Béthanie, au contraire, présentent une capacité d'anticipation qui les élève d'emblée au-dessus de l'intelligence commune. Quand celles-là accomplissent des rites, celles-ci posent des gestes de haute prophétie. Faute de les comprendre, les disciples les blâment, distancés. Et finalement elles ne sont entendues que du Dieu qu'elles seules entendent.

Or si j'en crois maint hardi auteur, elles ne savent pas ce qu'elles font, comme les hommes qui crucifieront Jésus. Sauf qu'ici l'inconscience excusait le crime, tandis que là elle diminue leur mérite. Qui d'ailleurs les connaît à part saint Jean [1] ? Et leur genre n'est pas trop bon, à en juger par cette irruption qui évoque la pécheresse de Luc et fait entrevoir de méchants cousinages. Ne nous hasardons pas à complimenter une créature qui exerce peut-être un vieux métier ! On n'imagine donc pas que leur action soit volontaire. Au mieux, on leur fera crédit d'une vague intuition, d'un élan irréfléchi du cœur. Mais de l'intelligence, vous voulez rire.

L'onction de Béthanie est une « bonne œuvre », concède-t-on, puisque Jésus a ainsi parlé, mais exécutée sans lucidité.

1. La sienne n'est autre que Marie, sœur de Lazare et de Marthe.

Non content d'abaisser eux-mêmes la femme, certains auteurs tirent Jésus par la manche pour l'inviter à des propos plus mesurés, malgré la frappe péremptoire de son interprétation. La Bible de Jérusalem y va d'une note : « Jésus semble admettre, v. 12, que, dans l'instinct de son cœur, elle a pressenti la portée de son geste[1]. » Où donc Jésus a-t-il parlé de cœur ? Où a-t-il parlé de pressentiment ? Où a-t-il parlé d'instinct ? Que semble-t-il admettre ? Et pourquoi devrait-on « redire dans le monde entier à sa mémoire ce qu'elle vient de faire » si, comme cette Bible semble l'admettre par instinct et pressentiment, ce geste s'était consommé dans une semi-stupidité ?

Le premier exégète de cet épisode en somme, c'est Jésus. Et l'on voit vite qu'il n'est pas théologien de métier. Il déclare vigoureusement le contraire de ce qu'on veut lui faire dire. Cette femme, selon lui, a agi en pleine connaissance de cause. Qui a tort ? Jésus, qui d'habitude lit jusqu'aux pensées les plus secrètes ? Devant ce témoignage éclatant, aurait-il été saisi d'une distraction ?

Qui est d'ailleurs cette femme ? Personne, hormis le Christ, ne peut se prononcer à son sujet. Cette arrivée dans un repas où les précisions sont nombreuses, concernant le lieu, l'hôte, les circonstances et les convives, jette un souffle de mystère. Il ne convient pas de le dissiper avec des suppositions sur sa nature, ses mœurs, son quotient intellectuel. On fausserait ainsi un texte qui pivote sciemment autour d'une énigme et de la triple interprétation que celle-ci inspire aux assistants.

Qui donc est-elle ? D'où vient-elle ? Pourquoi ? On l'ignore. Mais trois intelligences l'observent, elle et son geste : le narrateur, les disciples, Jésus. L'évangéliste décrit, les disciples évaluent, le Christ dévoile.

A la veille de la passion, Matthieu et Marc jettent sur l'agonie commençante l'éclat d'une gloire déchirée. Les

1. Cerf, 1956, p. 1324.

Juifs célèbrent la pâque, Jésus est à Béthanie, chez Simon le lépreux, à table parmi ses disciples, dans la solennité d'un repas dont il occupe le centre. « Une femme s'approcha de lui avec un flacon d'albâtre contenant un parfum très précieux. » Les deux rédacteurs insistent. « Un nard pur », dit Marc, usant d'un mot qui suggère la foi, *pistikês,* littéralement : fiable ; le produit n'est pas fraudé, pour une fois ! Le flacon confirme la valeur du parfum ; il est lui-même d'une matière précieuse, l'albâtre, qui, selon Pline, excelle à conserver l'arôme. Marc en remet encore : la femme brise le flacon que Matthieu avait seulement débouché. Ce n'est ni pour exprimer que la totalité du produit a été répandue, ni peut-être par une déférence sacrée qui interdit la réutilisation d'un récipient destiné au Seigneur, encore que ces connotations ne soient pas absentes. Mais le détail fait encore monter le prix : il s'agit d'un nard hermétiquement bouché, sans doute importé de pays lointains. Qui donc est ce personnage, s'interroge le lecteur, pour justifier une telle ostentation de dépense ?

« Et elle le versa sur sa tête tandis qu'il était à table. » L'onction ne s'effectue pas sur les pieds, comme chez la pécheresse. L'intention d'humilité disparaît ainsi que l'aveu d'une démarche toute personnelle. La femme ici n'expose aucune détresse, et ne propose aucun service particulier. D'emblée, elle s'élève à une signification générale : elle accomplit l'onction sacerdotale, elle sacre Jésus roi d'Israël et prophète. Pour le lecteur de Matthieu, l'allusion est sans équivoque. Telle est la version des évangélistes.

Les disciples, eux, ne sont pas prêts à saluer la messianité de Jésus. A l'offrande qui vient d'être faite, ils donnent une interprétation d'ordre tout pratique. Or, écarter la valeur symbolique du geste, c'est le réduire à un incompréhensible gaspillage. L'indignation inspire à ces hommes un petit cours d'économie. Cette dilapidation est directement opposée aux principes de répartition des richesses qu'on leur a enseignés et qui demandent de la compétence. Les mots de la valeur percutent ceux de la perte; les substances précieuses, les gestes destructeurs.

L'exigence de charité justifie leur protestation. Les pauvres n'ont pas besoin de cette exaltation de gestes insensés, ils requièrent une organisation rationnelle. Si on veut les aider, il faut passer par des opérations que maîtrise l'intelligence : vendre et distribuer. Les actes anarchiques de briser / répandre sont stériles. Marc produit des chiffres : la perte excède trois cents deniers.

Un tel discours ne provoque pas notre surprise, chez Matthieu notamment, où Jésus, peu avant, avait fait leçon sur le devoir d'assistance aux pauvres. Les nourrir serait bientôt la seule façon de le nourrir, lui Jésus. Ici, le gaspillage rend impossible la charité envers l'indigent, donc envers Jésus lui-même. Cette femme trahit le Christ en empêchant le service de la charité. Elle fait du Seigneur l'obstacle des pauvres, non leur intercesseur. Elle n'a été utile à personne : ni aux malheureux ni à Jésus qu'elle honore. Vertueusement, les disciples se liguent contre elle. Le geste solitaire est désavoué par l'assemblée. Tels des pharisiens, ils deviennent compacts, secrets, hostiles. Leur mécontentement introduit une scission dans la belle fraternité du repas. Et ils rudoient la femme, puisque le respect les retient de critiquer ouvertement Jésus.

Mais autour du Maître une sorte de complot s'ourdit, que dénotent les signes de mise à l'écart : « Ils se disaient entre eux » ou « Jésus s'en aperçut ». N'osant être grossiers, ils se replient sur leurs griefs et deviennent secrets. Jésus n'a pas repoussé cette femme, il partage la responsabilité de cette dépense, au mépris de ses propres conseils. Chez Matthieu, le rejet est global; les disciples incarnent le judaïsme traditionnel. Chez Marc, tous ne s'irritent pas, mais quelques-uns, dans l'ombre de Judas peut-être. Le traître est encore mal dégagé du groupe.

En fait, les disciples récitent-ils convenablement la leçon? Quand bien même l'on renoncerait à tout symbolisme pour s'en tenir à la charité seule, il n'est pas dit que la femme n'ait pas encore raison contre eux. Jésus, traitant des secours à apporter aux pauvres, formulait des opinions différentes. Il n'avait pas entretenu ses disciples comme un docteur en sciences économiques. Dans l'incident du jeune homme riche, il y avait bien une transformation de biens en argent, suivie d'une distribution aux miséreux. Mais le Seigneur ajoutait : « Viens, suis-moi. » Or le don de la femme présente cette radicalité sur laquelle les disciples se méprennent. Il suggère la charité totale, où l'être s'arrache à lui-même. La femme a donné, justement sans compter ; les disciples, eux, comptent. « Elle a fait ce qu'elle pouvait », dit Marc, comme la veuve qui déposa dans le trésor du Temple un quart d'as, c'est-à-dire « tout ce qu'elle possédait [1] ». Cette femme, elle aussi, est venue procéder à une offrande dont l'exagération est révélatrice d'une charité et d'une conviction radicalement différentes.

Leur incompréhension masque chez les disciples la valeur symbolique qui seule arrache ce geste à son absurdité. Ils ont péché par incrédulité, à deux reprises : en estimant d'abord que leur maître ne valait pas la dépense (effectivement il sera vendu pour beaucoup moins) ; ensuite ils ne se sont pas souvenus qu'il allait mourir. Jésus venait pourtant de le leur rappeler. Surdité ou amnésie ?

Au tour de Jésus maintenant de transcrire en paroles les significations de l'offrande. Il le fait, répétons-le, en attribuant à l'inconnue la pleine conscience de son acte.

Le lecteur était déjà prévenu de la valeur messianique de ce geste. Le Christ s'imposait comme le Seigneur, sous l'onction royale. Il faut maintenant aller beaucoup plus loin : la femme annonce aussi la mort et la résurrection du Messie. Elle accède à la prophétie.

Le commentaire de Jésus commence par discuter l'opinion des disciples. Il leur montre que l'inconnue a finale-

1. Marc 12,41-44 ; Luc 21,1-4.

ment mieux fait ses comptes qu'eux. On l'a vu, si l'on s'en tient au service des pauvres, elle les dépasse. « C'est une bonne œuvre qu'elle a accomplie pour moi. » Les pauvres en effet, vous les aurez toujours avec vous. Moi, vous ne m'aurez pas toujours. L'expression « bonne œuvre » répond au « gaspillage », et impose sa double implication charitable et rituelle. Les offrandes juives se divisaient en deux parts, l'aide aux indigents et le service de Dieu. Les disciples reprochent à la femme d'avoir sacrifié les pauvres à une dévotion imbécile. Mais elle a retenu la grande leçon de Jésus : ce qui est donné à Dieu est donné aux hommes et réciproquement. Ce n'est qu'une seule et indissociable action. Une épître johannique rappelle que l'amour mutuel et la foi émanent du même commandement[1].

Elle a du reste bien discerné entre les pauvres, en choisissant le plus pauvre. Ampleur contradictoire de cette offrande ! Elle désigne à la fois la royauté et la misère. Tel est ce jour-là le Christ. La pauvreté est un phénomène endémique, inguérissable, il y a une banalité de la pauvreté : « Vous avez toujours des pauvres parmi vous. » Mais Jésus meurt dans deux jours. Il est ici le paroxysme de la détresse. Tous les indigents bénéficient de l'onction répandue sur lui, qui les contient et les rassemble. Après sa mort, Jésus sera servi dans les pauvres ; à présent, les pauvres sont servis en lui.

Mais on ne peut en rester à la perspective étroite des disciples, qui ne traitent que des secours matériels. D'autres vapeurs s'échappent du flacon, irréductibles à la seule charité. Jésus aborde enfin cette part mystérieuse : « Si elle a répandu ce parfum sur mon corps, c'est pour m'ensevelir qu'elle l'a fait. »

L'évangéliste avait déjà donné une autre envergure au geste, par la profusion du don mais aussi son emplacement : le parfum est versé sur la tête, ainsi consacre-t-on rituellement le roi et le messie. Il y a plus.

1. 1 Jean 3,17 ; 4,7-8.

Cette femme prophétise la mort et la résurrection. Elle a surgi en plein repas ; c'est tout compris pour un lecteur déjà initié aux sous-entendus évangéliques. A ce moment-là, Jésus est symboliquement sacrifié dans le pain et le vin. Il est mort. La femme survient et procède à l'onction. Elle exécute, comme le dit Jésus, un rite d'ensevelissement. Elle anticipe le travail féminin de l'aspersion aromatique. Elle est la première d'entre les femmes à pourvoir à la sépulture. Son anticipation dépasse le simple service rituel, qui sera celui des femmes au tombeau, et confère à cet acte une valeur supérieure, liant au devoir de fidélité la vision divinatoire de la foi.

Prophétie à double détente : elle annonce la mort et elle suggère aussi la résurrection. Déjà chez Marc, le bris du vase et l'exhalaison du parfum symbolisaient la pierre enlevée du tombeau et le Christ vivant pour l'éternité. Invisible et profus, aérien et incorruptible, le parfum diffuse une bouffée de significations théologiques.

On comprend alors la plénitude de cette onction. La femme aurait choisi d'autres gestes si elle n'avait fait qu'évoquer la mort de Jésus : pleurer, se jeter aux pieds du Christ, se frapper la poitrine. Elle choisit de l'arroser de parfum. Entre tous les rites d'ensevelissement, elle effectue celui qui évoque l'idée de l'incorruptibilité, mais qui surtout est le seul qui ne s'accomplira pas. Quand les femmes viendront apporter les aromates, le corps de Jésus aura disparu. L'onction ne peut se répandre qu'à contretemps, et sur le corps d'un vivant !

L'inconnue verse son parfum comme si elle savait que, paradoxalement, ce geste entre tous funèbre libère la revanche éternelle de la vie. La prophétie répand sur le repas une effervescence de fête, qui favorise les impulsions les plus dispendieuses. Les disciples n'y entrent pas. Réfractaires à cette exaltation des énergies, ils ne s'élèvent pas au-dessus des ternes calculs de la vie ordinaire. Entre la femme, emportée par l'émotion, et ces hommes désabusés, le malentendu est total. Les protestations de l'assistance indiquaient leur désaccord sur la notion de charité, mais il court de surcroît un symbole léger par là-dessus, qui accuse leur âme incrédule. N'est-ce pas la foi qu'ils refusent avec ce parfum fiable ? A leur façon, mais déjà on force l'allusion, rien que de la signaler, eux aussi complotent et tentent d'étouffer la Bonne Nouvelle. C'est peut-être pour cette raison que Jean, le plus allégorisant des rédacteurs, attribue la responsabilité de leur propos au seul Judas. Il n'ose charger indûment les disciples. Reste qu'ils ont cédé à quelque brutalité de geste ou de parole et qu'ils figurent le peuple incroyant et persécuteur. Devant eux, la femme, fragile et désarmée, offre le visage de la première Église, dans son combat parmi la collectivité mal convaincue.

Cependant Jésus n'a pas fini de saluer ce témoignage singulier. Une dernière phrase, emphatique, la promet à une carrière universelle. « En vérité je vous le dis, partout où sera proclamée cette bonne nouvelle, dans le monde entier, on redira à sa mémoire ce qu'elle vient de faire. » Obscur aujourd'hui pour quelques-uns, ce geste sera le flambeau des communautés futures. Jésus le déploie dans l'espace et le temps et l'identifie à la foi nouvelle, dont il est l'audacieuse prémonition. Éloge sans précédent dans sa bouche. L'indigne est citée en modèle. Cela s'était produit avec la pécheresse de Luc. Mais ici Jésus convoque la mémoire et lui assigne un rôle grandiose : les générations parleront de cette femme dont le témoignage, quasi sacramentel, s'incorpore à l'annonce de la Bonne Nouvelle. On pense non seulement à Marie la bienheureuse mais aussi à l'institution de l'Eucharistie : « Faites ceci en mémoire de moi. » Peut-être nos offices n'accordent-ils pas à l'épisode l'importance que le Christ avait recommandée. Car c'est bien cette créature qui fait courir un souffle d'espérance sur les conspirations triomphantes de la mort. Sa conviction, solitaire et incomprise, maintient la Passion dans son registre d'accomplissement, et non de ruine définitive.

Judas intervient immédiatement après l'onction. Mais la flamme ainsi allumée ne s'éteint pas dans la nuit qui monte.

Le récit de saint Jean

Jésus donc, six jours avant la Pâque, vint à Béthanie, où était Lazare qu'il avait relevé d'entre les morts. On lui offrit là un repas, et Marthe servait. Lazare était l'un des convives. Marie donc, prenant une livre de parfum de vrai nard d'un grand prix, oignit les pieds de Jésus et les lui essuya avec ses cheveux. Et la maison fut remplie de l'odeur du parfum.

Judas l'Iscariote, un de ses disciples, celui qui devait le livrer, dit : « Pourquoi ce parfum n'a-t-il pas été vendu trois cents deniers, qu'on aurait donnés à des pauvres ? » Il disait cela, non qu'il eût souci des pauvres, mais parce que c'était un voleur et que, tenant la bourse, il emportait ce que l'on y mettait. Jésus dit donc : « Laisse-la garder ce parfum pour le jour de ma sépulture. Car les pauvres vous les avez toujours avec vous ; mais moi, vous ne m'avez pas pour toujours » (Jean 12,1-8).

Jean fait de Marie une prophétesse d'une tout autre ampleur que chez les trois premiers évangélistes. Ces derniers avaient fait annoncer à leur inconnue la mort de Jésus et, allusivement, sa résurrection. La théologie de Jean ne se contente pas d'un tel message. Elle embrasse une conception plus haute, celle de la glorification. Marie met en lumière sa réalité ultime, qui bouleverse l'ordre apparent d'une maison en fête.

Jésus est, à Béthanie, l'hôte de Lazare qu'il a ressuscité. La joie règne et l'on fait bombance. Probablement, ce repas célèbre le retour du mort parmi les siens. Il mérite bien le nom de convive, lui vivant[1] ! L'Évangile en effet

1. Certes, le jeu de mots n'existe pas dans le texte grec. Mais il y en a un autre, équivalent : Lazare fait partie de ceux qui sont « étendus à table », puisque l'usage romain s'est propagé en milieu juif. Mais le mot « étendu à table » contient le préfixe *ana-* qui indique l'acte de se relever et le même verbe signifie aussi « se dresser ».

note qu'il est à table. Chose en elle-même banale, puisque Lazare habite là et qu'il est l'heureux frère de Marthe, future patronne des cuisinières. Cette précision, en fait, marque qu'il a réintégré sa place habituelle. Il faut établir qu'il est bien ressuscité, avec le corps de jadis, capable d'appétit. Lazare est un revenu, pas un revenant. De la même manière Jésus, après sa résurrection, consommera pain et poisson devant ses disciples. La preuve de la vie ne se fait jamais si bien qu'à table.

Marthe, l'autre personnage important, vaque au service. Cette activité ne doit sans doute pas être mise en parallèle avec l'anecdote rapportée par Luc. Marthe ici renforce l'idée de la fête. D'un tempérament vitaliste, comme on le verra plus loin, elle est toute à son aise dans cette cérémonie et collabore allègrement à la résurrection.

Elle et Lazare ont clairement défini l'esprit de ce repas : le frère bien-aimé est à nouveau vivant, tous s'en félicitent.

Or cela ne suffit pas à Jean. Un mort réanimé, et s'appellerait-il Jésus, c'est peu de chose. Deux nouveaux acteurs entrent en scène, qui vont refouler les précédents, Marie et Judas. Ils nous sont très bien connus, celui-ci parce qu'il est le traître et que Jean nous découvre l'intérieur de ses pensées, celle-là parce qu'elle fait partie de l'entourage de Jésus.

Plus question pour ce repas d'inspirer des querelles d'interprétation autour d'un personnage mystérieux ! Ils nous sont familiers en raison de qui ils sont et de ce qu'ils sont : la foi et l'incrédulité.

Un drame se noue, hautement symbolique. L'épisode se métamorphose en vérité de foi. L'ordonnance harmonieuse du festin où Marthe et Lazare commémoraient le même événement, dans le même esprit, est rompue. Le combat des ombres et de la lumière livre ses derniers assauts, avec des acteurs disposés comme au porche d'une cathédrale : symétriquement, cette femme qui glorifie et cet homme qui trahit. La tablée s'enfonce dans le silence et les laisse seul à seul. Examinons-les successivement.

Marie arrive avec son onction. Les rôles des deux sœurs ne coïncident pas. Tandis que l'alerte Marthe pourvoit à la réjouissance momentanée, Marie se met aux pieds de Jésus, dans l'attitude de la pécheresse ou de la disciple attentive. Marthe veillait à l'ordinaire. Marie assure l'exceptionnel. Comme Augustin avait raison de parler là de possession, ici d'espérance ! Par ce geste dispendieux, Marie ajoute au festoiement une dimension transcendante, universelle et prophétique. De la plate réjouissance, elle nous fait passer au registre de la contemplation.

Indifférente au déroulement du banquet, Marie accomplit son acte insolite. Comme les autres rédacteurs, Jean précise la valeur de l'offrande, son poids, son prix, la qualité du produit. Ces notations illustrent la gloire du Fils, qu'elle est seule à percevoir. Marthe avait invité Jésus et il était son hôte, sans doute le plus honoré, mais rien d'exceptionnel ne le sépare de ses commensaux. Or Marie, par cette onction royale, l'élève infiniment au-dessus du groupe.

Elle répand l'onction sur les pieds du Christ, comme avait fait la pécheresse, non sur sa tête. Mais ce n'est pas un sentiment d'indignité personnelle qui l'astreint à cette humilité. C'est la grandeur du Christ en qui elle reconnaît bien plus qu'un pouvoir de ressusciter. Marie ne touche que les pieds du Christ, comme si la personne messianique était déjà hors de portée du contact humain. Ainsi les femmes au tombeau étreignent ses pieds, parce qu'elles se sont jetées à terre en signe d'adoration, mais aussi parce que, et chez saint Jean, plus explicitement, l'ascension progressive du Christ vers sa gloire rend vite ce toucher indu.

Rien n'est trop beau pour le Christ, dont Marie a la vision prophétique. Après lui avoir oint les pieds, elle les lui essuie avec sa chevelure. La pécheresse de Luc avait fait le même geste, mais pour sécher ses larmes, comme si celles-ci étaient d'une substance trop vile pour demeurer au contact de Jésus. Marie efface un parfum de grand prix. La dépense devient plus incompréhensible encore, puisque ce qui, à grands frais, est offert est aussitôt perdu. Dans ce geste absurde, elle rehausse encore la valeur de l'offrande et élève davantage la personne du Christ, aux pieds trop précieux pour ce parfum pourtant précieux.

L'offrande ne s'en tient pas là. En essuyant de ses cheveux, Marie s'engage avec son corps. L'amour donne et se donne. Elle se fait en quelque sorte servante et serviette, sujet et objet, en figure de la Passion. Servir en effet, c'est offrir ce que l'on a et ce que l'on est. Jésus, au repas eucharistique, sera à la fois convive et nourriture. Telle est la radicalité de son offrande.

Enfin, l'onction ne se limite pas à l'acte de répandre et d'essuyer. Elle se communique universellement. « Et la maison s'emplit de la senteur du parfum. » La bonne odeur, au lieu de demeurer sur le corps du Christ, déborde et se diffuse dans la maison entière qu'elle gagne à l'euphorie, dans une affluence de symboles. Tous bénéficient de cette aspersion. Une ivresse joyeuse envahit les convives, glorification collective aux intentions transparentes : la Bonne Nouvelle répandue dans le monde entier évoque ici moins un repas eucharistique que le banquet eschatologique, où la lumière transfigure tous les invités du Royaume.

Cette exubérance de parfums et de symboles rend plus scabreuse la protestation de Judas. Les disciples, gagnés à la félicité du parfum, ne sont pas complices de ses calculs. Même s'ils ne l'ont pas bien comprise, ils acquiescent à l'offrande de Marie, qui élargit le faste de ce jour en une éclatante profession de foi.

Le grommellement du traître s'élève, solitaire, et l'identifie sans discussion comme tel : Judas incarne la mort triomphante. Jean le présente comme « celui qui devait le livrer ». Et il anticipe les actes et les mots de la trahison ; en témoignent la mention des trois cents deniers, multiple des trente, ou l'emploi du verbe vendre.

Judas répète presque mot pour mot l'objection présentée par les autres disciples, mais la valeur relative qu'elle conservait chez eux s'écroule dans la mauvaise foi. L'évangéliste a dépouillé ce propos de la charité, puisque Judas détourne l'argent à son profit, et il en pervertit l'intelligence, mise au service de la ruse. On notera le calme du traître, qui n'use pas des mots violents des disciples outrés. Aucune émotion n'altère son langage. Preuve de son insincérité ? En tout cas, il est déjà celui qu'il sera, offrant les gestes ou les paroles de l'amour fraternel au moment où il le trahit.

Le crime de Judas a commencé. Il n'avait pas critiqué le repas, auquel il participait, avec les autres disciples. Il s'en prend à Marie, pas à Marthe. Car Marthe a fêté Lazare, et Marie célèbre Jésus. Son rejet du parfum implique le refus de la Bonne Nouvelle qu'il tente d'étouffer. La liesse des invités est interrompue. La prophétie de Marie semble menacée. Voici qu'en ce jour par excellence où l'on n'y pensait plus, on reparle de sépulture. Mot à mot : « Laisse-la, afin qu'elle garde ce parfum pour ma sépulture. » La mort a gagné. Judas a-t-il le dernier mot ? Non, puisque Jésus reprend la parole, pour donner les significations définitives.

Jean se distingue deux fois des autres évangélistes. C'est à Judas seul qu'est adressée cette réponse. Jésus lui fait connaître qu'il a percé les intentions du traître et que celui-ci ne provoquera rien ou n'empêchera rien, en dehors des décisions de la volonté divine. La puissance de Dieu éclate au cœur de ce qui semblait la récuser, et la seconde différence accentue cette idée : Jean fait mention non pas de la sépulture mais « du jour de la sépulture ». L'accident de la mort s'estompe devant l'accomplissement méthodique d'un grand dessein. Inlassablement, Jean a parlé de l'Heure. Les événements ne signifient rien par eux-mêmes ; ils accordent les temps successifs à l'œuvre du salut. La montée vers le Père s'effectue d'étape en étape, selon une chronologie irrésistible. Judas, malgré lui, en sera demain l'agent, comme l'est Marie aujourd'hui. Pourvoir à la mort de Jésus, comme traître ou comme embaumeuse, c'est collaborer au déroulement de la glorification.

Ainsi l'immatérialité du parfum et la parole du Christ vont-elles dans le même sens. Elles ont rempli de métaphysique une simple réjouissance humaine. Ce qu'exprime la dernière phrase : « Les pauvres, vous les avez toujours avec vous ; mais moi, vous ne m'avez pas pour toujours. »

Curieusement, l'éternel ici semble l'homme et non le Dieu, destiné à disparaître. Mais Jésus ne fait pas allusion à la misère du crucifié. Le texte ne cherche pas à nous apitoyer sur sa mort. Il suscite au contraire une déférence sacrée devant l'admirable accomplissement de la glorification. L'absence toute proche du Christ suggère le Royaume qu'il rejoint, et aussi le désarroi des hommes ainsi délaissés. Ce n'est pas Dieu qu'il faut plaindre, mais eux : dans peu de temps, la lumière leur sera retirée et ils poursuivront une route obscure. Lui aura rejoint l'intimité du Père. Cette absence est l'indice de sa gloire.

La menace mortelle du traître est ressaisie dans un mouvement tout à fait contraire à celui qu'il avait prévu : elle n'entraîne pas le malheur du Fils de Dieu, mais la plénitude de son destin.

Marie, elle, ne s'y est pas trompée : son onction amalgame à la joie du retour d'un frère l'espérance d'un événement plus somptueux. Une autre résurrection s'esquisse. Elle ne ressemble pas à celle de l'ex-mort, parce que justement elle n'est pas seulement une résurrection. Elle va plus loin, plus haut, vers la totalité heureuse du Père, dans ces lentes chronologies de la gloire qui passent par Judas et par Marie. Lazare était un corps réanimé ; la résurrection de Jésus établit éternité, universalisme, rédemption. Lazare était un signe de la grâce ; Jésus en est l'avènement Tandis que Judas se fourvoie, Marie a entrevu et la mort et la résurrection et la gloire de Dieu. Elle porte toute la théologie de saint Jean.

LA RÉSURRECTION DE LAZARE

Jusqu'ici des femmes célébraient le Fils de Dieu en des actes dont le Christ seul avait percé les significations exactes. Maintenant nous examinerons deux confessions de foi, qui s'élaborent dans un dialogue avec Jésus. Dans le contexte d'incrédulité, propre au quatrième Évangile, où Jésus non seulement n'est pas reconnu mais où il est refoulé et haï, ces textes jettent un vif et tragique éclat.

Ce n'est donc pas une foi toute faite, déjà figée par l'usage, que ces femmes proclament. On assiste plutôt aux départs d'une conviction, qui ne prend que peu à peu ses reliefs de certitude. La foi conquiert un volume inconnu des païens : elle devient un risque, un combat, un jeu de métamorphoses, et du fond de son désarroi, une jubilation de l'âme[1].

> *Il y avait un malade, Lazare, de Béthanie, le village de Marie et de Marthe, sa sœur. C'est cette Marie qui oignit le Seigneur de parfum et lui essuya les pieds avec ses cheveux, et c'est son frère Lazare qui était malade. Les deux sœurs envoyèrent donc dire à Jésus : « Seigneur, voilà : celui que tu aimes est malade. » En apprenant cela, Jésus dit : « Cette maladie ne va pas à la mort, mais elle est en vue de la gloire de Dieu, afin que par elle soit glorifié le Fils de Dieu. » Or Jésus aimait Marthe, et sa sœur, et Lazare.*
>
> *Quand donc il eut appris que Lazare était malade, alors même il demeura deux jours à l'endroit où il se trouvait. Puis, après cela, il dit aux disciples : « Allons en Judée de nouveau. »*

1. Annie Jaubert remarque que l'idée de foi chez saint Jean n'est jamais évoquée par le substantif *pistis* (foi), mais par un verbe. Cette constatation philologique, ajoute-t-elle, comporte une incidence théologique : Jean manifeste le caractère dynamique du « croire » (*op. cit.*, p. 95, 112 et 113). C'est une adhésion vitale, une tension d'énergie qui fait toujours effort sur soi, guettée qu'elle est par l'incrédulité du monde environnant ou par les propres objections que l'âme adresse à elle-même.

Les disciples lui disent : « Rabbi, tout récemment, les juifs cherchaient à te lapider, et de nouveau tu t'en vas là-bas ! » Jésus répondit : « N'y a-t-il pas douze heures dans le jour ? Si quelqu'un marche le jour, il n'achoppe pas, parce qu'il voit la lumière de ce monde, mais si quelqu'un marche la nuit, il achoppe, parce que la lumière n'est pas en lui. »

Il dit cela, après quoi il leur dit : « Lazare, notre ami, repose ; mais je vais aller le réveiller. » Les disciples lui dirent donc : « Seigneur, s'il repose, il sera sauvé. » Jésus avait parlé de sa mort, mais ils pensèrent, eux, qu'il parlait du repos du sommeil. Alors donc Jésus leur dit ouvertement : « Lazare est mort, et je me réjouis pour vous de n'avoir pas été là, afin que vous croyiez ; mais allons vers lui. » Thomas, appelé Didyme, dit donc aux autres disciples : « Allons, nous aussi, pour mourir avec lui ! »

Étant donc venu, Jésus trouva Lazare depuis quatre jours déjà au tombeau. Béthanie était proche de Jérusalem, à environ quinze stades, et beaucoup de juifs étaient venus vers Marthe et Marie, pour les réconforter au sujet de leur frère. Marthe donc, quand elle apprit que Jésus venait, partit au-devant de Luc, tandis que Marie restait assise à la maison. Marthe dit donc à Jésus : « Seigneur, si tu avais été là, mon frère ne serait pas mort ! Et maintenant, je sais que tout ce que tu demanderas à Dieu, Dieu te l'accordera. » Jésus lui dit : « Ton frère ressuscitera. » Marthe reprit : « Je sais qu'il ressuscitera, à la résurrection, au dernier jour. » Jésus lui dit : « Moi, je suis la résurrection et la vie : celui qui croit en moi, fût-il mort, vivra, et quiconque vit et croit en moi ne mourra jamais. Le crois-tu ? » Elle lui dit : « Oui, Seigneur, moi j'ai toujours cru que c'est toi, le Christ, le fils de Dieu qui doit venir dans le monde. »

Et ayant dit cela, elle s'en fut appeler Marie, sa sœur, et lui dit en cachette : « Le Maître est là, et il t'appelle. » Dès qu'elle eut entendu, celle-ci se lève vite, et elle venait vers lui. Jésus en effet n'était pas encore venu au village, mais il était toujours à l'endroit où l'avait rencontré Marthe. Les juifs, donc, qui étaient avec Marie dans la maison et la réconfortaient, voyant que bien vite elle s'était levée et qu'elle était sortie, la suivirent, pensant qu'elle allait au tombeau pour y pleurer.

Quand donc Marie vint où était Jésus, en le voyant, elle

tomba à ses pieds et lui dit : « Seigneur, si tu avais été là, mon frère ne serait pas mort ! » Jésus donc, quand il la vit pleurer, pleurer aussi les juifs qui l'avaient accompagnée, frémit intérieurement et se troubla ; puis il dit : « Où l'avez-vous mis ? » On lui dit : « Seigneur, viens et vois. » Jésus versa des larmes. Les juifs disaient donc : « Voyez comme il l'aimait ! » Mais certains d'entre eux dirent : « Ne pouvait-il, lui qui a ouvert les yeux de l'aveugle, faire aussi que cet homme ne mourût pas ? »

Jésus donc, frémissant de nouveau en lui-même, vient au tombeau. C'était une grotte, et une pierre était placée contre. Jésus dit : « Otez la pierre. » Marthe, la sœur du mort, lui dit : « Seigneur, il sent déjà ; c'est le quatrième jour. » Jésus lui dit : « Ne t'ai-je pas dit que, si tu crois, tu verras la gloire de Dieu ? » On ôta donc la pierre (Jean 11,1-41).

Lazare, l'ami du Christ, est mort. Jésus le ressuscite. Peu avant la Passion de Jésus, l'anecdote est évidemment symbolique. La « gloire de Dieu » ôte son aiguillon à la mort. Aussi Jésus ne l'a-t-il pas empêchée ; en un sens, c'est même lui qui la provoque. Il fallait que son ami disparaisse réellement pour que se révèle la divine filiation de Jésus.

Qu'a-t-on dit en disant « fils de Dieu » ? Croyez-vous que ce ne soit qu'un honneur ? Ne vous souvenez-vous donc pas ce qu'est un fils dans l'antiquité ? Le fils est promis au glorieux héritage du nom et des biens mais il est encore moins que le serviteur. Il est l'obéissance même. La divine filiation porte la contradiction à son paroxysme : Jésus sera à la fois la victime et la victoire. Et si les liens se resserrent si étroitement entre la mort de Lazare et celle de Jésus, c'est parce que Jésus est aussi cet homme qui meurt et la puissance qui relève du tombeau. Les trois jours nécessaires à son arrivée, la présence des femmes, la pierre roulée, accusent les parentés. Mais les différences éclatent parallèlement ; quand c'est au Fils de Dieu de ressusciter, les signes célestes se multiplient, le mort se relève de lui-même, les annonces retentissent, qui fondent la communauté de foi.

Cette ambiguïté de la personne divine s'incarne dans les

deux sœurs. Marie ici est sur le versant de la mort. Elle pourvoira, on l'a vu, à la sépulture de Jésus. Marthe exprime la vie. Pendant l'onction de Béthanie, elle était l'organisatrice de la fête et ce soin la rendait moins perspicace devant les réalités supérieures que sa sœur, plus subtilement accordée à la mort, entrevoyait au milieu du festin. Mais ici, on la voit se rebeller contre le deuil et devancer Marie en espérance et en hardiesse prophétique. Au demeurant, le contraste qui règne entre les deux sœurs ne doit pas être trop appuyé. Il ne les oppose pas comme le jour et la nuit, la foi et le désespoir. Leur connivence reste étroite. Ensemble elles collaborent à la résurrection de Jésus, selon leurs aptitudes et leurs intentions propres.

Le drame qui se joue est un combat entre ombre et lumière. La puissance de chaque partenaire est suggérée par le seul ordre de présentation des noms. Marie infléchit le récit vers le deuil, Marthe ranime l'espoir des vivants.

Le préambule justement met deux fois le nom de Marie en relief. Béthanie est son village, Lazare son frère. On peut augurer que la mort rôde dans le coin. La maladie de Lazare enferme dans sa double référence la personne de Marie, qui est elle-même suggérée par le rite d'ensevelissement accompli sur le Christ. Marie est vraiment la parente de l'homme souffrant.

Au cours de ce récit, son rôle ne s'identifie qu'une fois avec celui de Marthe, là justement où l'évangéliste écrit « les deux sœurs ». D'un commun accord, elles ont décidé de faire appel à Jésus, pour sauver le moribond. Idée bien naturelle : il en a le pouvoir et il est leur ami ! Habilement, elles le mandent, sans rien nommer que cette amitié et le danger où est Lazare : « Celui que tu aimes est malade. » La discrétion de la demande plaide en faveur des deux éplorées. Comment Jésus ne serait-il pas touché par le raffinement d'esprit dont ce message témoigne ? Tout dans le texte semble d'ailleurs faire obligation à Jésus de se précipiter au secours de Lazare. Il aime cette famille d'une triple amitié.

Marie lui rendra le service de l'onction : cela est à faire, mais comme l'évangéliste le mentionne, c'est comme si c'était déjà fait. Marthe l'a servi et le servira encore. Ces femmes sont probablement les seuls personnages de l'Évangile envers qui Jésus ait quelque dette. Son intervention n'en est que plus impérieuse. Or il l'ajourne.

Le texte souffre sans doute d'altérations. Jésus y apprend deux fois la maladie de Lazare. Il n'est pas impossible que la première annonce constitue une glose. On voit Jésus s'écrier aussitôt que cette maladie est « pour la gloire de Dieu ». A croire que le rédacteur a redouté l'ambiguïté de la mort et n'a pas voulu que le lecteur se scandalise des atermoiements de Jésus : il fallait dire au plus vite que ni cette maladie ni cette mort n'étaient mortelles. Le nom de Marthe, cité en tête, laisse entendre qu'à nouveau le vent souffle du côté de la vie et achève de nous rassurer. La seconde annonce laisse courir une onde plus lugubre. Jésus retarde son voyage sans explication, parle mystérieusement à ses disciples, évoque les risques d'un tel voyage, laisse planer un malen.endu sur le profond sommeil de Lazare.

Quand il arrive à Béthanie, Lazare est mort. La maison est en deuil, mais déjà l'espérance attachée à ses pas jette ses signaux dans la nuit. Marthe à nouveau est nommée la première.

Pourtant, que peut-on attendre désormais à Béthanie ? Lazare est enseveli depuis quatre jours. Jésus, certes, a ressuscité des morts et les Juifs le savent bien, mais les morts relevés venaient juste de succomber, et l'âme du défunt, selon les croyances juives, errait encore autour du corps jusqu'au quatrième jour : à cette date, elle disparaissait à tout jamais. La mort de Lazare est donc irréparable.

Les rites du deuil sont mis en branle. La foule est accourue depuis Jérusalem toute proche : à peine un kilomètre et demi ! Son assiduité auprès des deux sœurs confirme l'inéluctable réalité.

Comme les autres témoins du Christ, Marthe donne les

preuves de sa perspicacité à l'égard du Seigneur, en commettant une transgression. Dès qu'elle apprend l'arrivée de Jésus, elle abandonne les Juifs qui se sont dérangés d'abord pour elle, quitte la maison du deuil. Ainsi malmène-t-elle à la fois les règles de l'hospitalité et le rite funèbre.

Quel effet a donc produit cette nouvelle ? Jésus apparemment a trahi son amitié ; elle devrait le haïr ou ne plus s'intéresser à lui. Eh bien, malgré la mort de Lazare, malgré le retard de Jésus, cette annonce agit déjà sur elle comme une résurrection. Elle a le don des anticipations, comme sa sœur, mais pas des mêmes. Elle se lève et sort. Elle ne peut plus rester matériellement avec Marie et les Juifs : elle en est éloignée spirituellement.

Elle court à la rencontre de Jésus, sans lui laisser le temps d'arriver lui-même, pratiquant ainsi la tradition biblique de l'hospitalité. L'accueil, on le sait, commençait sur la route. Peut-être désire-t-elle aussi rencontrer Jésus ailleurs que sur les lieux du deuil, en raison de sa foi obstinée dans le Dieu vivant.

Marie, elle, ne se lèvera que sur ordre. L'écart se creuse entre l'empressement de celle qui sort et la lassitude de celle qui reste.

Marthe dit à Jésus : « Si tu avais été là, mon frère ne serait pas mort. » Le reproche est à peine voilé. Si Jésus était venu aussitôt, le miracle était possible. Mais maintenant... Elle n'ose plus dire : « ton ami » ; il n'a pas donné tellement de preuves de cette amitié ; elle le lui reprend : « mon frère », dit-elle, cela seul reste vrai. Marthe a assez de délicatesse pour ne pas demander à Jésus la raison de ce retard, mais elle devine qu'il en est responsable. Le grec exprime des nuances que le français est impropre à traduire. Littéralement : mon frère ne serait pas entré dans la mort définitive. Le plus-que-parfait s'oppose à l'aoriste employé plus haut par Jésus sur le même sujet : il est mort, avait-il dit, mais sur le ton d'un événement accidentel, sans plus ample conséquence.

Marthe poursuit : « Mais même maintenant, je sais que tout ce que tu demanderas à Dieu, Dieu te l'accordera. » Elle est en train de confesser ce que Jésus avait dit aux Juifs de Jérusalem : « Si je ne fais pas les œuvres de mon Père, ne me croyez pas ; mais si je les fais, quand bien même vous ne me croiriez pas, croyez en ces œuvres et sachez une bonne fois que le Père est en moi et moi dans le Père[1]. »

Marthe, dans cette prière inachevée, n'a rien formulé mais elle a nommé l'étroite parenté de Jésus avec Dieu. Un tel propos l'éloigne encore plus des Juifs à qui elle vient de fausser compagnie. Pas plus que la première fois, elle ne précise sa requête, devenue infiniment plus considérable !

« Ton frère ressuscitera », lui répond Jésus. Le verbe est jeté en tête, triomphalement. Mais quelle est cette réponse ambiguë ? Il a oublié de fixer la date ; il parle selon la foi juive la plus orthodoxe ! Le futur n'a pas la merveilleuse précision des temps du passé, en sorte que le propos du Christ équivaut à une consolation banale : les Juifs, rassemblés dans la maison de Marie, ne devaient pas raconter autre chose aux deux sœurs. Chez eux, cela se comprenait. Mais Jésus, lui, se dérobe à une prière retenue et pathétique ; également pleine d'audace : avant que Jésus ait rien dit, et contre son apparente réticence, Marthe croit à cette résurrection qui, si elle se produit, ne ressemblera pourtant à aucune autre.

Déçue de constater que sa dense prière a été remise sur les voies de la croyance commune, Marthe tient à informer Jésus qu'il ne lui apprend rien, et qu'elle n'a nul besoin d'être soutenue dans cette foi ancestrale. Mais puisqu'il en veut, en voilà :

« Je sais, répondit Marthe, qu'il ressuscitera à la résurrection au dernier jour. » Marthe répète la croyance officielle de son peuple : cette doctrine inconditionnelle sert à rallier une identité religieuse et nationale. L'individu qui n'y sous-

1. Jean 10,38.

crit pas serait infidèle à l'élection originelle et romprait le pacte fondateur. Quand Marthe dit : « Je sais », elle exprime cette irrésistible appartenance au judaïsme qui ne supporte pas d'hésitation personnelle « Je sais » s'impose ; Marthe célèbre, la tête haute, la foi d'Israël. Elle n'a donc pas dit « je crois ». Le grand verbe se fourvoierait dans un tel contexte. Les lentes élaborations du « croire », ses jeux d'ombre et de feu cèdent ici à la tranquille conviction qu'entraîne la droiture de la tradition.

Mais, deux fois, elle a prononcé le mot qui la hante, la résurrection. Doucement, sans rien dire de plus que ce mot répété, elle oriente Jésus vers ce qu'il vient de suggérer en termes décevants. La mention du « dernier jour » appuie sur la blessure. Cette lointaine échéance a-t-elle jamais allégé la peine des hommes ? Franchement, elle attendait mieux. Revoir son frère dans l'éternité n'est pas une consolation, mais une banalité.

Jésus reprend : « Je suis la résurrection. Qui croit en moi, fût-il mort, vivra et quiconque vit et croit en moi ne mourra jamais. »

Il avait bien compris. Cette résurrection perdue dans le temps vertigineux, la voilà immédiatement. Le dernier jour est devant elle. Il porte un nom : Jésus. La résurrection est à la fois l'événement d'un jour et l'éternité.

Cette nouveauté est liée à la foi en Jésus. La vie et le Christ sont la même vérité, imminente puisqu'elle survient aujourd'hui. Les cieux ne s'embrasent pas, la terre ne tremble pas. Comme dans les guérisons, le miracle dépend de chacun de nous. Notre pensée à cette puissance d'invention que souvent elle ignore. Marthe en fait la découverte. « Crois-tu cela ? » lui a demandé Jésus. Il n'est plus question de Lazare.

L'horizon a tourné. Le Christ est maintenant au cœur de ses préoccupations. Il demande à Marthe d'élever sa foi d'un degré nouveau, de passer d'une doctrine sans référence personnelle à la conviction radicale et bouleversante du croyant. Jésus a besoin de la collaboration de Marthe. Le miracle le plus spectaculaire qu'accomplira Jésus en toute sa carrière terrestre ne diffère pas dans sa démarche des signes plus modestes qui calment les démoniaques ou redressent les bossus : Jésus réclame la foi de celui qui l'a imploré.

Croire en lui, c'est ne plus mourir. Marthe devrait être comblée : Jésus a enfin répondu à la démesure secrète de son désir. Leur entretien a atteint la pointe dramatique où il tendait obscurément : Lazare ressuscitera-t-il ? Voici la réponse, voici l'exaucement, voici, contre toute vraisemblance, le oui de Jésus. Mais cela n'a plus l'air d'intéresser Marthe. Tous les gestes, les pensées et les mots couraient vers ce rêve poignant. On y est presque, on le touche. L'attention de Marthe est détournée. Un plus grand sujet l'envahit. Lazare s'estompe, Jésus prend sa divine stature dans la profession de foi.

« Oui, Seigneur », dit-elle. « Je crois que tu es le Christ, le fils de Dieu, celui qui devait venir dans le monde. » Maintenant le verbe croire revêt son plein sens. C'est une adhésion intrépide qui ne doit rien à la coutume. Foi éminemment vivante, embrasant l'être tout entier. Là encore, le jeu des temps est éloquent. Crois-tu cela, demande Jésus, et elle répond par un temps différent, que l'on traduit tantôt comme un présent : je crois, tantôt comme un passé : j'ai toujours cru. Le grec veut dire ceci : je t'ai donné ma foi et depuis elle se perpétue. Le temps à lui seul raconte une conversion et une fidélité. Le jeu des pronoms « moi » et « toi » confirme le caractère profondément personnel de la rencontre. En outre, il désigne le tragique d'une démarche solitaire, à laquelle les Juifs et peut-être sa sœur demeurent étrangers.

Marthe a énoncé une série de titres. Elle a répondu à la question de Jésus en lui décernant un nom triple, où se condense son espérance novatrice. Comme l'ange de Marc, comme Pierre le disciple, Marthe prononce une confession trinitaire de la foi, qui semble déjà résonner sous les voûtes d'une cathédrale. Le destin particulier de Lazare est omis ou implicitement intégré dans l'annonce du salut universel, dans cette parole délivrée pour le peuple. En Jésus, Marthe a nommé l'élection, la filiation, l'incarnation : le noyau dense de la foi.

A ce sommet, le dialogue s'arrête. Tout prolongement en atténuerait la puissance. Marthe a tout dit. Elle n'a plus qu'à partir.

Car cette proclamation universelle ne peut la laisser en tête à tête avec le Christ ; il faut maintenant le concours du peuple, puisque la parole est pour lui. Comme dans l'épisode de la Samaritaine, le moment vient où l'entretien hausse la confidence au ton de la prédication.

« Sur ces paroles, elle s'en alla appeler sa sœur Marie. » Marie est d'abord sa sœur, puis elle est le peuple. On ne la voit jamais seule ; les Juifs dans ce récit l'escortent[1]. Elle se fond dans ce peuple, dont elle incarne la croyance. C'est elle qui sera l'organe de leur conversion, tandis que Marthe s'érige en figure solitaire. Il faut donc associer tout ce monde qu'elle traîne derrière elle à la profession de la foi nouvelle. La parole, à cette altitude, ne peut être que partagée. Elle a atteint sa qualité suprême ; elle est une liturgie. C'est pourquoi Marthe a besoin de Marie.

« Elle lui dit en cachette : le Maître est là et il t'appelle. » Marthe se garde de lui confier le vrai motif. Du reste, est-on assuré qu'elle songe à Lazare ? Si cela est, la confidence ne saurait aller plus loin sans quelque profanation : Marthe n'a pas le droit de se substituer à Jésus et de prévoir une démarche sur laquelle le Seigneur n'a rien dit de clair. Et elle parle tout bas, à cause de la foule qui est là et qui ne comprendrait pas que la deuxième sœur s'absente aussi. En outre, Marthe craindrait d'ameuter la population contre Jésus. Enfin, l'incrédulité de sa sœur l'engage à user d'un

1. Et encore en Jean 11,45 : « A la vue de ce qu'il avait fait, beaucoup de Juifs, venus auprès de Marie, crurent en Lui. »

léger subterfuge. Jésus n'a rien ordonné, mais seule l'urgence d'une convocation personnelle peut tirer Marie de cette maison.

Marie, à cette nouvelle, se lève en hâte et va vers lui. Elle obéit non à une espérance mais à un commandement, habilement renforcé par l'emploi qu'a fait Marthe du mot « Maître », sans référence à l'amitié.

Jésus, lui, n'a pas bougé. Il n'est pas entré au village, à plus forte raison évite-t-il la tombe ou la maison. Il est resté en dehors de la réalité du deuil et de ces lieux de l'incrédulité. La demeure où il n'a pas daigné se rendre est lourde de symboles funèbres ; elle est elle-même un tombeau. On y pleure, on y parle à voix basse, on y reste assis obscurément[1].

La scène qui a eu lieu avec Marthe va se reproduire. Sauf que la troupe des Juifs a suivi, pensant qu'elle se rendait au tombeau. Celui-ci est en dehors du village, à cinquante coudées, distance légale. Marie endeuillée ne peut, dans l'idée de ces gens, que se déplacer de la maison au tombeau, de l'*oikos* au *mnêmeion,* de la tristesse à la tristesse.

Devant Jésus, elle répète les mots de sa sœur, mais sur un ton véhément et désespéré ; elle s'est jetée à ses pieds, et ne prononce que la phrase du découragement. Elle ne le prie pas, n'ayant rien à lui demander. Elle ne cherche même pas à savoir ce qu'il voulait en l'appelant. Ce serait pourtant une curiosité bien légitime. Elle ne pense qu'à son frère. Paroxysme du deuil. Tous sanglotent.

Jésus frémit intérieurement et troublé, dit le texte, demande où on l'a mis. « Seigneur, viens et vois », répondent les Juifs. « Et Jésus pleura. »

Les gens de Jérusalem pensent que les larmes du Christ ont la même signification que les leurs. Ils ne sont pas obligés de savoir que Jésus a volontairement laissé cette mort s'accomplir. Ils ignorent aussi que Jésus s'attriste peut-être ici devant deux morts : celle de Lazare et la sienne, qui sont

1. Cf. Luc 1,79.

étroitement unies. Car l'incrédulité que traduit ce deuil le fera périr. Les sanglots de cette population, en un sens, provoqueront sa mort. Le peuple n'est pas converti. Marie est l'âme non convertie du peuple. La mort a gagné.

Quant au miracle, il devient d'une exécution redoutable. En lui-même d'abord. Il n'est pas un rattrapage *in extremis*, comme lors de cas antérieurs. Jésus, en relevant Lazare, doit transgresser les lois profondes de l'enfer, où ce mort est venu se ranger quatre jours auparavant. Jésus va pénétrer véritablement dans l'empire des ténèbres, y manifester sa puissance rédemptrice. Une guérison sous la lumière du jour ajoute une énergie à un monde d'énergies. Ici, Jésus vient semer la vie aux lieux de son interdiction.

Profanation des royaumes. Mais la peine du Christ ne tient pas seulement au caractère exceptionnel de sa performance. Il faut à Jésus la foi des autres, pour que son œuvre s'accomplisse. Rien finalement de moins miraculeux qu'un miracle : il obéit à des lois physiques tout à fait élémentaires. Pour qu'il survienne, il faut un appel et une réponse ; une aspiration et un souffle. Le miracle fonctionne comme le vent. Sans le concours des autres, leur désir, leur foi, il s'enraye. Jésus, à Nazareth, n'effectue aucun signe, parce que ses partenaires n'y croient pas. Tant de désolation ici atteste le scepticisme. Comment arracher une résurrection à une telle mécréance ? Marie n'a pas songé à implorer Jésus. Quoique répétant les mots de sa sœur, elle ne dit pas la même chose. La parole de Marthe était soulevée d'espérance. Marie use du langage de la désolation.

Frémissant de nouveau en lui-même, Jésus se rend au tombeau. C'était un caveau avec une pierre placée dessus. Jésus dit : « Otez la pierre. Marthe, la sœur du mort lui dit : Seigneur, il sent déjà ; c'est le quatrième jour. »

Ultime intervention. Les commentateurs qui généralement ont fait l'éloge de sa foi retrouvent ici leurs préventions habituelles. Ils estiment qu'elle défaille, après le vigoureux témoignage qu'elle a pourtant donné.

Manque de foi ? Ce n'est pas sûr. Elle n'a pas dit au Seigneur qu'il ne pourrait pas accomplir ce geste inouï. Elle lui dit : « Il sent déjà » et ajoute, pour expliquer et peut-être pour excuser cette inconvenance : « C'est le quatrième jour. » Elle voudrait lui présenter un beau mort, digne de l'extrême honneur qui va lui être fait. Or le cadavre sent. Devant Jésus, il ose sentir ! Marthe est remplie de confusion. C'est justement parce qu'elle croit et qu'elle vient de proclamer la divinité de Jésus qu'elle voudrait lui épargner l'horreur de la décomposition humaine. Est-ce forcer sa pensée ? Elle en veut presque à Lazare de s'être conduit en cadavre inintelligent, en mort dénué d'espérance. « Qui croit en moi, *fût-il mort,* vivra », avait dit Jésus. La parole ne concernait-elle pas Lazare ? Et tout ce qu'il trouve à faire, le sot, c'est de sentir.

D'ailleurs, nous la connaissons, Marthe. Elle est la maîtresse de maison diligente qui veille à l'ordre parfait. Le désordre lui répugne. Elle voudrait garder Jésus pur de l'abominable souillure dont, entre toutes, un Juif cherche à se préserver[1]. Ce sursaut qui est le sien peut s'interpréter comme marque supplémentaire de son adoration.

Et Jésus lui répond : « Ne t'ai-je pas dit que, si tu crois, tu verras la gloire de Dieu ? » La foi stimulait l'activité de Marthe : elle venait d'accueillir et de célébrer le Christ, comme nul autre, ce jour-là, n'avait su le faire. Mais la foi, dans un effort plus grand sur elle-même, doit nous apprendre à survoler nos échecs et peut-être à ne pas prendre un excessif souci de la perfection de nos travaux. La majesté divine pulvérise nos appréhensions. Rien ne saurait atténuer l'éclat de la gloire de Dieu. Dans la bouche de Jésus, ce n'est pas un reproche : « tu ne crois pas assez », mais une invitation à mener sa foi vers les extrémités où l'intelligence ne suit pas, que l'expérience ne connaît pas, que la foi elle-même ne conçoit pas sans de grandes secousses.

1. Celle de la mort, qui est le principe de toutes les autres impuretés.

LA SAMARITAINE

Aucun des récits évangéliques n'est aussi tremblant d'incertitude et cependant aussi irrésistible dans sa progression que celui de la Samaritaine. La foi ne s'y éloigne pas d'un doute qui l'accompagne comme son ombre. Au seuil de la victoire, l'échec frappe encore. Un rire court, légère efflorescence, sur la gravité ascendante d'une démarche initiatique. La Samaritaine offre un caractère unique dans l'Évangile : partie de rien, elle atteint la plénitude. Elle survient par hasard, indifférente à cet homme assis près du puits ; elle n'a jamais entendu parler de lui. Aucune rumeur n'a piqué sa curiosité. Aucune détresse visible ne la met en état d'imploration. Rien ne la prédispose à l'aventure qu'elle va vivre, ni même aux paroles qu'elle va prononcer. Sa vie privée est un beau tumulte, ce qui, a-t-on dit, n'augure rien de bon du côté de l'esprit : affirmation hasardeuse. Elle appartient à un peuple aux croyances déviées, ennemi des Juifs. De son caractère glissant et ambigu, il est au demeurant difficile de percer les intentions.

Pourtant cette femme prend immédiatement valeur emblématique. Qu'est-ce qui crée une telle densité ? Le réseau compliqué des thèmes qui s'échangent, gorgés de symboles, l'eau matérielle ou éternelle, le désert visible et sa légende plantureuse, la présence d'un Dieu errant d'une montagne à l'autre ou l'interrogation mutuelle de deux êtres, chacun captant, dans le regard aigu qu'il pose sur l'autre, le reflet de sa propre vérité ?

Au cœur de ces débats multiples, s'élève la figure qui renvoie le chrétien à son attente. Non pas dans la belle exclamation d'une espérance confirmée, mais au contraire dans le clair-obscur de l'âme cherchant sinueusement son Dieu, entre le doute et l'élan. Cet étonnant poème doit sa force moins à l'éclat des formules qu'à la perpétuelle errance de l'être entre ardeur et réprobation. La Samaritaine incarne ce déchirement, qui est la condition de la foi. Chacune de ses réponses mêle l'émotion aux jeux imprévus de l'ironie.

Nous considérerons ces deux composantes. L'une s'attache au caractère irrévérencieux de la femme et fait dépendre ses répliques d'une intention badine, voire des humeurs revanchardes d'une nation humiliée. Mais nous verrons aussi un témoin embrasé d'étonnement, qui d'emblée a plié le genou devant la grâce, et dont toute parole est glorification.

> *Quand le Seigneur connut que les pharisiens avaient entendu dire que Jésus faisait plus de disciples et en baptisait plus que Jean – et pourtant, ce n'était pas Jésus lui-même qui baptisait, mais ses disciples – il quitta la Judée et s'en alla de nouveau en Galilée. Il lui fallait traverser la Samarie. Il vient donc dans une ville de Samarie appelée Sychar, près du domaine que Jacob avait donné à Joseph, son fils. Là se trouvait la source de Jacob.*
>
> *Jésus donc, fatigué du voyage, était assis près du puits. C'était environ la sixième heure. Vient une femme de Samarie pour puiser de l'eau. Jésus lui dit : « Donne-moi à boire. » Ses disciples en effet étaient partis à la ville pour acheter des provisions. La femme samaritaine lui dit donc : « Comment ! toi qui es juif, tu me demandes à boire, à moi, une Samaritaine ! » Les Juifs en effet n'ont pas de relations avec les Samaritains. Jésus répondit et lui dit : « Si tu savais le don de Dieu et qui est celui qui te dit : donne-moi à boire, c'est toi qui l'en aurais prié et il t'aurait donné de l'eau vive. »*
>
> *Elle lui dit : « Seigneur, tu n'as rien pour puiser et le puits est profond. Comment donc l'aurais-tu, cette eau vive ? Serais-tu plus grand, toi, que notre père Jacob qui nous a donné ce puits et y a bu, lui, ses fils et ses bêtes ? »*
>
> *Jésus répondit et lui dit : « Quiconque boit de cette eau aura encore soif mais celui qui boira de l'eau que je lui donnerai n'aura plus jamais soif : l'eau que je lui donnerai deviendra en lui une source d'eau jaillissant en vie éternelle. »*
>
> *La femme lui dit : « Seigneur, donne-la-moi, cette eau, que je n'aie plus soif et que je ne me rende plus ici pour puiser. » Il lui dit : « Va, appelle ton mari et reviens ici. » La femme*

répondit et elle dit : « Je n'ai pas de mari. » Jésus lui dit : « Tu as raison de dire : je n'ai pas de mari, car tu as eu cinq maris, et maintenant celui que tu as n'est pas ton mari ; en cela tu dis vrai. »

La femme lui dit : « Seigneur, je vois que tu es un prophète ! nos pères ont adoré sur cette montagne, et vous dites, vous, que c'est à Jérusalem qu'est le lieu où il faut adorer. » Jésus lui dit :

« Crois-moi, femme, elle vient, l'heure où ce n'est ni sur cette montagne ni à Jérusalem que vous adorerez le Père. Vous adorez, vous, ce que vous ne connaissez pas ; nous adorons, nous, ce que nous connaissons, parce que le salut vient des juifs. Mais elle vient, l'heure, et c'est maintenant ! où les véritables adorateurs adoreront le Père en esprit et en vérité ; tels sont, en effet, les adorateurs que cherche le Père : Dieu est esprit, et ceux qui adorent doivent adorer en esprit et en vérité. »

La femme lui dit : « Je sais que le Messie, celui que l'on appelle le Christ, doit venir. Quand il viendra, celui-là, il nous annoncera toutes choses. » Jésus lui dit : « Je le suis, moi qui te parle. »

Là-dessus vinrent ses disciples, et ils étaient étonnés de ce qu'il parlait avec une femme ; aucun pourtant ne dit : « Que lui veux-tu ? » ou : « Pourquoi parles-tu avec elle ? » La femme laissa donc sa cruche et s'en fut à la ville. Et elle dit aux gens : « Venez voir un homme qui m'a dit tout ce que j'ai fait. Ne serait-il pas le Christ ? » Ils sortirent de la ville, et ils venaient vers Jésus.

Entre-temps les disciples le priaient, en disant : « Rabbi, mange. » Mais il leur dit : « Moi, j'ai à manger une nourriture que vous ne connaissez pas. » Les disciples se disaient entre eux : « Quelqu'un lui aurait-il apporté à manger ? » Jésus leur dit : « Ma nourriture est de faire la volonté de celui qui m'a envoyé et d'accomplir son œuvre. Ne dites-vous pas, vous : "Encore quatre mois, et la moisson vient ?" Voici ce que je vous dis : levez les yeux et voyez les campagnes ; elles sont blanches pour la moisson. Désormais, le moissonneur va recevoir un salaire et amasser du fruit pour la vie éternelle, afin que le semeur se réjouisse en même temps que le moissonneur. Car en cela le proverbe est véridique : autre est le semeur, autre le moissonneur. Moi, je vous ai envoyés moissonner ce pour quoi vous, vous n'avez pas peiné; d'autres ont peiné, et c'est vous qui profitez de leur peine. »

Bon nombre de Samaritains de cette ville crurent en lui à cause de la parole de cette femme, qui témoignait : « Il m'a dit tout ce que j'ai fait. » Quand donc les Samaritains vinrent vers lui, ils le prièrent de demeurer chez eux, et il y demeura deux jours. Et c'est en bien plus grand nombre qu'ils crurent à cause de sa parole à lui, et ils disaient à la femme : « Ce n'est plus à cause de tes dires que nous croyons ; nous avons entendu nous-mêmes et nous savons qu'il est vraiment le Sauveur du monde » (Jean 4,1-42).

Les hasards de la route arrêtent Jésus au puits de Sychar, en Samarie. Le pays est impropre à la théologie, mais dans cette étendue de rocailles et de ronces campent de grandes ombres. Jacob naguère avait ôté la pierre qui bouchait l'orifice du puits ; les eaux avaient jailli devant le patriarche, l'abreuvant, lui, Rachel son épouse, ses gens et son bétail [1].

La rencontre de Jésus et de la Samaritaine en ce site auguste augmente l'opposition entre le morne désert et son peuplement de légendes. On croirait qu'ils ne se sont rapprochés que pour rendre plus sensible leur distance : l'inimitié entre les nations, dont les désaccords culminent sur Dieu et ses lieux, la différence des sexes, aggravée par la solitude qui rendrait suspecte toute initiative de geste ou de parole ; la sainteté du Christ et l'impureté de la femme qui tient, outre son sexe, à sa nation et à ses mœurs. Le plomb de midi, la fatigue de Jésus font peser une profonde torpeur sur l'ingratitude du site. Il ne devrait rien survenir. Jésus demande à boire. On ne se dérobe jamais à cette requête, vitale et banale [2], et l'incident pourrait se clore sur l'exécution muette d'un élémentaire secours.

Or la femme se permet de contester la simplicité de cette prière ! Sa première parole recèle indivisément le doute et la

1. Cf. Annie Jaubert, *op. cit.*, p. 142.
2. Cf. Job 22,7 ; Proverbes 25,21.

foi, le rire et la gravité. Ambiguïté qui accompagnera tout le déroulement de l'entretien. Pourquoi ne pas prêter l'oreille à ce surprenant contrepoint ?

« Comment, toi un Juif, tu me demandes à boire, à moi, une Samaritaine ? »

Lecture légère : tiens, un homme ! Et un Juif ! Quelle belle occasion de taquiner cette nation imbue de sa supériorité ! Mais ce citoyen-là commet une sottise : il me parle et il accepterait d'utiliser le seau que j'aurai touché ! Selon sa loi, il se rend impur[1].

Lecture mystique : je ne connais pas cet individu. Mais son attitude est singulière : il ne craint donc pas de s'avilir à mon contact ? Ne dois-je pas le rappeler aux rigueurs de sa religion ? Qui est-il pour me parler si humainement ?

Provocation et initiation commencées. Quoi qu'il en soit, elle ne sait presque rien de lui, et le traite encore sans égard particulier. Ce n'est qu'un passant, qui ne mérite d'autre titre que celui qu'elle vient de lui décocher : « Et toi, le Juif ! »

Par jeu ou par ferveur, la Samaritaine vient de soulever une objection à la manière des pharisiens ou même des disciples (ils la formuleront en effet, mais en la gardant pour eux). Jésus lui faisait une demande contingente, elle lui répond, savamment, par une question, et une question qui touche à l'être ! Cela revient à dire à Jésus : qui es-tu ?

Jésus lui répond : « Si tu savais le don de Dieu et qui est celui qui te demande à boire, c'est toi qui l'aurais prié et il t'aurait donné une eau vive. »

Annie Jaubert a justifié l'insistance sur l'idée de « donner ». Le surnom du puits était « Don[2] ». Le Christ appelle simultanément l'attention de son interlocutrice sur le lieu qui commence à lever ses fables, et sur sa personne. Il l'in-

1. Le Christ se souillerait et par la rencontre et par le contact de l'ustensile tenu par la Samaritaine. Cf. A. Jaubert, *op. cit.*, p. 62.

2. *Ibid.*, p. 59.

vite à aller plus loin que ce monde d'apparences où elle se meut encore, malgré sa sûre intuition. Que croit-elle donc ? Que Dieu a seulement donné une nappe phréatique ? Que Jésus n'est que juif ?

Peut-être le Christ répond-il à l'ironiste, en se faisant lui-même ironiste. Il lui ferme le caquet. Au lieu d'ergoter, elle ferait bien d'user d'une attitude humble, la seule qui convienne en ce lieu où Dieu manifeste toujours sa grâce : c'est elle qui devrait prier.

Et quel paysage se transmue, de la sécheresse à l'eau bondissante ? Quel est ce brusque revirement qui transforme une demande en offrande ?

Connaître cette terre brûlée, c'est entendre le chant des sources. Connaître Jésus, c'est le prier. En demandant de l'eau comme une assoiffée, la Samaritaine connaîtra Jésus. Elle n'aura plus soif. Lui non plus. Comme le dit admirablement Annie Jaubert, « il a soif de désaltérer et faim de nourrir ». En demandant de l'eau, elle étanchera deux soifs. Ce « donne-moi à boire » signifiait « demande-moi de l'eau ».

Le jeu continue. L'inconséquence de Jésus ne lui a pas échappé. Il veut boire ? Qu'il se désaltère lui-même puisqu'il se flatte de distribuer l'eau vive ! Mais sur ce point, elle lui en remontre. Elle s'y connaît en eau, venant tous les jours. Il n'a rien pour puiser. Le puits est profond. Ses bras ne sont pas si longs, ni sa main si creuse. A moins qu'il ne fasse jaillir un geyser entre deux touffes d'épines ? « D'où la prends-tu, cette eau vive ? »

Elle a bien entendu : il a parlé d'eau vive. Elle se remémore la légende : Jacob et Moïse faisaient sourdre du puits cette eau qu'elle a tant de mal à remonter. Et elle poursuit dans un éclat de rire, peut-être : « Serais-tu plus grand que notre père Jacob ? » Ce « notre » n'est pas innocent. Il indique la communauté des ascendances. Assez de forfanterie : Jésus n'est pas mieux né qu'elle. Qu'il ne joue pas au patriarche. Elle aussi est l'héritière.

D'ailleurs la comparaison est comique, et elle se fait une

joie de lui donner du volume : lui, l'homme altéré, fatigué, seul, sous le feu de midi, offre de l'eau au moment où il en demande ?

Jacob d'ailleurs était plus avisé. L'eau s'évapore. Plus utilement, il a fondé un puits, qui sert à tout le peuple, depuis des générations. C'est tout de même plus sérieux. Et pour enfoncer davantage son interlocuteur, elle lui rappelle les fils du patriarche, signe de bénédiction, et ses bêtes, signe de richesse. C'est à cet ancêtre fortuné et prévoyant qu'il ose se comparer ?

Mais la Samaritaine, sous l'ironie des apparences, consent à l'invisible réalité. Devant cet homme aux paroles simples, elle s'est déjà inclinée. Ses objections rendent hommage à la puissance entrevue : le dénuement du Christ rappelle impérieusement les références les plus augustes. Pourquoi cet homme affaibli dépasse-t-il les patriarches comblés ? Qu'est-ce qui lui confère cette stature fabuleuse ?

Les signes de sa pauvreté sont interprétés dans le sens de sa gloire. Cette Samaritaine a-t-elle lu Isaïe ? Le Messie qu'attend son peuple est, paraît-il, un roi redoutable. Mais dans cet homme démuni, qui dépend de sa complaisance, elle a reconnu, elle, la divine faiblesse du serviteur souffrant.

Et désormais, elle lui donne le nom de « Seigneur ».

Jésus répond aux deux langages. Il a relevé le défi de la moqueuse et la réplique claque : Jacob plus puissant que lui ? Il a prévu une exploitation durable de la source. Mais l'eau que donne Jésus ne sert pas dans la longueur des temps, elle est d'emblée éternelle et dispense de la répétition des gestes : une fois suffit.

Et il a entendu parler la sérieuse : il l'estime maintenant capable de comprendre le haut langage de la théologie, qu'il énonce en sentences générales, opposant l'eau matérielle, désormais négligée, à l'eau spirituelle. Le puits cesse d'être cette modeste excavation, et même cette respectable légende. Il est la profusion des eaux vivantes.

La femme reprend la parole : « Seigneur, donne-la-moi, cette eau-là, afin que je n'aie plus soif et que je n'aie plus à passer ici pour puiser. »

Dans la version légère, elle s'amuse de plus en plus. Car vraiment, cet homme exagère. Non seulement il promet de l'eau mais il affirme qu'on ne la boit qu'une fois. Eh bien, il n'a qu'à s'exécuter tout de suite. Ce qu'il se targue de faire pour tous, qu'il le fasse au moins pour elle. Il fait chaud, elle travaille dur, faisant effort pour tirer, soulever, charrier. Puiser l'épuise. Il comprendra sans doute, puisque lui qui se promenait sans fardeau s'est assis, fatigué et altéré. Et l'on croit entendre son rire clair tandis qu'elle reprend ses propres termes pour dire à cet ingénieur habile : évite-moi la corvée quotidienne !

Version spirituelle. Elle rejoint le Christ dans ses profondeurs divinatoires. La parole du Seigneur l'entraîne dans les songes de la vie heureuse, comme au temps où Dieu était visible dans les fruits de la terre. L'historique Jacob s'efface, devant l'éternelle nature de Jésus. La commodité passagère bat en retraite devant la plénitude offerte ce jour. Spirituellement la Samaritaine s'éloigne du puits ; elle voit plus haut que les légendes. Elle est enfin devenue celle qui implore.

Glissement vers la confidence. Elle n'avait encore rien dit d'elle-même, ne parlant que de Jésus à Jésus. Mais elle aussi a soif, d'une eau que le puits n'étanche plus, elle aussi est lasse. L'imploration jaillit comme une source, tardive, mais telle que le Christ l'avait désirée. Elle le prie, elle a donc reconnu qui lui parle. « Si tu savais qui est celui qui te dit : donne-moi à boire, c'est toi qui l'en aurais prié. » Elle est enfin celle que le Christ voulait qu'elle soit.

Jésus ne pouvait être désaltéré par l'eau du seau ; il l'est par la soif de la femme. La Samaritaine s'insère dans la catégorie de la foi personnelle. Comme ses semblables, l'hémorroïsse ou la Cananéenne, elle est entrée en supplication. Priante et riante, la voici convertie.

Nouvelle étape : elle croit à la réalité immédiate de tous

ces verbes que Jésus citait au futur. La grâce, pour elle, est un don présent. La foi de Marthe n'avait osé d'elle-même effectuer un tel saut.

La Samaritaine a changé son cœur, et le Christ la congédie d'un mot qui lui est coutumier : « Va... »

Sauf qu'il ne la libère que pour la faire revenir. Elle n'a pas tout dit dans son aveu. Il perce en elle une autre souffrance qui va bien au-delà de ses efforts musculaires. Et puisqu'il a trouvé la brèche, il va poursuivre : « Va, appelle ton mari et reviens ici. » Il la rappelle pour son propre drame ; il la rappelle aussi pour la collectivité. Jésus sait que le mari, dans le cas de cette femme, est une petite foule, puisqu'elle en est à son sixième homme ! Le terme est symbolique de toute la nation, qu'il appelle à la foi.

Il a donc brusquement changé le cours de l'entretien. C'est pour des raisons de bienséance, dit-on parfois, la morale orientale interdisant la prolongation de ce tête-à-tête[1]. Si cela était prédominant, l'entretien aurait été rompu aussitôt. Or, même congédiée, la femme ne part pas, et relance la discussion. Amour immodéré de la riposte ? C'est possible, mais il faut noter que le dialogue n'était pas achevé : il ne culmine pas encore à son point proclamatoire qui mande les foules. On est tout près de la vérité du Christ ; on ne l'a pas touchée néanmoins.

La Samaritaine réplique : « Je n'ai pas de mari. »

Jeu ou ravissement secret ? Il lui a plu de faire cet aveu ; peut-être est-elle sensible au charme de Jésus et au tour plus personnel que la conversation vient à prendre. Elle a pu ainsi l'informer de sa présente liberté.

A moins qu'elle ne saisisse l'occasion de prendre en

1. Cette explication vaut tout de même mieux que celle que j'ai relevée, dans une publication récente, disant que Jésus renvoie la Samaritaine parce qu'elle n'y comprend rien et qu'il est découragé.

Toute la scène souffre fréquemment de tels commentaires. La Samaritaine n'est jugée ni malicieuse ni religieuse. Mais elle cumule les ordinaires travers féminins, la bêtise et la débauche. Et en avant.

défaut cet homme qu'elle n'a pu jusqu'ici réfuter. Quelle joie de contrer enfin l'imprudent ! Car cette fois, il a parlé trop vite.

Si l'on entend plus gravement sa réponse, on percevra la confession d'une longue détresse. La femme se définit par le manque. Tout ce qu'elle a dit sur elle-même dénotait sa misère. Voici la pire : elle est seule. Encore une qui, en pleine cité, appartient à la condition désertique !

« Tu as raison de dire : je n'ai pas de mari. Car tu as eu cinq maris et l'homme que tu as maintenant n'est pas ton mari. En cela tu dis vrai. »

Certes, cette femme représente le syncrétisme religieux de la Samarie, conspué par les prophètes[1]. Le chiffre cinq fait probablement allusion aux divinités des cinq nations païennes qui avaient été déportées en Samarie. Mais sous l'allégorie, palpite un drame réel. Deux fois, Jésus la félicite d'avoir « dit vrai ». Il pivote habilement autour de cette proposition : « Je n'ai pas de mari. » Rien de plus exact. Elle a eu tantôt plus, tantôt moins. Le grec dit littéralement : « je n'ai pas un mari » et joue avec les chiffres. Elle n'en a pas « un » puisqu'elle en a eu cinq ; elle n'en a pas « un » puisqu'elle en a zéro, le dernier n'étant pas proprement le sien. Une seule phrase a dessiné la courbe d'une vie.

Cependant l'ascension continue : elle l'appelle « prophète ».

C'est le moment de lui envoyer à la figure le problème qui brûle entre leurs deux nations : « Nos pères ont adoré sur cette montagne et vous, vous dites, c'est à Jérusalem qu'il faut adorer. »

Si elle s'amuse, c'est façon de prendre sa revanche. Il a bien jugé sur elle. Sera-t-il aussi compétent en théologie ? Recommence-t-elle à railler son judaïsme et les disputes qu'immanquablement enfantent les religions, celles-là surtout ? Certains analysent cette digression comme une fuite

1. Osée 2,4 ; 3,1.

de la femme, qui éviterait ainsi l'évocation honteuse de sa conduite. Cela se peut, mais pourquoi ira-t-elle ensuite répandre par toute la ville qu'il lui a dit « tout ce qu'elle a fait » ? Pourquoi liera-t-elle l'annonce du Christ à son humiliation, alors qu'elle pouvait convoquer ses compatriotes autour du puits et du nouveau Jacob qui désaltérait pour toujours ?

Ceux qui prêtent du sérieux à sa parole y verront une immense soif spirituelle. Elle continue à demander à boire. Elle attend que cet homme, dont elle pressent l'incomparable mérite, dénoue le conflit d'opinions qui met de l'iniquité entre les deux nations. Elle est prête elle-même à cette désacralisation des lieux où l'invite Jésus. Elle ne s'intéresse plus au puits, ni à l'eau pesante, ni à Jacob. Jésus la sentait capable de cet envol, puisqu'il avait dit : « Crois-moi, femme, l'heure vient où ce n'est ni sur cette montagne ni à Jérusalem que vous adorerez le Père. » « Crois-moi », avait-il dit, pour lui signifier que le culte dû à Dieu est « en esprit et en vérité ».

A ce long discours, la femme répond : « Je sais que le Messie, celui que l'on nomme le Christ, doit venir. Quand il viendra, il nous annoncera toutes les choses. »

Les deux interprétations continuent à s'entrechoquer. Il se peut que la Samaritaine poursuive son ironie joueuse, altérée ici d'une pointe d'agacement. Comme pour le remettre au pas, elle rappelle à Jésus l'existence de ce Messie attendu, auquel il ne faudrait tout de même pas qu'il se substitue. Il se prend pour un Juif pas comme les autres, pour un grand hydraulicien, pour un théologien consommé, il se fait fort de percer le secret des âmes, sa présomption doit cependant avoir des limites. C'est l'autre qui fera les longs discours de la révélation totale. La double mention de sa venue et au futur dit bien qu'il n'est pas là et détache clairement les deux personnages, le Messie et Jésus, son présomptueux rival.

Cependant, comme Marthe, elle a prononcé les paroles du Credo. Elle avait dit juif, puis seigneur, puis prophète et maintenant carillonnent les mots justes : le Messie et le Christ !

A Jésus elle suggérerait délicatement ce que sa ferveur n'ose affirmer : serait-ce toi ? Elle n'a au fond jamais cessé de tourner autour de son mystérieux interlocuteur. Patiemment, elle a voulu savoir qui il était, interrogeant sa religion, son savoir-faire, ses dons prophétiques. Maintenant elle veut apprendre son identité suprême : comment s'appelle-t-il ? Et spontanément elle avance les noms sacrés...

Jésus répond aux deux intelligences de la Samaritaine. « Je le suis, moi qui te parle. »

Il réfute l'argument sceptique, annulant l'écart qu'elle avait fièrement creusé. Il exauce son attente, comble son désir, fortifie cette vérité que lucidement elle avait entrevue. Le ton est double, selon la part de l'être à laquelle il répond : triomphant et péremptoire devant la rouée, solennel mais complice auprès de celle qui l'a tôt reconnu.

Tout est dit à présent. Que peut-on ajouter à la vérité proférée, à l'éblouissement des formules ? A cette altitude, la confidence doit cesser. Les paroles sont trop fortes pour le tête-à-tête, et relèvent de la célébration collective. L'âme seule ne suffit pas : il faut une église. Marthe de la même façon avait rompu l'entretien pour convoquer Marie, et avec elle, les Juifs, c'est-à-dire l'assemblée.

Le retour des disciples vient opportunément briser la conversation, qui doit donc cesser, pour des raisons théologiques plus que psychologiques. Et ces gens font la foule, autour de Jésus. Ils sont évidemment, vu la hauteur de l'entretien, en deçà des paroles échangées, enfermés dans l'orbite des pensées ternes. On les voit s'étonner, en bons Juifs, de la désinvolture de leur Maître, en conversation avec une femme. Ils sont restés au niveau des bienséances, sans se douter de la nature de l'entretien. Ils ne sauraient, d'emblée, rejoindre Jésus et la Samaritaine sur ce sommet théologique. On les voit donc grommeler, retenus pourtant par quelque prescience.

La femme est partie, abandonnant sa cruche. Le détail est important : l'eau matérielle ne l'intéresse plus, et elle s'en va, comme les messagères de la résurrection, annoncer la nouvelle aux gens de la ville.

Jésus avait dit, symboliquement : « Appelle ton mari. » Elle convoque la cité entière. Si l'heure est venue d'adorer en esprit et en vérité, tous sont requis.

« Venez, voyez », leur dit-elle. Un commentateur s'extasie sur son éloquence : comme elle a dû bien parler pour arracher ces gens à la sieste de midi ! Cependant, elle ne leur raconte pas la saisissante confession à laquelle elle a participé. Elle est désormais initiée à la vérité suprême du Christ ; eux ont besoin de recours plus grossiers. Ils se laisseront émouvoir par l'exploit divinatoire qu'elle leur annonce bravement, quoi qu'il lui en coûte : la gloire divine passe en effet par le rappel de son humiliation. « Il m'a dit tout ce que j'ai fait. » Après quoi, c'est à eux de poursuivre l'itinéraire, en venant et en voyant. Son rôle était de les convoquer, pas de les convertir.

Elle n'est qu'une femme et des plus méprisées. On la connaît, à la ville. Mais il se trouve qu'aujourd'hui sa turpitude coïncide avec la gloire de Dieu. Cette étrange duplicité suscite chez elle une attitude hardie et timide, à l'image de sa honte et de son assurance réunies. La certitude ne peut donc s'exprimer que sous la forme atténuée d'une hésitation : « Ne serait-ce pas le Christ ? » Ce serait dégrader l'image de celui qu'elle veut servir que de s'en faire le porte-parole officiel. Voilà pourquoi l'annonce glisse vers la suggestion discrète.

Son sexe, sa position, sa foi expliquent qu'elle n'élève pas le ton. La médiatrice s'efface. Tout à l'heure les hommes la refouleront durement. Cependant les Samaritains ne sont pas les seuls méchants. Le texte dit : « De nombreux Samaritains de cette ville avaient cru en lui à cause de la parole de cette femme. » Je sais une vieille Bible qui remplace « nombreux » par « plusieurs », afin de limiter l'influence de cette femme, jugée obscène. Moins elle en persuade, mieux se porte la morale publique. Cette réprouvée, devenir la première de la ville ? Finalement tout se passera comme si elle n'avait rien dit. Aux gens de la cité, il aurait fallu une médiation honorable. Une traînée ne peut être l'organe de leur conversion. Ils s'empressent de le lui dire. Les voilà attroupés autour d'elle, frémissants d'une sorte de colère virile, qui n'admet pas qu'elle les ait précédés : « Ce n'est plus sur tes dires que nous croyons ; nous l'avons nous-mêmes entendu et nous savons que c'est vraiment lui le sauveur du monde. »

Caducité du témoignage. Leur foi a repoussé ces commencements douteux et s'enracine dans l'expérience directe. L'hostilité se renforce, visant la femme de mauvaise vie et surtout l'élévation solitaire de son témoignage.

Tandis qu'elle remontait vers sa ville, Jésus avait dit : « L'un sème, l'autre moissonne. » Celui qui ensemence hérite de la peine. Mais le moissonneur engrange dans la joie ses récoltes.

Peut-être rangeait-il quelque part dans sa pensée la Samaritaine parmi les jeteurs de grain. Elle avait apporté la nouvelle et souffert. Et maintenant les habitants affluaient, moisson blanchissante, et la femme, désormais en retrait, applaudissait peut-être à leur foi et, qui sait, à leur ingratitude ? Car enfin, ils étaient maintenant Église.

5
Marie

Si l'on s'en tient aux Évangiles, Marie n'occupe pas une place éminente. Elle est à peu près absente du ministère de son fils. Les quatre auteurs en parlent inégalement, d'une façon souvent dramatique qui ne doit rien à cette bénignité où viendraient s'apaiser tous les conflits. Marie, elle aussi, est une pierre de scandale. Mais qu'importe cette rareté ou cette rudesse au simple qui l'implore, au mystique qui la cherche ? Le cœur a besoin d'elle et de sa mansuétude. Comme si la trinité virile du Père, du Fils et de l'Esprit était moins propre à suggérer l'âme douce du monde qui émane spontanément d'un visage féminin.

Ainsi la discrétion évangélique a-t-elle été largement comblée par les développements ultérieurs de la foi. De tous les personnages sacrés, Marie est celle qui a inspiré le plus d'élaborations tardives, qu'il ne faut pas nécessairement rattacher aux intentions originelles du Nouveau Testament.

Les rédacteurs des Évangiles ont en effet d'autres préoccupations. Lorsqu'ils consignent leurs souvenirs, l'Église n'est pas installée, la foi est loin d'être prêchée et de graves enjeux, qui se dissiperont par la suite, l'entretiennent dans un état d'ardente argumentation. Les silences sur Marie sont eux-mêmes un élément du discours : délibérément, Marie devait rester dans l'ombre pour éviter les malentendus toujours prêts à resurgir.

Il fallait en effet ruiner trois représentations : contre les religions orientales, celle de la déesse, grande mère tellurique, responsable de la fécondité des sols et des animaux. A Marie était confié ce rôle surprenant : son exemple devait délier la transcendance de ces pouvoirs féminins toujours empreints d'obscurité et de maléfice. L'insistance des premiers auteurs sur la virginité de Marie est due en partie au souci d'éviter l'équivoque. La mère de Dieu n'est pas la promesse de la fertilité.

Elle n'est pas non plus la divinité suprême, l'origine absolue. Deux des évangélistes ne la placent pas même au commencement de leur récit. On ne voit naître Jésus que chez Luc et Matthieu. Encore ces auteurs ont-ils pris la précaution de situer en amont de Marie des personnages nombreux, anges, prophètes, voire une généalogie qui inscrit la naissance de Jésus dans le cours d'une histoire, dont la mère ne pose nullement les fondations.

Contre les religions de Rome et d'Athènes, il fallait repousser l'idée du dieu séducteur qui s'accouple avec une femme. La naissance du Seigneur n'était pas le fruit d'une incartade de Zeus. On sait que le roi des dieux aimait les femmes et les rejoignait sous toutes sortes de déguisements. Ses épouses successives étaient séduites et possédées. Idée exécrable pour un chrétien. La vierge ne cède pas au charme d'un dieu. Elle se soumet à son ordre. Les deux récits d'annonciation mettent exclusivement l'accent sur l'obéissance, et même une obéissance difficile, qui transforme ces noces charnelles en action décisive de l'Esprit.

Enfin, les unions d'un dieu païen avec une femme engendraient des créatures mixtes, à l'hérédité divino-humaine. Là encore il fallait briser net avec ces fruits monstrueux. Jésus n'est pas Hercule, ni un homme aux pouvoirs supérieurs. Sa double appartenance procède d'une élaboration infiniment complexe, à peine suggérée par les synoptiques ; elle fera l'objet d'innombrables débats, avant de se fixer dans la doctrine de Nicée en 325.

Bref, il fallait rendre à l'Esprit sa pleine souveraineté dans l'acte de l'incarnation. Les évangélistes le diront, chacun à sa manière, et pas seulement à l'occasion de la naissance de Jésus. Le fils né sous l'ombre divine ira répétant que la vraie parenté est spirituelle, et que la loi du sang ne prévaut jamais sur elle. Par spirituelle, il faut entendre la foi dans la parole de Dieu.

Seule la communion au même Père fonde la fraternité. Seule la soumission à sa volonté fonde la maternité. Seule la dépendance au dessein de Dieu menée jusqu'à l'extrémité de la mort fonde la filiation.

Voilà pourquoi les rapports de Jésus à sa famille frôlent parfois le tragique. La voix du sang n'a pas cédé, la mère aime comme aiment les mères, jusqu'au vertige. Toujours rappelés à un amour plus haut, l'âme et le corps frissonnent de douleur de ce que cet enfant soit dieu.

SELON SAINT MARC

Et il vient chez lui, et la foule se réunit de nouveau, de sorte qu'ils ne pouvaient pas même prendre leur repas. Ce qu'apprenant, les siens sortirent pour se saisir de lui ; car ils disaient : « Il a perdu le sens ! » (Marc 3,20-21).

Et viennent sa mère et ses frères qui, se tenant dehors, l'envoyèrent appeler. Et une foule était assise autour de lui. Et on lui dit : « Voici ta mère, et tes frères, et tes sœurs dehors, qui te cherchent. » Et, leur répondant, il dit : « Qui est ma mère ? et mes frères ? » Et promenant ses regards sur ceux qui étaient assis en cercle autour de lui, il dit : « Voici ma mère et mes frères ! Quiconque fait la volonté de Dieu, celui-là est mon frère, et ma sœur, et ma mère » (Marc 3,31-35).

Et il sortit de là, et il vient dans sa patrie, et ses disciples le suivent. Et, le sabbat venu, il se mit à enseigner dans la synagogue. Et la plupart, en l'entendant, étaient frappés d'étonnement : « D'où lui vient cela ? disaient-ils Et quelle est la sagesse qui lui a été donnée ? et ces grands miracles qui se font par ses mains ? N'est-ce point là le charpentier, le fils de Marie, et le frère de Jacques et de Joseph, et de Jude et de Simon ? Et ses sœurs ne sont-elles pas ici chez nous ? » Et ils étaient scandalisés à son sujet. Et Jésus leur disait qu'un prophète n'est méprisé que dans sa patrie, et parmi ses parents et dans sa maison. Et il ne pouvait faire là aucun miracle sauf qu'il guérit quelques infirmes en posant les mains sur eux. Et il s'étonna à cause de leur incrédulité (Marc 6,1-6).

Marc s'acharne donc à démontrer la supériorité des parentés spirituelles, comme le fera Luc. Mais tandis que le troisième Évangile reste empreint de douceur, Marc choisit le langage abrupt, s'irritant contre la famille charnelle, morigénant la mère de Dieu. Ce lien social et vital n'est rien. Apprends à être mère par l'esprit ! Et pour mettre les choses au clair, on ne voit pas naître Jésus dans cet Évangile. Il nous arrive tout fait, tout frais, adulte, de sa Galilée. Son enfance ? Pas d'intérêt. Tout se passe comme s'il inaugurait sa vie avec sa prédication.

Marc n'a pas nommé la famille. Sa première parole définit Jésus comme fils de Dieu. Et la première action de cet émancipé est, comme par hasard, d'arracher Simon, André, Jacques et Jean à leurs barques, leurs filets et leur père.

Première apparition de sa famille : il revient chez lui, où se presse la foule, venue l'écouter. Outrée, la famille veut le saisir, car, dit-elle, « il a perdu le sens ».

Marie est traitée, ou devrait l'être, avec le respect dû à une Juive et une Romaine[1]. Dans la Juive, on salue la mère féconde. Dans la Romaine, une personne dotée de droits supérieurs à tous ceux qu'accordent d'ordinaire les pays méditerranéens : le lien du sang a pris plus de puissance que le droit gentilice. Marie, ici, a l'autorité d'une « matrona ».

La famille de Jésus arrive, groupe compact et hiérarchisé, que l'évangéliste présente par dignité décroissante : mère, frères, sœurs ; Marie est évoquée au milieu de sa troupe, qui prétend ici reconstituer son intégrité, brisée par les excentricités du fils. Quelques traducteurs s'efforcent de tempérer l'outrance de leur propos : « Il a perdu le sens. » Le mot

1. Saint Marc écrit pour un public romain, cf. p. 177.

n'est pas trop fort : le Christ n'a-t-il pas osé attenter à la cohésion sacrée de la famille ? Le coup de force s'impose. La famille a attendu l'occasion : leur fils vagabond se trouve chez lui, coincé par la foule. Mère et frères se précipitent pour s'emparer de lui, comme dit brutalement le grec. C'est presque un rapt, mais comment traiter autrement quelqu'un qui est devenu fou ?

L'assaut de cette famille est resserré entre l'énumération des disciples dont le dernier nommé est Judas Iscariote, « celui-là même qui le livra », et la dispute de Jésus avec les scribes, qui l'accusent d'être possédé du démon. Ce jour-là, Jésus semble n'avoir que des ennemis.

Obnubilée par le droit du sang, la famille de Jésus participe sans remords à cette hostilité générale. Elle ne reconnaît à Jésus aucune vocation distincte : il n'est que fils et frère et doit s'incliner sous la loi commune.

Ces gens arrivent, bloc irréductible qui ne se dilue pas dans la foule. Celle-ci n'est pas une cohue indisciplinée. Sagement assise autour de Jésus, elle écoute la parole de Dieu. C'est elle qu'affectueusement, insolemment, Jésus regarde, disant : « Voici ma mère et mes frères. » A cette parenté véritable, la famille de Jésus n'appartient pas et trois indices accusent son caractère d'étrangère : son arrivée tardive, au milieu de la séance, la brusquerie de son irruption qui dérange l'assemblée, sa volonté de rester dehors parce qu'elle ne veut pas écouter le discours de Jésus.

Des esprits accommodants penseront : ce n'est pas de leur faute ! Ils ne sont pas entrés parce qu'il y avait trop de monde ! Mais la guérison du paralytique, au chapitre précédent, infirme l'objection. Quand on ne peut emprunter la porte, on passe par le toit. Pour cette famille valide, l'opération ne serait pas difficile.

Et voilà réglée l'affaire de la famille tribale, sûre de ses droits. On ne peut pas dire que Jésus inaugure la mariolâtrie !

Cet aveuglement de la famille sur ses propres enfants en

qui elle ne reconnaît pas volontiers des hommes, et à plus forte raison un Dieu, réapparaît lors de la visite de Jésus à Nazareth. L'intimité constituée par les parents ou les voisins ne conçoit que des hommes quelconques. Qui de nos jours a dit que le plus puissant des sentiments familiaux était le mépris ? Les parents commandent à leurs enfants et les frères sont égaux entre eux. Le droit d'aînesse, direz-vous ? Mais l'Ancien Testament a régulièrement brisé ce droit au bénéfice des plus jeunes, comme s'il voulait attenter à une institution inique ! A Jésus le premier-né, il n'est concédé aucun privilège. Il fait partie de cette population médiocre et solidaire, qui ne tolère pas d'exception.

Cette prescription de banalité rend la famille bien moins avisée que le lecteur sur la divinité de Jésus. Marc est l'Évangile des malentendus. On ne saurait reprocher à la famille de Jésus de divulguer imprudemment son « secret messianique ».

SELON SAINT MATTHIEU

Voici ce qu'il en fut de l'origine de Jésus-Christ. Marie, sa mère, ayant été fiancée à Joseph, se trouva enceinte de par l'Esprit saint avant qu'ils eussent habité ensemble. Joseph, son époux, qui était un homme juste et ne voulait pas la bafouer, résolut de la répudier en cachette. Comme il y réfléchissait, voici que l'Ange du Seigneur lui apparut en songe et dit : « Joseph, fils de David, ne crains pas de prendre avec toi Marie ton épouse ; car ce qui a été engendré en elle est de par l'Esprit saint. Elle enfantera un fils et tu l'appelleras du nom de Jésus ; car c'est lui qui sauvera son peuple de ses péchés. » Tout cela arriva pour que s'accomplît ce qu'avait annoncé le Seigneur par le prophète quand il dit :

« Voici que la Vierge concevra et enfantera un fils, et on l'appellera du nom d'Emmanuel, ce qui veut dire : Dieu avec nous. »

Réveillé de son sommeil, Joseph fit comme lui avait prescrit l'Ange du Seigneur, et il prit avec lui son épouse. Et il ne la connut pas jusqu'à ce qu'elle enfantât un fils et il l'appela du nom de Jésus.

Jésus étant né à Bethléem de Judée, aux jours du roi Hérode, voici que des mages venus du Levant se présentèrent à Jérusalem, en disant : « Où est le roi des Juifs qui vient de naître ? Car nous avons vu son étoile au Levant et nous sommes venus nous prosterner devant lui. »

Sur ces paroles, le roi Hérode fut troublé, et tout Jérusalem avec lui. Et, rassemblant tous les grands prêtres et scribes du peuple, il leur demanda où le Christ devait naître. Ils lui dirent : « A Bethléem de Judée ; car ainsi est-il écrit par le prophète :

« Et toi, Bethléem, terre de Juda,
tu n'es sûrement pas la moindre des grandes cités de Juda,
car c'est de toi que sortira le chef
qui fera paître mon peuple, Israël. »

Alors Hérode, appelant les mages en cachette, se fit préciser par eux le temps où était apparue l'étoile. Et, les envoyant à Bethléem, il dit : « Allez, enquérez-vous exactement de l'enfant et dès que vous l'aurez trouvé, annoncez-le-moi, afin que moi aussi je vienne me prosterner devant lui. »

Sur ces paroles du roi, ils s'en allèrent. Et voici que l'étoile qu'ils avaient vue au Levant les précédait, jusqu'à ce qu'elle vînt se placer au-dessus de l'endroit où était l'enfant. A la vue de l'étoile, ils se réjouirent d'une très grande joie. Et, entrés dans la maison, ils virent l'enfant avec Marie sa mère et tombèrent, prosternés, devant lui. Et ouvrant leurs trésors, ils lui offrent de l'or, de l'encens et de la myrrhe. Et, avertis en songe de ne pas retourner vers Hérode, c'est par un autre chemin qu'ils se retirèrent dans leur pays.

Quand ils se furent retirés, voici que l'ange du Seigneur apparaît en songe à Joseph et dit : « Lève-toi, prends avec toi l'enfant et sa mère, et fuis en Égypte, et restez-y jusqu'à ce que je te le dise ; car Hérode va rechercher l'enfant pour le faire périr. » Lui, se levant, prit avec lui l'enfant et sa mère, de nuit, et se retira en Égypte. Et il y fut jusqu'à la mort d'Hérode, pour que s'accomplît ce qu'avait annoncé le Seigneur par le prophète, quand il dit :

« D'Égypte j'ai appelé mon fils. »

Alors Hérode, voyant qu'il avait été joué par les mages, entra en grande fureur et envoya tuer tous les enfants de Bethléem et de tout son territoire, depuis l'âge de deux ans et au-

dessous, selon le temps qu'il s'était fait préciser par les mages. Alors s'accomplit ce qui avait été annoncé par Jérémie, le prophète, quand il dit :

« Une voix a été entendue dans Rama,
sanglots et longue plainte ;
c'est Rachel qui pleure ses enfants
et ne veut pas être consolée, parce qu'ils ne sont plus. »

Hérode mort, voici que l'Ange du Seigneur apparaît en songe à Joseph, en Égypte, et dit : « Lève-toi, prends avec toi l'enfant et sa mère et va au pays d'Israël; car ils sont morts, ceux qui en voulaient à la vie de l'enfant. » Lui, se levant, prit avec lui l'enfant et sa mère, et il entra en pays d'Israël. Mais apprenant qu'Archélaüs régnait sur la Judée à la place de son père Hérode, il eut peur d'y aller et, averti en songe, il se retira dans la région de Galilée et vint habiter une ville appelée Nazareth, afin que s'accomplît ce qui avait été annoncé par les prophètes : « Il sera appelé nazaréen » (Matthieu 1,18 / 2,23).

Matthieu ramène cette famille de Rome à Jérusalem : un Juif y retrouve ses habitudes. D'abord Jésus prend la peine de naître, avec tout le faste généalogique que l'on est en droit d'attendre d'un enfant du peuple élu. Il descend de la plus illustre lignée. Dans cette suite de quarante-deux noms brillent quatre noms de femmes, cinq avec la mention de Marie.

Ces femmes n'appartiennent cependant pas à la succession légitime. Deux sont étrangères, Ruth et la femme d'Uri, trois sont coupables d'inconduite, Rahab, la courtisane, Thamar qui s'est glissée dans le lit de Juda déguisée en prostituée, la femme d'Uri encore.

Leurs irrégularités tranchent sur les vénérations coutumières des Juifs : Rébecca, Rachel, Sarah, Myriam, Deborah. L'imprévu de la grâce l'emporte sur la droiture de la Loi et sur l'orgueil national. Dès la généalogie, Matthieu enseigne à ses coreligionnaires que Dieu ne se complaît pas dans les projets rectilignes des hommes. La grâce d'abord déroute. Elle invente ses voies, libres et hardies, dont l'ascendance de Jésus est un exemple. Ces noms jettent leur ironie sur la rigidité des lois. Ils rejoignent les desseins secrets de la Cananéenne ou de l'hémorroïsse. Différentes de l'homme qui s'appuie sur le droit et la coutume, ces femmes portent excellemment les surprises de la grâce. Elles ont l'air d'argumenter déjà contre l'ordre pharisien. Jésus entame tôt sa discussion.

Mais ces quatre noms préparent aussi l'avènement du cinquième. Ils inscrivent Marie dans leur tradition souple. Qu'insinue Matthieu ? Que la Loi depuis toujours est grâce et qu'il n'y a pas matière à s'effaroucher quand on est Juif. Il suffit de bien vouloir reconsidérer la tradition : tout y est. L'amour déborde les codes, la transgression est accomplissement.

Marie, comme les aïeules, entre dans le projet du salut, par effraction. Elle n'est ni prostituée ni étrangère. Cela ne vaut pas mieux : elle est une vierge qui conçoit ! Là encore, il ne faut pas se scandaliser. Cela s'est vu : l'Ancien Testament fait enfanter les stériles et même les vieilles. Marie, après bien d'autres, est visitée par la fantaisie de Dieu. Ce régime d'exception ne la dispense pas des devoirs d'obéissance auxquels toute femme juive est astreinte. Matthieu tient ici encore à rassurer son lecteur. L'ordre public n'est pas perturbé ! Marie se soumet à ses deux maîtres : Dieu et son époux. Dieu en effet ne la consulte pas et ne croit pas devoir l'informer de l'événement inouï dont elle va être l'objet. Matthieu la déclare enceinte par le fait de l'Esprit et ne s'attarde pas sur ses états d'âme. La partie, à vrai dire, se joue entre hommes. L'ange Gabriel a de fréquentes consignes à transmettre au couple. C'est toujours à Joseph qu'il s'adresse, comme s'il y allait de sa dignité. Les anges de l'Ancien Testament évitaient aussi la conversation des femmes.

Unique interlocuteur, Joseph reste le personnage principal, aux pouvoirs élargis par le dessein de Dieu. L'enfant est à lui, il conserve les prérogatives de la paternité coutumière. L'ange le comble d'honneurs : Dieu a choisi son foyer, qui s'irradie de gloire ; les privilèges masculins ne sont pas endommagés. Joseph reste le maître, et les responsabilités dont l'ange le charge augmentent même son autorité : c'est à lui qu'il incombe de garder Marie, de donner son nom à l'enfant, d'organiser la protection de la famille, de l'emmener en Égypte, d'en repartir et de se diriger enfin, avec les siens, à Nazareth.

Joseph est le meilleur des Juifs : on reconnaît sans peine à sa droiture son auguste lignage. Dieu converse avec lui, l'élevant ainsi au rang des patriarches.

Les deux époux sont des modèles de piété, dans la rigueur de l'exigence juive : ils se soumettent au Seigneur, et ne profèrent aucune plainte. Le silence sanctionne la perfection de leur obéissance. Jésus est l'enfant de ce double consentement.

Pourtant, il y a autre chose dans ce personnage. Lorsque l'Ange commence à lui parler, il deviendra un parfait instrument de la volonté divine et à ce titre suscitera en nous plus d'admiration que d'intérêt ! Mais auparavant, Matthieu nous le montre seul, en proie à un douloureux problème. Il découvre que sa femme est enceinte. La Loi autorise la répudiation. C'est même la justice. Pourquoi donc entoure-t-il cette sanction de clandestinité, comme s'il commettait une faute ? Raisonnons autrement : ses précautions constituent la perfection de la justice ! Joseph le charpentier traite son infortune avec la précision qui assemble tenons et mortaises. De sa religion, il a appris la justice ; de son métier, la justesse. Il faut à cette punition l'exacte mesure qui la tiendra à égale distance du pardon et de la vengeance. Joseph chassera donc Marie, mais en cachette : il ne se reconnaît pas le droit de ternir à jamais la réputation de la vierge. Dans ces villages friands de scandale, les commérages dégraderaient la justice de Joseph en offense. Le texte nomme celle-ci lorsqu'il dit que Joseph ne voulait pas que « l'on montrât sa femme du doigt en riant ». Le verbe *epideixai* appartient au vocabulaire de l'outrage, et pervertirait une décision si réfléchie. Au demeurant, Joseph est la seule victime du préjudice. Les autres n'ont pas à y mettre leur nez. Cet homme est juste ; sa résolution n'est que justice.

Ne mérite-t-il pas l'élection divine ? On croirait presque que Dieu a choisi Marie à cause de la droiture de Joseph. Le père auquel l'enfant divin est confié offre les vertus les plus propres à initier un être à la loi de Dieu.

> *Tandis qu'il parlait encore aux foules, voici que sa mère et ses frères se tenaient dehors, cherchant à lui parler. Quelqu'un lui dit : « Voici que ta mère et tes frères se tiennent dehors, cherchant à te parler. » Répondant, il dit à celui qui lui parlait : « Qui est ma mère et qui sont mes frères ? » Et, étendant la main vers ses disciples, il dit : « Voici ma mère et mes frères ! Car quiconque fait la volonté de mon Père qui est dans les cieux, c'est lui qui est mon frère, et ma sœur, et ma mère »* (Matthieu 12,46-50).
>
> *Lors donc que Jésus eut achevé ces paraboles, il partit de là. Et venu dans sa patrie, il les enseignait dans leur synagogue, de sorte qu'ils étaient frappés d'étonnement et disaient : « D'où viennent à celui-là cette sagesse et les miracles ? N'est-ce point là le fils du charpentier ? Est-ce que sa mère ne s'appelle pas Marie, et ses frères, Jacques et Joseph, et Simon et Jude ? Et ses sœurs ne sont-elles pas toutes chez nous ? D'où lui vient donc tout cela ? » Et ils se scandalisaient à son sujet. Mais Jésus leur dit : « Un prophète n'est méprisé que dans sa patrie et dans sa maison. » Et il ne fit pas là beaucoup de miracles, à cause de leur incrédulité* (Matthieu 13,53-58).

Jésus est devenu homme. Il est parti. Ses relations à sa famille sont maintenant distantes. Que les siens viennent le voir ou que lui-même leur rende visite accuse l'impossibilité de leur ancienne intimité. La « volonté du Père » est entre eux : la foi ne permet plus ces attachements exclusifs, ces passions jalouses, ces solidarités si serrées qu'elles interdisent le jeu d'amples vocations.

Marie, ici, n'émet pas les farouches revendications que l'on a entendues chez Marc. Elle désire seulement visiter son fils et en exprime timidement la demande. La séance de prédication n'est pas perturbée.

Cette délicatesse n'empêche pas Jésus de poser clairement les limites de la parenté biologique. Dieu ne supporte pas de rivaux dans les rapports familiaux, même parmi ceux qu'il a lui-même institués. Car les parentés de chair ou bien détournent les gens de la fidélité à Jésus [1], ou bien réduisent le fils à n'être que la descendance de celui-ci et de celui-là, et le voisinage ne comprend vraiment pas de qui le fils peut bien tenir ses dons ! Les frères charnels témoignent contre lui.

C'est pourquoi les trois premiers Évangiles évitent désormais les fréquentations de Jésus avec les siens. La sainte famille [2] n'est plus réunie que mystiquement. Marie ne se manifeste plus. Quant à Joseph, il a disparu dès le début du ministère. Vraisemblablement il est mort, et c'est une bonne idée qu'il a eue. Sa longévité aurait posé des problèmes théologiques trop compliqués.

SELON SAINT LUC

Le troisième Évangile parle avec une infinie tendresse de Marie. Luc est le chantre du pardon, de la grâce, du bouleversement de la vie intérieure. Il veut convaincre et toucher : les Juifs, les Grecs, la terre entière. La généalogie de Jésus ne maintient pas celui-ci dans la famille d'Israël mais, remontant à Noé puis Adam, lie le Christ à notre humanité. A la différence de Matthieu, elle est de mouvement ascendant, comme pour acheminer le lecteur de la judaïté particulière de Jésus à son appartenance à l'espèce universelle.

> *Le sixième mois, l'Ange Gabriel fut envoyé par Dieu dans une ville de Galilée, du nom de Nazareth, à une vierge fiancée à un homme du nom de Joseph, de la maison de David ; et*

1. « Qui aime son père ou sa mère plus que moi n'est pas digne de moi. Qui aime son fils ou sa fille plus que moi n'est pas digne de moi. Qui ne prend pas sa croix et ne vient à ma suite n'est pas digne de moi. » Matthieu 10,37-38 ; cf. Luc 14,26-27 ; Marc 8,34-35.

2. Comme on dit. Étrange tout de même : Joseph n'est ni époux ni père ; Marie, la mère, est vierge, et le fils récuse sa parenté !

le nom de la vierge était Marie. Et, entrant chez elle, il dit : « Salut, comblée de grâce ! Le Seigneur est avec toi ! » A cette parole, elle fut toute troublée, et elle se demandait ce que pouvait être cette salutation. Et l'ange lui dit : « Sois sans crainte, Marie, car tu as trouvé grâce auprès de Dieu. Et voici que tu concevras et tu enfanteras un fils, et tu l'appelleras du nom de Jésus. Il sera grand et sera appelé Fils du Très-Haut. Et le Seigneur Dieu lui donnera le trône de David son père, et il régnera sur la maison de Jacob pour les siècles et son règne n'aura pas de fin. » Marie dit à l'ange : « Comment cela se fera-t-il puisque je ne connais pas d'homme ? » Et répondant, l'ange lui dit : « L'Esprit saint surviendra sur toi et la puissance du Très-Haut te prendra sous son ombre ; et c'est pourquoi l'être saint qui naîtra sera appelé Fils de Dieu... Et voici qu'Élisabeth, ta parente, a conçu, elle aussi, un fils dans sa vieillesse, et elle en est à son sixième mois, elle qu'on appelait la stérile ; car rien n'est impossible à Dieu. » Marie dit : « Je suis la servante du Seigneur ; qu'il m'advienne selon ta parole ! » Et l'ange la quitta.

En ces jours-là, Marie partit et se rendit en hâte vers la région montagneuse, dans une ville de Juda. Et elle entra chez Zacharie et salua Élisabeth. Or, dès qu'Élisabeth entendit la salutation de Marie, l'enfant bondit dans son ventre et Élisabeth fut remplie de l'Esprit saint. Et elle poussa un grand cri et dit : « Bénie es-tu entre les femmes et béni le fruit de ton ventre ! Et d'où m'est-il donné que vienne vers moi la mère de mon Seigneur ? Car, vois-tu, dès que la voix de ta salutation est arrivée à mes oreilles, l'enfant a bondi d'allégresse dans mon ventre. Et bienheureuse, celle qui a cru en l'accomplissement de ce qui lui a été dit de la part du Seigneur ! »

Et Marie dit :

« Mon âme magnifie le Seigneur,
Et mon esprit exalte en Dieu mon sauveur,
parce qu'il a jeté les yeux sur la bassesse de sa servante.
Car voilà que désormais toutes les générations me proclameront bienheureuse ;
parce que le Puissant a fait pour moi de grandes choses ;
et saint est son nom,
et sa miséricorde s'étend d'âge en âge sur ceux qui le craignent.
Il a déployé la force de son bras,

Il a dispersé les hommes au cœur orgueilleux.
Il a renversé les souverains de leur trône et élevé les humbles,
il a comblé de biens les affamés et renvoyé les riches les mains vides.
Il a secouru Israël, son serviteur,
se souvenant de sa miséricorde,
– selon qu'il l'avait annoncé à nos pères, en faveur d'Abraham et de sa descendance à jamais ! » (Luc 1,26-55).

Dans ces textes, les femmes sont souveraines. Ici encore elles expriment mieux que ne le feraient des hommes le caractère de la grâce, à la fois universel et paradoxal. Marie et Élisabeth accueillent avec simplicité la surprise profanatrice de Dieu. La stérile et la vierge attendent leur enfant selon la joie la plus naturelle.

Moins liées à une société, ces femmes échappent aux particularités de la profession, de la nation, de la religion. Les consciences s'identifient plus aisément à des êtres dont la vie intérieure est ainsi livrée nue.

En outre la gloire de Dieu se complaît dans l'humilité. Elle élit la modeste Galilée, et une ville obscure, Nazareth. Elle visite une femme et parle directement à la bassesse de sa servante.

Les puissants, en effet, ont résisté à la Bonne Nouvelle. Le prêtre Zacharie a douté. L'ange s'est heurté à ce scepticisme mais il a rencontré l'obéissance de la jeune fille, immédiatement inclinée à la volonté de Dieu. Pourquoi ce consentement ? Serait-elle émue par cette apparition magnifique ? Luc, se souvenant peut-être du paganisme de ses lecteurs, entend prouver que cette conception est d'ordre spirituel d'abord. Marie reste celle qui ne connaît pas d'homme. L'opération a un caractère immatériel, aérien, qui relève du phénomène atmosphérique et ne s'apparente nullement à un commerce charnel. Dieu s'y appelle le Très-Haut et se manifeste sous forme de nuée. L'évangéliste insiste sur la solitude que l'ombre répandra sur la jeune fille.

On songe à l'une de ces épiphanies bibliques, manifestation presque abstraite de la puissance divine, qui n'évoque en rien les noces d'un Dieu avec l'humanité, et Marie répond en croyante et non en amoureuse : « Je suis la servante du Seigneur ; qu'il m'advienne selon ta parole. » Jésus naît d'une acceptation de la foi.

Marie non seulement n'est pas séduite, mais elle est même jetée dans les alarmes. L'ange suscite en elle stupeur, crainte, ou une espérance, mais qui tremble d'être démentie : « Comment cela se fera-t-il puisque je ne connais pas d'homme ? » La pluie de merveilles annoncées ne paraît pas, en soi, l'étonner outre mesure. De Jésus, elle ne doute pas, même avant qu'il existe. Elle ne dit pas, comme les voisins de chez Matthieu : comment cela se fera-t-il puisqu'il n'est que le fils de Marie ? Elle croit déjà à la divinité de cet enfant. Mais elle s'interroge sur elle-même.

En signe d'humilité ? Les deux paroles qu'elle prononce méritent examen : « Je ne connais pas d'homme » et « Je suis la servante du Seigneur ». J'y vois plutôt une fière déclaration d'indépendance ! La foi incline Marie à la soumission, mais ce n'est plus à un homme. Elle ne sert que Dieu. Être l'esclave du Seigneur implique que l'on soit délié des servitudes traditionnelles. La poétique de Dieu l'a retirée à la loi des hommes. Aucun n'est son maître. Comment a-t-on pu écrire qu'elle était une « humble petite servante [1] » ? Si Marie était humble, elle aurait douté d'elle-même. Si elle était petite, elle aurait craint son père, si elle était servante, elle se serait préoccupée de Joseph, son maître. Devant des émois aussi vertueux, l'ange, sans doute attendri, l'aurait réconfortée. Mais cette intrépide n'a cure de tels sujets de frayeurs.

De Matthieu à Luc, le mot de soumission change de sens. Dans le premier Évangile, Marie obéissait à son mari en silence et sans délibérer. Ici, tout provient d'un libre assen-

1. Hébert Roux, *Unité chrétienne*, 53-54, fév. 1979, p. 77.

timent de sa volonté propre, qui ne traite qu'avec Dieu.

Ses accents de liberté éclatent dans la visite qu'elle rend à Élisabeth, chez qui elle récite le *Magnificat*. Élisabeth accueille sa cousine avec déférence. L'enfant Jean a commencé son œuvre de précurseur et sa mère est la première de ses convertis. Peut-être la salutation de Marie dissipe-t-elle le tourment d'Élisabeth : celle-ci est l'épouse d'un homme qui n'a pas cru. Qui sait si elle ne vit pas cachée depuis six mois, pour dissimuler sa honte à lui, au moment où sa honte à elle, la stérilité, est enlevée ? Sa salutation amalgame le caractère sacré de cette maternité salvatrice et la foi de Marie en la parole du Seigneur.

Les pères ici sont en retrait, et de personnes et d'influence : ils ne donneront pas leur nom à l'enfant. Les fils ne sont pas nés. Ces deux femmes sont seules, et le restent trois mois, portant les espoirs du monde.

Le *Magnificat* que prononce Marie appartient à un genre traditionnel chez les Juifs. Anne, la mère de Samuel, en avait chanté un, qui offre un élargissement semblable à celui de Marie. L'attente de la mère y dépasse sa propre jubilation.

L'ange avait promis à Marie un enfant merveilleux, dont elle semble ne tirer aucune fierté. Ce chant d'amour ne fait pas une seule mention du fils. L'émerveillement s'élargit sur l'espérance d'un monde enfin reconquis à la grâce de Dieu. La justice s'établit, et la paix. L'enfant à venir rappelle la puissance du Seigneur, qui seul fait naître et mourir, et dispose de la fortune des hommes. Cette promesse faite au sein d'une femme prépare une métamorphose universelle : les petits sont exaltés, les grands s'abaissent. Ainsi se dissipe le mystère le plus obscur qui interroge la conscience du vivant : pourquoi l'homme a-t-il ruiné l'unité de la création ? Pourquoi des forts et des faibles ? Pourquoi est-il le meurtrier de son frère ? L'attente de la mère entretient la ferveur juive de l'équité. Mais tout enfant n'est-il pas, pour sa mère, la nostalgie d'un tel royaume ?

Cette surprise de la grâce, ce rêve de Dieu sont déjà des réalités. Nouvelle expression de sa foi : elle a entendu des promesses, mais le *Magnificat* parle de toutes ces choses comme si elles étaient déjà advenues[1]. Avant la naissance, Marie prononce à sa manière la parole que Jésus a dite en mourant : « Tout est accompli. »

L'incarnation s'achève sur un cri, mais elle a commencé par le chant d'une femme.

En ces jours-là, parut un édit de César Auguste, ordonnant de recenser le monde entier. Ce premier recensement eut lieu pendant que Quirinius était gouverneur de Syrie. Et tous allaient se faire recenser, chacun dans sa ville. Joseph aussi monta de Galilée, de la ville de Nazareth, vers la Judée, vers la ville de David qui s'appelle Bethléem, parce qu'il était de la maison et de la lignée de David, pour se faire recenser avec Marie, sa fiancée, qui était enceinte. Or donc, comme ils étaient là, furent révolus les jours où elle devait enfanter. Et elle enfanta son fils, le premier-né, et elle l'emmaillota et le coucha dans une crèche, parce qu'il n'y avait pas de place pour eux dans l'hôtellerie.

Et il y avait dans cette contrée des pasteurs qui vivaient aux champs et qui passaient les veilles de la nuit à garder leurs troupeaux. Et l'ange du Seigneur se présenta à eux et la gloire du Seigneur les enveloppa de sa clarté et ils furent saisis d'une grande crainte. Et l'ange leur dit : « Rassurez-vous, car voici que je vous annonce la Bonne Nouvelle d'une grande joie, qui sera pour tout le peuple : il vous est né aujourd'hui dans la ville de David, un sauveur, qui est le Christ Seigneur. Et voici pour vous le signe : vous trouverez un nouveau-né emmailloté et couché dans une crèche. » Et soudain il y eut avec l'ange une multitude de l'armée céleste, qui louait Dieu et disait : « Gloire à Dieu au plus haut des cieux et sur terre paix aux hommes qui ont sa faveur ! »

Or, quand les anges les eurent quittés pour le ciel, les pasteurs se disaient entre eux : « Passons donc jusqu'à Bethléem, et voyons cette chose qui est arrivée et que le Seigneur nous a fait

1. Presque tous les verbes sont au passé.

connaître. » Et ils vinrent en hâte et ils trouvèrent Marie et Joseph, et le nouveau-né couché dans la crèche. Ayant vu, ils firent connaître la chose qui leur avait été dite de cet enfant, et tous ceux qui les entendirent s'étonnèrent de ce que leur disaient les pasteurs. Quant à Marie, elle gardait avec soin toutes ces choses, les repassant dans son cœur. Et les bergers s'en retournèrent, glorifiant et louant Dieu pour tout ce qu'ils avaient entendu et vu, selon ce qui leur avait été annoncé (Luc 2,1-20).

La foi de Marie ne s'interrompt pas, ni cette obéissance auprès de Dieu qui est liberté parmi les hommes. Joseph emmène sa fiancée au recensement. Luc ne nous a jamais dit s'il avait eu envie de la répudier. Ses sentiments ne l'intéressent pas. Il le considère comme simple accompagnateur. A Marie seule reviennent l'action et le premier plan. Elle accouche, emmaillote l'enfant, le dépose dans la crèche. C'est elle que les pasteurs, prévenus par l'ange, découvrent d'abord.

Dans le tumulte des adorations nocturnes, parmi bergers, mages et anges, Marie se tait, « conservant toutes ces choses et les repassant en son cœur ». Étrange notation de l'évangéliste. L'Ancien Testament a employé cette formule à propos de Jacob et de Daniel. Dans le premier cas, il s'agit d'un rêve fait par Joseph sur sa gloire future, et que son père conserve en sa mémoire. Daniel, lui, a une vision d'apocalypse : les rois sont terrassés, tandis que s'établit l'empire éternel du Très-Haut. Marie, en gardant, comme le patriarche et comme le prophète, ces choses en son cœur, se distingue des autres adorateurs de cette nuit. Bergers et mages repartent, en glorifiant Dieu. Mais peut-être oublieront-ils demain ? En tout cas, ils ne fêtent que la grande nouvelle qui a éclaté dans la nuit transparente. Marie demeure, et ces choses, dont elle fait mémoire, élaborent d'autres accomplissements. L'enfant qui dort dans la crèche lui fait promesse d'événements plus réels encore que sa merveilleuse présence. Marie demeure dans l'émotion de ses pensées, baignée de visions et d'espoirs. Le peuple est en réjouissance. Elle partage son exaltation, mais en silence, en secret, et dans les figures d'un rêve plus vaste. La foi discerne parmi les ombres et s'élance jusqu'à l'étoile des bergers. Les autres ont vu un enfant, elle songe à un homme et à un Dieu, peut-être aussi à un destin.

> *Et lorsque furent révolus les huit jours pour sa circoncision, on lui donna le nom de Jésus, celui qui avait été donné par l'ange avant qu'il fût conçu.*
>
> *Et lorsque furent révolus les jours pour leur purification, selon la loi de Moïse, ils l'emmenèrent à Jérusalem pour le présenter au Seigneur, selon qu'il est écrit dans la loi du Seigneur : « tout mâle premier-né sera consacré au Seigneur », et pour offrir en sacrifice, selon ce qui est dit dans la loi du Seigneur, un couple de tourterelles ou deux jeunes colombes* (Luc 2,21-24).
>
> *Et son père et sa mère étaient dans l'étonnement de ce qui se disait de lui. Et Syméon les bénit et dit à Marie sa mère : « Vois : cet enfant est là pour la chute et le relèvement de beaucoup en Israël, et pour être un signe en butte à la contradiction, et toi-même, une épée te transpercera l'âme ! afin que de bien des cœurs soient révélés les raisonnements. »*
>
> *Et il y avait une prophétesse, Anne, fille de Phanouel, de la tribu d'Aser. Elle était fort avancée en âge. Après avoir, depuis sa virginité, vécu sept ans avec son mari, elle était restée veuve, et âgée de quatre-vingt-quatre ans, elle ne s'écartait pas du Temple, rendant un culte nuit et jour par des jeûnes et des prières. Et, survenant à l'heure même, elle louait Dieu et parlait de l'enfant à tous ceux qui attendaient le rachat de Jérusalem* (Luc 2,33-38).

L'espérance messianique est confirmée par ces divers témoignages. Tout un peuple attend son Sauveur. Attente représentée par la veille des bergers ; puis par la récitation du *Magnificat*, ensuite par le cantique de Syméon, qui a loué pareillement que les promesses faites à Abraham soient accomplies. La prophétesse Anne est elle aussi le chantre de cet accomplissement. Elle est bien l'organe de la voix divine, humble et royale, comme l'enfant qu'elle annonce! Sa vie a été totalement vouée à Dieu. Personnage presque sacré, dont les nombres mystiques, sept et sept fois douze, éclairent la dimension eschatologique. Signes discrets de la puissance divine, dans un contexte où tout suggère la pauvreté, Marie, la bourgade de Nazareth, l'offrande modeste faite au Temple, l'humilité du père et de la mère. Mais c'est là qu'éclate la gloire. L'enfance de Jésus ressemble au *Magnificat* de Marie. Dieu a choisi les plus petits.

> *Et quand ils eurent achevé tout ce qui était conforme à la loi du Seigneur, ils retournèrent en Galilée, dans leur ville, Nazareth. Quant à l'enfant, il croissait et se fortifiait, se remplissant de sagesse. Et la grâce de Dieu était sur lui.*
>
> *Et ses parents se rendaient chaque année à Jérusalem, pour la fête de la Pâque. Et lorsqu'il eut douze ans, ils y montèrent, selon la coutume de la fête, et une fois les jours accomplis, comme ils s'en retournaient, l'enfant Jésus resta à Jérusalem à l'insu de ses parents. Croyant qu'il était dans la caravane, ils firent une journée de chemin, et ils le recherchaient parmi leurs parents et connaissances. Et ne le trouvant pas, ils s'en retournèrent, toujours à sa recherche, à Jérusalem.*
>
> *Or au bout de trois jours, ils le trouvèrent dans le Temple, assis au milieu des docteurs, les écoutant et les interrogeant ; et tous ceux qui l'entendaient étaient stupéfaits de son intelligence et de ses réponses. Et, en le voyant, ils furent frappés d'étonnement, et sa mère lui dit : « Mon enfant, pourquoi nous as-tu fait cela ? Vois ! ton père et moi, nous te cherchons, tourmentés. » Et il leur dit : « Pourquoi donc me cherchiez-vous ? Ne saviez-vous pas que je me dois aux affaires de mon Père ? » Et eux ne comprirent pas la parole qu'il leur avait dite.*
>
> *Et il descendit avec eux et vint à Nazareth ; et il leur était soumis. Et sa mère gardait fidèlement toutes ces choses en son cœur. Et Jésus avançait en sagesse, en taille, et en grâce, devant Dieu et les hommes* (Luc 2,39-52).

Marie et Joseph manifestent une piété exemplaire. Ils exécutent tous les rites fixées par la Loi du Seigneur : circoncision, purification, présentation de l'enfant au Temple.

Puis, d'année en année, ils font le pèlerinage à Jérusalem pour la Pâque. Syméon et Anne ont béni l'enfant, et ont prédit en lui le salut de leur peuple. Dieu fait croître cet enfant en force et en sagesse : la grâce est sur lui. Tout consacre l'accord de Joseph et Marie, avec eux-mêmes d'abord, qui vivent en paix ; puis avec la loi, qu'ils observent exemplairement ; avec Dieu, qu'ils vénèrent ; avec l'enfant, qui les comble de joies. Or soudain, dans cette vie sereine, la déchirure. Et Jésus manifeste son esprit de subversion dans l'acte le plus rituel que ses parents puissent accomplir ! Il n'est pas dans la caravane du retour de Jérusalem ! Ses parents le cherchent ; ils ne le trouvent qu'au bout de quatre jours, dans le Temple. Les allusions à la passion du Christ et à sa résurrection sont évidentes, livrées dans les dates, les lieux, et surtout ce rejet du Christ hors l'humilité qui décourage Marie de Magdala de le toucher et Marie sa mère de le chercher !

L'évangéliste nous rapporte le tourment de Marie, Joseph se taisant, à son habitude. Aucun blâme dans cette parole, mais une supplication tendre et désolée. Au fils dont le comportement est incompréhensible, Marie n'oppose que sa souffrance, transpercée déjà par le glaive dont parlait Syméon. Sans doute Jésus n'avait-il pas tort de dire qu'il fallait le préférer, lui et sa croix, au père et à la mère[1], afin d'être son disciple. Mais le père et la mère, eux, sont tenus à l'écart de ces choix supérieurs. Ils ne peuvent que souffrir ; on ne les consulte pas. Le fils grandi est le tourment de sa mère. Son désir de plus en plus déchirant est aussi la croix de ses parents, que ne peut consoler la décision personnelle du sacrifice.

Marie fait ici l'expérience de cette douleur imposée. Déchirement, et fidélité par-dessus tous les déchirements ! Elle enfante encore, elle enfante toujours, dans cet acte éternel de conserver et de séparer. Plus le fils s'éloigne,

1. Matthieu 10,37.

plus il est dans son cœur. Identité et étrangeté de l'enfant.

Ni elle ni Joseph n'ont compris la parole de Jésus. Et comment entendraient-ils cette réplique tragique, opposant au père présent le Père irréfutable qui est dans les cieux? Que veut dire l'enfant avec les « affaires de son Père » ? Qu'il doit séjourner au Temple? Parle-t-il d'une autre offrande? Annonce-t-il sa mort? Ils n'ont pas compris, mais elle a gardé ces paroles en son cœur. Peu à peu ce souvenir, ténébreux par sa tristesse et son inintelligibilité, s'éclaire comme une prophétie dévoilée. La mémoire des choses passées est annonciatrice d'avenir. Elle est la première à pressentir l'événement du tombeau et au-delà.

> *Survinrent près de lui sa mère et ses frères et ils ne pouvaient l'atteindre à cause de la foule. On lui annonça : « Ta mère et tes frères se tiennent dehors, voulant te voir. » Répondant il leur dit : « Ma mère et mes frères, ce sont ceux qui écoutent la parole de Dieu et la mettent en pratique »* (Luc 8,19-21).
>
> *Or donc, comme il disait cela, une femme, élevant la voix du milieu de la foule, lui dit : « Heureux le ventre qui t'a porté et les seins qui t'ont allaité ! »*
>
> *Mais il dit : « Heureux plutôt ceux qui écoutent la parole de Dieu et l'observent ! »* (Luc 11,27-28).

L'épisode des visites intempestives est, chez Luc, fort adouci. La famille qui vient pour le voir ne cherche pas à le prendre ni même à l'interrompre. Elle fournit simplement au Christ une méditation sur l'art d'écouter la parole. Certes, il redit ici aussi que l'esprit seul décide des parentés. Mais cette parole exclut-elle Marie? Elle a conduit les deux gestations, le portant dans son sein et méditant ces choses en son cœur. Aussi, plus loin, une voix féminine jaillit-elle de la foule, comme l'écho d'un *Magnificat*: « Heureux le ventre qui t'a porté! » Et Jésus à nouveau nomme la seule maternité qui importe, celle de la foi obéissante. Mais qui sait si Jésus alors ne s'incline pas devant le silence et le secret de Marie? Ou faut-il admettre qu'il a assumé la chair jusqu'à l'opacité de ses malentendus ? Serait-il entré dans la réalité des fils au point de ne pas connaître sa mère ?

SELON SAINT JEAN

Celui que, avec raison, R. Laurentin proclame le plus marial des Évangiles ne fait pas plus de deux mentions de Marie ! Et il ne prend pas même la peine de la nommer par son nom ; elle n'est désignée que par l'expression « la mère de Jésus », comme si son humanité ployait sous la majesté de sa divine postérité ! Aucune allusion n'est faite ni à la naissance ni à la jeunesse. Le Jésus de saint Jean est le fils du Verbe. Il naît « non d'un vouloir d'homme », mais d'un Dieu souverain qui annexe aussi la fonction maternelle, puisqu'il garde Jésus « dans son sein ». Est-ce pour cette raison que jamais Jésus ne décerne à Marie le nom de mère ? A-t-il oublié sa filiation humaine ? Il lui parle comme il parlerait à n'importe qui : « Femme ! » dit-il.

Comment une maternité si réduite est-elle compatible avec la prééminence que l'on reconnaît à Marie dans cet Évangile ?

Les deux présences de Marie sont lourdes de symboles, comme toujours chez Jean. Mais, en outre, elles revêtent une importance capitale, étant situées aux deux extrémités de la mission du Christ. L'une, à Cana, inaugure le ministère, l'autre au pied de la croix, l'achève, ou le recommence, sur l'avènement de l'Église.

> *Et le troisième jour, il y eut une noce à Cana en Galilée, et la mère de Jésus y était. Jésus aussi fut invité à la noce, ainsi que ses disciples. Et le vin venant à manquer, la mère de Jésus lui dit : « Ils n'ont plus de vin. » Et Jésus lui dit : « Qu'y a-t-il entre toi et moi, femme ? Mon heure n'est pas encore venue. » Sa mère dit aux serviteurs : « Faites tout ce qu'il vous dira. »*
>
> *Il y avait là six jarres de pierre destinées aux purifications des juifs, et contenant chacune deux ou trois mesures. Jésus dit*

aux serviteurs : « Remplissez d'eau ces jarres. » Et ils les remplirent jusqu'au bord. Et il leur dit : « Puisez maintenant, et portez-en à l'intendant du festin. » Ils en portèrent. Quand l'intendant eut goûté l'eau devenue du vin (et il ne savait pas d'où cela venait, mais les serviteurs le savaient, eux qui avaient puisé l'eau), l'intendant appelle le marié et lui dit : « Tout le monde sert d'abord le bon vin, et quand les gens sont ivres, le moins bon. Toi, tu as gardé le bon vin jusqu'à présent ! »

Tel fut le premier des signes de Jésus ; il le fit à Cana de Galilée. Et il manifesta sa gloire, et ses disciples crurent en lui.

Après cela, il descendit à Capharnaüm, ainsi que sa mère, ses frères et ses disciples, et ils n'y demeurèrent que quelques jours (Jean 2,1-12).

Marie apparaît donc un jour de noce, à Cana. Rien de commun avec la matrone encombrée d'enfants qui, chez Marc, vient déranger Jésus et ses disciples ! Elle est isolée, et semble avoir été invitée séparément de son fils. La date baigne le récit de lumière : « le troisième jour » prépare toujours des événements heureux. Ici, apparemment, la joie d'une noce, ailleurs les retrouvailles de Jésus, la résurrection de Lazare ou celle de Jésus.

Or le vin vient à manquer. Les interprétations allégoriques ont rempli à ras bord ces jarres vides ! Fin de l'Alliance, perdition de l'humanité, préfiguration de l'Eucharistie ; Marie y est fille de Sion, la misère qui implore la miséricorde. Mais laissons cela.

Le vin manque ; les invités s'en aperçoivent. Marie, en signalant le fait à Jésus, ne croit pas l'informer. Son intention est autre. Que lui veut-elle ?

Est-ce sa faute à lui si le vin manque ? Il n'est pas le maître de maison, ni le responsable de cette erreur de calcul, ni l'échanson, ni le propriétaire d'une cave, ni même l'habile prédicateur qui persuadera ces braves gens de boire de l'eau. Qu'attend donc Marie ?

Elle a porté les yeux plus haut que l'anecdote, et elle contemple son fils au-delà de son fils, le Christ dans la profondeur de Jésus. Elle l'attend et elle sait. La réponse de

Jésus montre qu'il entre immédiatement dans son intelligence. Dialogue incompréhensible pour qui n'est pas dans leur extrême complicité. Cette réponse souffre en effet d'une grande incertitude dans ses traductions. On lit : « Femme, que me veux-tu ? » ou : « Qu'y a-t-il de commun entre toi et moi ? » Jésus rabrouerait sa mère de se mêler de ce qui ne la regarde pas. Et souvent une note de lecture vient aggraver cette interprétation, telle : « Jésus repousse ici une intervention jugée inopportune[1]. »

Cette dureté du fils à l'égard de sa mère a longtemps été considérée comme édifiante. Il était dans les bienséances que la femme restât dans sa féminine humilité, quitte à ce que celle-ci fût appuyée d'humiliation et que cette humiliation elle-même fût infligée par un fils. Sa place étant silence et service, il fallait qu'elle se tînt loin des affaires nobles des hommes et, à plus forte raison, de Dieu. Mais le texte en son entier dément une semblable version. Car le grec dit : *« ti emoï kaï soi »*, c'est-à-dire, « qu'y a-t-il à toi et à moi », que se passe-t-il entre nous deux, pour que tu saches déjà ? Comment as-tu fait ? Et le texte continue : « Car mon heure n'est pas encore venue ! » Je n'ai rien commencé, nul ne pouvait me reconnaître encore, mais tu m'as reconnu !

Étonnement du fils, devancé par sa mère. Il portait son secret, et ce secret, en secret de lui, elle le portait aussi !

Si donc Jésus avait éconduit sa mère, ainsi qu'on le dit, Marie se serait tue, elle aurait regagné son coin, en bonne mère évangélique, honteuse de son intervention inopportune. Elle serait retournée à sa muette humilité. Au contraire, la voici qui, soudain fortifiée par ces propos échangés à mi-voix, s'en revient, royale, vers les serviteurs et prononce les mots qui rompent le secret et font passer de la confidence à la parole publique la mission du Christ. Marie

1. Bible de Jérusalem, p. 1399. Que n'écrit-on pas encore sur Marie ! Elle non plus ne comprend rien ce jour-là, et son fils a bien raison de lui refuser la gloire, et même d'éviter tout rapport avec elle, etc.

déclare en effet : « Tout ce qu'il vous dira, faites-le. » Elle ne s'est pas trompée : voici l'heure du premier signe.

On peut donner au texte une interprétation plus sombre, mais selon le même axe prophétique. On n'a pas vu Jésus naître, mais on voit Marie mettre littéralement son fils au monde : elle lance sa mission publique et le dépêche sur cette route qui le conduira à la croix.

Cette expression bizarre : « Qu'y a-t-il à toi et à moi ? » n'est, dans l'Évangile, employée que par les démons. C'est un cri de protestation ! L'esprit impur secoué rudement se débat et ne veut pas être expulsé ! Vaine résistance, car déjà il sait qu'il est vaincu. Il le sait d'autant mieux que les démons ont la vue perçante. Ils reconnaissent immédiatement le Messie, comme appartenant un peu à la même famille surnaturelle. Ils ne l'aiment pas, mais c'est ainsi : ils font de bons prophètes [1].

Or, dans ce récit, c'est Jésus qui parle comme un démon, et sa mère occupe la place du Messie. Elle le tire de sa quiétude, non sans lui arracher un frisson. Elle le hèle, discrètement certes, mais sa voix est irrésistible et son invitation effrayante : il faut qu'il sorte de lui-même pour mener le monde à son salut ! Il connaît, comme elle, le terme de sa mission, dès le commencement : celle qui l'a fait naître le dirige vers la tombe. Le vin de l'euphorie va se transformer en sang. Tel est le signe qu'eux seuls entrevoient ! Et le cri qui s'échappe de sa poitrine : « Mon heure n'est pas encore venue », traduit cette frayeur, ce réflexe du vivant aux premiers signes de son agonie. Et cette parole presque brutale : « Femme, qu'y a-t-il entre nous ? » est le gémissement du destin redouté et accepté. Marie tient le langage invincible de Dieu. Le fils tressaille, et il se met en marche.

Marie a enfanté Jésus, à présent elle enfante le Christ.

Ce n'est pas chez Marc ni chez Luc que l'on trouverait une maternité aussi accordée à la volonté de Dieu, quoi

1. Cf. Luc 4,34 ; Marc 1,24 ; Matthieu 8,29.

qu'il en coûte. Chez Marc, l'autoritaire Marie contrariait l'enfant, chez Luc, la douce Marie le protégeait. La Marie de Jean détient, elle, la connaissance et les énergies sacrées !

> *Près de la croix de Jésus se tenaient sa mère et la sœur de sa mère, Marie, femme de Clopas, et Marie la magdaléenne. Jésus donc, voyant sa mère et près d'elle le disciple qu'il préférait, dit à sa mère : « Femme, voilà ton fils. » Ensuite il dit au disciple : « Voilà ta mère. » Et dès cette heure-là, le disciple la prit chez lui* (Jean 19,25-27).

Marie, dans cette scène finale, ne dit rien. Elle assiste. Sa mission est accomplie. Son fils la confie au disciple comme il confie le disciple à sa mère. Tous les exégètes s'accordent à dire qu'il ne s'agit pas seulement d'une sollicitude filiale où Jésus assurerait à Marie un appui matériel. Car enfin Marie a d'autres fils, dont les évangélistes ont parlé, y compris celui-ci, et tout naturellement Marie devrait se réfugier chez eux.

Cette ultime parole de Jésus proclame encore, sur la croix, la primauté des familles spirituelles. Marie qui a exécuté, jusqu'à la mort de Jésus, la volonté du Père, appartient à la famille de ceux qui, selon le même choix, seront les fils de Dieu jusqu'au martyre. Elle entre donc dans le collège apostolique. Elle devient la mère des Juifs et des païens qui, écoutant la parole, se feront les enfants du Seigneur et les frères de Jésus. Sa mission, commencée dans la confidence de Cana, se poursuit dans la prédication des premières communautés croyantes.

Partout, Marie est mêlée aux combats de la foi. Chez Marc, dans une sorte d'erreur et de manque, chez Matthieu dans l'absolu d'une obéissance, chez Luc dans une plénitude heureuse et déchirée, et Jean salue en elle le don prophétique et l'active mission qui ouvre le monde à de nouvelles ferveurs.

6
Questions de droit

Jésus rencontre des femmes, et ses entretiens portent des significations qui convergent vers la vérité de sa personne divine. Les femmes le reconnaissent et le célèbrent.

Mais que pense-t-il lui-même de la femme ? Avec ses disciples, les foules et surtout les pharisiens, il s'explique parfois. L'examen de ses discussions théoriques nous aidera peut-être à dissiper quelques équivoques.

Rappelons d'abord qu'il ne tient jamais de propos sur l'essence du féminin. Il traite exclusivement de leurs situations, et toujours pour en dénoncer l'iniquité. Il observe la dissymétrie des droits et pointe l'index sur le coupable, l'époux : comme il est le puissant, le riche et le notable dans son ménage, il se range dans la caste dominatrice et s'identifie au pharisien.

QU'EST-CE QUE LA LOI ?

La condition féminine ne lui fait donc pas tenir un langage particulier. Ses analyses ne supposent pas une forte spécialisation en sociologie. Il poursuit seulement la longue discussion sur la Loi qui l'oppose, depuis les débuts de sa mission, aux scribes et aux pharisiens.

Pour ses adversaires, la Loi commande une obéissance impérative et sans appel. Jésus ne blâme pas cette rigueur en elle-même. La Loi est faite pour conjurer la violence latente du monde. Sans elle, l'état sauvage resurgit, où tous les coups sont permis. Une société se construit nécessairement sur un système de conventions volontaires qui contrôlent la brutalité de la nature. Jésus donc ne remet pas en cause ce principe souverain. Mais le malentendu surgit sur les fins de l'obéissance. Qui faut-il servir? La Loi, ou l'homme pour qui elle est faite? Les Évangiles présentent les pharisiens comme des gens qui ont absolutisé et pour ainsi dire déifié la Loi. Sous aucun prétexte, ils n'en violent les règles, même si une urgence humaine implore une dérogation. Pour le Christ, cette obéissance mécanique est incompatible avec la charité, dont la nature réclame du « jeu ». Trop rigide, la Loi réintroduit la violence qu'elle était censée abolir. L'esprit doit donc gouverner la lettre; la Loi se subordonner à la misère humaine, à la volonté de guérir et de pardonner; elle doit, en un mot, s'incliner devant le salut et la grâce.

Ce sens du service a beau conduire Jésus à la croix, ses adversaires n'y verront qu'une liberté impie. Jésus de son côté regarde la soumission pharisienne comme une abstraction qui nuit au prochain et couvre hypocritement la noirceur des âmes. Servile et dominatrice, cette obéissance flatte l'extérieur mais insulte à la charité. Les pharisiens, en effet, selon l'Évangile, tirent parti utile de leur exactitude : plus ils servent la Loi, plus ils s'en servent. Ils en sont les gardiens et les maîtres.

La question des femmes ranime donc l'interminable querelle. Qu'est-ce que la Loi : concours de la grâce ou concurrence? Qu'est-ce qui l'emporte, le texte ou la Loi non écrite, c'est-à-dire le Dieu sensible au cœur? Qu'est-ce que l'obéissance, une contrainte dévote ou l'éclat de la conscience?

Matthieu, qui est juif et s'en voudrait d'effaroucher ses lecteurs, essaie de montrer en Jésus un observant plus strict que les pharisiens, même lorsqu'il fait prévaloir sur la Loi les douces turbulences de la grâce. Plus le Christ sert l'homme, plus il sert une loi dont l'homme est le but. Car de deux choses l'une :

Ou bien la Loi donnée à Moïse contient l'inamovible et textuelle volonté de Dieu ; absolue, frappée pour l'éternité, elle ne supporte pas le moindre écart dans son exécution. En ce cas, Jésus, sans trop de peine, montre à ses adversaires qu'ils sont bien loin de la perfection requise et qu'ils ne cessent de tricher avec la volonté du Seigneur [1].

Ou bien la Loi renvoie à l'esprit, la pierre suggère encore le souffle ; alors, vivante, respirant comme une poitrine humaine, elle sollicite les choix d'une conscience juste, et tolère d'être maniée avec quelque liberté.

Le débat sur les femmes oscille entre ces deux positions, qui font de Jésus tantôt un zélé défenseur de la Loi, quand il s'agit de signaler aux pharisiens leurs trahisons, tantôt un iconoclaste, quand il faut défendre l'homme contre la hauteur légaliste. Dans les deux cas, il arbore un loyalisme intransigeant.

L'ADULTÈRE

Plusieurs textes évoquent le mariage : deux en Matthieu, ch. 5 et 19, un en Marc, ch. 10, un en Luc, ch. 16. On retrouve les deux grands volets de la critique : les manquements et les excès transgressent les commandements.

> *Vous avez appris qu'il a été dit : Tu ne commettras pas l'adultère. Et moi, je vous dis que quiconque regarde une femme de manière à la désirer a déjà, dans son cœur, commis l'adultère avec elle. Que si ton œil droit te scandalise, arrache-le et jette-le loin de toi ; car il est de ton intérêt que périsse un seul de tes membres et que tout ton corps ne soit pas jeté dans la géhenne. Et si ta main droite te scandalise, retranche-la et jette-la loin de toi ; car il est de ton intérêt que périsse un seul de tes membres et que tout ton corps ne s'en aille pas dans la géhenne.*
>
> *Il a été dit : Que celui qui répudie sa femme lui donne un*

1. Cf. Matthieu 15,1-9.

acte de séparation. Et moi, je vous dis que quiconque répudie sa femme, excepté pour cause de fornication, lui fait commettre l'adultère, et celui qui épouse une répudiée commet l'adultère (Matthieu 5,27-32).

Chez Marc et Luc, les pharisiens assistent au discours ; chez Matthieu ils ne sont pas là de corps, mais Jésus pense à eux. Dans le premier Évangile, le Sauveur déploie une exigence farouche, rajoutant des articles à la loi supposée incomplète, ce qui exclut désormais tout accommodement : « Pas un iota ne passera de la loi que tout ne soit réalisé[1]. »

La surenchère apportée par Jésus la charge d'un sens nouveau qui métamorphose l'ordinaire piété. Il faut, avant d'exécuter les commandements, se mettre en règle avec sa conscience, opération beaucoup plus compliquée que de satisfaire à des prescriptions extérieures par des gestes parfaits et des pensées nulles. Quoiqu'ils ne soient pas là, le discours lance sa flèche sur les chers ennemis. « Si votre justice ne surpasse celle des scribes et des pharisiens, vous n'entrerez certainement pas dans le royaume des cieux[2]. »

On ne saurait être plus clair. La suite se déroule sur un rythme syncopé : un temps faible, « Vous avez appris que », précède le temps fort : « Et moi je vous dis que ». Vous avez appris à contenir la violence. Et moi je vous dis que vous n'en avez pas encore purgé votre cœur. Il faut d'abord établir la justice comme *sincérité.*

Le problème de l'adultère se réfère, comme ceux qui précèdent, à cette responsabilité de la conscience : « Vous avez appris qu'il a été dit : tu ne commettras pas l'adultère. Eh bien moi je vous dis : quiconque regarde une femme pour la désirer a déjà commis dans son cœur l'adultère avec elle. » Voilà qui raréfie ce que l'on appelle les mariages honnêtes.

Ainsi la faute commence avant la transgression proprement dite. Tant que nous n'aurons pas traité avec cette

1. Matthieu 5,18.
2. Matthieu 5,20.

antériorité, avec cette intériorité, où surgit le péché, nous ne serons pas de bons observants de la Loi. La vertu, selon le Christ, commence toujours trop tard. La malice a déjà étendu son empire dans l'ombre. Aussi n'est-il de sainteté que dans l'absolue unité de l'esprit et du geste. La loi est en deçà de la Loi. Elle tombe en poussière si l'âme elle-même ne s'est rendue légale.

Ces propos n'en restent pas à des termes si généraux. Le texte vise une cible fine. Le précepte de Moïse : « Tu ne commettras pas l'adultère » valait pour les deux sexes en théorie, la pratique concernant l'un plus que l'autre et devinez lequel. Jésus, lui, n'évoque que la culpabilité masculine. Une ironie mordante soulève son propos.

Réunir l'intention secrète à l'acte apparent; quoi de plus normal ? Tout geste s'ébauche invisiblement dans la conscience. Mais en fait, l'exagération est de taille : une pensée furtive, déjà un délit ? Quel homme alors n'est un vilain moineau ? Jésus n'a pas seulement fouetté les marchands du Temple, qui en ont été quittes pour quelques éventaires renversés. Partout où triomphe la force, il frappe. Bonne occasion, ici, de tourner en ridicule ces gens drapés dans un droit qui les corrompt, et qu'ils supposent les absoudre. Leur justice est un abus, leur pureté, souillure.

Ces honorables personnages se défendent avec horreur de l'adultère, parce qu'il a des relents de culte idolâtrique. Savent-ils que trois variétés s'offrent à eux et croient-ils y échapper ?

Vous êtes marié, en bons termes avec votre épouse. Mais n'arrivera-t-il pas que vous regardiez une femme avec un peu d'émotion ? Adultère. Vous divorcez : adultère, par personne interposée, si votre femme se remarie. Vous épousez une répudiée : adultère, adultère !

Aucune juridiction ne métamorphosera cette faute en légitimité. « Il a été dit d'autre part : celui qui répudie sa femme doit lui remettre un acte de divorce. Eh bien, moi je vous dis : quiconque répudie sa femme hormis le cas de fornication la voue à devenir adultère. Et si quelqu'un épouse une répudiée, il commet un adultère. »

Un mari pouvait divorcer avec un simulacre de légalité : il suffisait qu'il rédigeât un libelle de divorce. Ce droit n'était pas réciproque. Exorbitant privilège, dont Jésus dénonce le scandale : c'est un leurre, une violence, un péril.

Un leurre, parce que le divorce n'existe pas. Ce n'est pas une question de droit, c'est une question de fait. La procédure, illusoire, ne déliera pas les époux. Une violence, parce qu'en divorçant l'homme provoque sa femme à l'adultère : elle est toujours unie, en vertu de l'assertion précédente, au premier mari ; sa nouvelle union équivaut à la jeter dans les bras d'un amant. Un péril : c'est au mari, seul principe actif, que l'on demandera des comptes. L'adultère issu du divorce lui est toujours imputable.

Derrière le scandale pointe le ridicule. A quoi donc ont servi ces précautions, la clôture, le voile, les tabous, et que devient cette dignité que tantôt blessait un simple regard ? En répudiant, le mari consent à l'intolérable éventualité qui hantait ses nuits : qu'on le trompe.

Jésus se fait soudain plus juif que les Juifs. Il les accusait, tout à l'heure ? Vous n'avez pas compris, il prenait leur intérêt en main. Sa susceptibilité orientale, plus aiguisée que la leur, ne tolère pas, quel que soit le cas de figure, plusieurs hommes autour d'une femme.

Cela se voit dans le cas d'exception qu'il introduit à propos de l'infidélité, affront décidément irréparable. C'est l'unique légitimité du divorce. Hormis ce cas, celui qui divorce ne divorce pas ; il n'a pas ce pouvoir, même s'il se le donne. Si le mariage était rompu par l'homme, la créature prévaudrait sur le Créateur. Sacrilège qu'il méditera plus tard.

Répudiation, réputation, deux mots incompatibles. L'homme sacrifie son honneur, pas son engagement.

Et si le mari n'a pas pris l'initiative du divorce, s'il ne fait que profiter de la décision d'un tiers, s'il épouse une répudiée ? Rien de différent. Dans un couple, impossible d'être plus de deux ! Peu importe le sens des opérations. Le nouveau mari humilie l'ancien, pour les raisons susdites. Ils sont symétriquement adultères.

Jésus dans ces discours ne s'est pas écarté de la réglementation juive. Il y a délit si atteinte de l'honneur masculin. Qu'a fait Jésus sinon protéger les maris ? Mais cet intérêt se charge de conséquences imprévues. La complicité masculine se disloque dans la saisie d'un affront mutuel. Ils échangeaient des clins d'œil ; ils se découvrent rivaux. Une fois de plus, Jésus brise le trust des monopoles. Comme il disperse les marchands du Temple ou fait déguerpir les pharisiens, il dissocie les intérêts liés des maris, cette caste abusive. Mais surtout, on traitait d'un droit ; on n'a plus entre les mains qu'une obligation.

Une subtile défense de la femme s'est glissée dans cette sollicitude masculine. On ne peut reprocher à Jésus de trahir les gens de son sexe. Qu'a-t-il fait d'autre sinon de renforcer une loi chétive qui ne protégeait pas suffisamment leur honneur ? Mais soudain, d'un droit pulvérisé, est sorti un devoir supplémentaire.

L'UNITÉ DU MARIAGE

> *Et s'avancèrent vers lui des pharisiens pour le mettre à l'épreuve en disant : « Est-il permis de répudier sa femme pour n'importe quel motif ? » Répondant, il dit : « N'avez-vous pas lu que le Créateur, dès le commencement, mâle et femelle les fit et qu'il dit : A cause de cela l'homme abandonnera père et mère, et il s'attachera à sa femme, et les deux deviendront une seule chair. De sorte qu'ils ne sont plus deux, mais une seule chair. Donc, ce que Dieu a uni, que l'homme ne le sépare pas. »*
>
> *Ils lui disent : « Pourquoi donc Moïse a-t-il commandé de donner une lettre de séparation et de répudier ? » Il leur dit : « C'est à cause de votre dureté de cœur que Moïse vous a permis de répudier vos femmes, mais au commencement il n'en était pas ainsi. Je vous dis que celui qui répudie sa femme, sauf*

pour fornication, et en épouse une autre, commet l'adultère. »
Les disciples lui disent : « Si telle est la condition de l'homme avec la femme, il n'y a pas intérêt à se marier. » Il leur dit : « Tous ne comprennent pas cette parole, mais ceux à qui cela est donné. Il y a, en effet, des eunuques qui sont nés tels du ventre de leur mère, et il y a des eunuques qui ont été rendus eunuques par les hommes, et il y a des eunuques qui se sont rendus eunuques eux-mêmes à cause du royaume des cieux. Que celui qui peut comprendre comprenne » (Matthieu 19,3-12).

Et s'avançant, des pharisiens lui demandaient s'il était permis à un homme de répudier sa femme : c'était pour le mettre à l'épreuve. Répondant, il leur dit : « Que vous a commandé Moïse ? » Ils dirent : « Moïse a permis d'écrire une lettre de séparation et de répudier. » Jésus leur dit : « C'est à cause de votre dureté de cœur qu'il a écrit pour vous ce commandement, mais au début de la création, mâle et femelle il les fit ; à cause de cela, l'homme quittera son père et sa mère et les deux deviendront une seule chair. De sorte qu'ils ne sont plus deux, mais une seule chair. Donc, ce que Dieu a uni, que l'homme ne le sépare pas. » Et une fois dans la maison, de nouveau les disciples l'interrogeaient là-dessus. Et il leur dit : « Quiconque répudie sa femme et en épouse une autre, commet l'adultère envers la première ; et si c'est elle qui, après avoir répudié son mari, en épouse un autre, elle commet l'adultère » (Marc 10,2-12).

Quiconque répudie sa femme et en épouse une autre commet l'adultère et celui qui épouse une femme répudiée par le mari commet l'adultère (Luc 16,18).

Nouvelle charge. Cette fois les pharisiens, en Matthieu, l'entourent, avec des arrière-pensées, qui rendront Jésus plus vif à casser leurs raisons, si bien liées à celle des maris. Le discours, puisqu'ils sont là, commence par une gentillesse : « N'avez-vous pas lu que ?... » Ils sont toujours à étudier mais ils ne savent pas lire. L'indissolubilité du couple s'appuie aux références sacrées des origines et du Créateur. Matthieu et Marc traitent l'épisode en sens inverse ! Moïse, chez Marc, est évoqué avant l'Éternel. Et

Jésus y utilise comme argument ce que Matthieu présentait en objection, à savoir l'initiative de Moïse qui fixe la procédure du divorce. Considérons Matthieu.

La question des pharisiens porte sur un point de la Loi qui faisait litige parmi les rabbis du Ier siècle : « Est-il permis de répudier sa femme pour n'importe quel motif ? » Quel sens donner au texte de Deutéronome 24 ? Un Shammaï disait : seule l'infidélité justifie le divorce, rejoignant ainsi la position du Christ. Un Hillel excusait toutes les raisons : un plat brûlé ou une femme plus jolie.

Jésus ne reste pas au bas niveau de ces intérêts locaux et datés. Brusquement, il élève le débat de plusieurs coudées, citant, non pas la loi écrite, mais la propre parole de Dieu. L'universelle référence rétrécit le particularisme juif de Moïse : « Dès l'origine, le Créateur les fit homme et femme et il a dit : ainsi donc l'homme quittera son père et sa mère pour s'attacher à sa femme et les deux ne feront qu'une seule chair. »

La première phrase est apparemment inutile. Jésus aurait pu directement produire la seconde. S'il reprend de plus haut, c'est pour attester l'intention créatrice sise dans la dualité du masculin et du féminin, sans précellence d'un sexe sur l'autre. Non seulement l'égalité s'instaure magistralement, mais l'humanité semble n'avoir été imaginée que dans la conversation des sexes. L'homme sans la femme, la femme sans l'homme, c'était de l'ouvrage inachevé. Idée à laquelle le second récit de la Genèse, malgré sa misogynie apparente, donne un singulier éclat[1]. Car Dieu et Adam sont nostalgiques et hésitants devant cette création achevée où tout pourtant était bon. La joie n'éclate que lorsque Adam contemple la chair de sa chair, Ève.

L'amour est le souvenir de cette imagination divine qui n'inventa sa créature que dans les corps échangés de l'homme et de la femme.

1. Genèse 2,18-25.

Attirance et obéissance mêlées. La spontanéité de l'homme se confond à l'autorité de Dieu. On conçoit que l'Éternel ait fait à l'homme commandement d'aimer. L'amour est sa volonté, elle éclate dans l'alternance des sexes. Dieu crée l'homme par amour et, le voulant à son image, le fait amour. L'homme n'est terminé que lorsqu'il est couple.

« Ils ne sont plus deux mais une seule chair », répète le Christ à la suite du texte qu'il vient de citer. On ne déchire pas un corps vivant, créé homme et femme. L'unité du couple est aussi vitale que celle d'un organisme. L'indissolubilité du mariage n'est pas un ordre, c'est la constatation d'une vérité biologique et théologique, qui n'entre pas en discussion comme le ferait un point de droit. Les Juifs croyaient considérer des opinions. C'était des faits, et c'était l'objet même de la foi.

Les propos du Christ retentissent comme un appel de clairon. La volonté divine, si nette dans la relation de l'homme et de la femme, fait peser sa réprobation sur les piètres rectificatifs de la Loi.

Jésus poursuit : « Eh bien, ce que Dieu a uni, l'homme ne le séparera pas. » Un Juif entend bien ce discours. L'offense humaine se double d'un blasphème. Mais Jésus ne se limite pas à cet énoncé général qui oppose la souveraineté de Dieu à son infatuée créature. Le texte présente des reliefs plus aigus. « L'homme ne doit pas le séparer. » Pour l'homme, Jésus a employé le terme *anthropos,* qui désigne l'humanité en général, sans distinction de sexe. L'accent de cette finale se place sur l'antithèse entre Dieu et l'homme. Attenter à l'unité du couple met l'homme en conflit avec son Créateur, comme le remarque, parmi d'autres, Dom J. Dupont[1]. Peut-être faut-il cependant distinguer entre les projets de Marc et de Matthieu. Chez Marc, le Christ parle à la fois de l'homme et de la femme, désignés par le terme général d'*anthropos,* qui désigne l'humanité, sans distinction

1. *Assemblées du Seigneur,* 97, p. 31 *sq.*

de sexe. Dans la plupart des manuscrits, la citation de la Genèse est tronquée, de façon à pouvoir s'appliquer indifféremment à l'homme et à la femme : le « il s'attachera à sa femme » a été omis. Marc n'a pas de raison de s'adresser seulement à l'homme. Dans la société pour laquelle il écrit, le divorce se pratique symétriquement. Il est peut-être en soi exécrable, mais au moins respecte-t-il l'égalité des droits ! L'offense a donc Dieu pour principale victime. Elle est péché d'humanité, transgression religieuse avant tout : l'interdiction vise donc homme et femme.

Cette interprétation serait incongrue chez les Juifs, les femmes n'ayant jamais la responsabilité du divorce. Matthieu reprend la citation de la Genèse et l'applique à son milieu. Son propos poursuit avec une logique entêtée la défense de la victime[1].

La loi des hommes énonce un droit unilatéral. La parole de Dieu répond par une interdiction expressément faite au mari. Pourtant, dira-t-on, Matthieu, comme Marc, a employé le terme d'*anthropos,* et non le trop précis *anêr,* qui n'exprime que le mâle. Sans doute. Mais il faut se souvenir que, dans le grec tardif, *anthropos* désigne aussi le mâle. Il a pris le sens d'*anêr.* C'est du reste en ce sens indiscutable que l'emploient et les pharisiens quand ils demandent si l'homme peut répudier sa femme, et la citation de la Genèse : « l'homme s'attachera à sa femme ».

Les deux significations se combinent, la large et l'étroite ; le mot doit être saisi dans cette profusion qui traite à la fois de l'offense faite au Créateur par la créature, et de l'affront que l'homme inflige à la femme, à l'intérieur du couple.

L'offensive du Christ visant obstinément le privilège marital, soutenu ici par la présence des pharisiens, il serait juste de traduire le texte de Matthieu par : « Ce que Dieu a

1. Il l'accuse, le cas échéant, d'infidélité, qui justifie la sanction du divorce. Ce droit n'est pas mis en cause et reste sans réciprocité.

uni, l'époux ne doit pas le séparer. » Aucune traduction n'est si hardie. Ce serait, j'en conviens tout à fait, éliminer une des deux significations du texte, mais s'est-on gêné pour escamoter l'autre, qui est tout aussi importante ? Car trop souvent l'on croit valoriser le texte en soulignant que Jésus n'en reste pas aux situations concrètes[1]. Il faut que sa pensée s'évase en méditation théologique, que la discussion « s'élargisse » ! Je crois plutôt qu'elle s'aplatit. Car le Christ énoncerait alors une sentence générale, à portée exclusivement religieuse. A ces hautes altitudes, on ne distingue plus le relief des injustices humaines. C'est délibérément ôter au texte sa pointe, et je dirais, sa dignité. En ce débat, Jésus me semble au contraire passer en rase-mottes sur la méchanceté des plus forts ; serrant de près l'abus, c'est à lui qu'il en veut. La suite le prouve. Car les pharisiens, qui ont parfaitement compris, relancent la querelle sur la puissance virile menacée : « Pourquoi Moïse, disent-ils, a-t-il prescrit de donner un acte de divorce quand on répudie ? » L'argument en pointant sur Moïse devrait mettre Jésus en difficulté, c'est ce qu'ils cherchent. Dieu interdit le divorce et le permet en même temps ? Comment se fait-il que la parole de l'Éternel nie la parole de l'Éternel ? Dieu fonde le couple et Moïse organise sa destruction. Si Jésus ne défait pas le nœud, c'est un sot et un blasphémateur.

Tout à l'heure *anthropos* signifiait mari. Maintenant mari signifie pharisien. Le vice natif de ces gens, c'est leur autorité temporelle et spirituelle. Les défauts de la société, les ambiguïtés de la loi sont l'œuvre de leur engeance dominatrice. Qu'ils se regardent donc eux-mêmes. Ils comprendront. Ainsi se terminent, dans les synoptiques, les disputes avec les pharisiens. Se voir en face leur fait tourner le dos.

Jésus leur fait cette surprenante réponse : « C'est en raison de votre caractère intraitable que Moïse vous a permis

1. C'est une habitude de théologiens : dès que Jésus traite de l'homme, on le renvoie au ciel. Étrange idée de l'incarnation !

de répudier vos femmes. Mais à l'origine, il n'en fut pas ainsi. » Injuste, pour le coup. Les interlocuteurs de Jésus sont-ils responsables de lois édictées mille deux cent cinquante ans plus tôt ?

Dès qu'il y a privilège, de droit, de pouvoir, de prestige ou d'argent, il y a pharisaïsme. L'époux appartient aussi à la caste. La réprobation n'a pas besoin de se détailler en cas individuels. Chaque élément renvoie à l'engeance. La critique de Jésus peut être globale sans cesser d'être pertinente : le puissant toujours ressemble au puissant.

La sainte Loi est ainsi ramenée à ses justes dimensions. Tous ses articles ne sont pas équivalents. Certains sont impératifs, d'autres secondaires, une dernière catégorie frôle la concession. La procédure du divorce sert moins à donner à celui-ci l'aspect loyal d'une règle qu'à dissimuler les caprices du désir. L'anarchie naturelle perce dans la règle prévue pour l'évincer.

Cette faiblesse autorise quelque désinvolture. La Loi n'est pas infaillible, puisque ses sectateurs la déforment à leur gré. Molle pour les hommes, dure pour les femmes.

Moïse ne contredit pas le Créateur. Il représente la patience de Dieu devant l'homme endurci. Le ton se raffermit, devient solennel. Accusés d'être qui ils sont, les pharisiens se taisent. Jésus prononce sa conclusion, qui inscrit le débat à son bénéfice : « Or je vous le dis : quiconque répudie sa femme, je ne parle pas de la fornication, et en épouse une autre commet un adultère[1]. » Et voilà nommée la quatrième variété. La vertu de l'homme a une marge étroite : un seul mariage, tout le reste est adultère.

Le cercle s'est refermé. Le permis des pharisiens s'est changé en interdit. Une coupure intervient alors entre les pharisiens et les disciples qui participaient à l'entretien. Ceux-là disparaissent, ceux-ci rentrent à la maison. Des murs séparent symboliquement les partisans du Christ de

1. Cf. Matthieu 19,9.

ses ennemis. En privé, la conversation se prolonge et fait constater des divergences entre les deux rédactions. Chez Matthieu, on croit reconnaître la voix de Pierre, toujours plein de bon sens : « S'il en est ainsi, mieux vaut ne pas se marier. » Pour lui, hélas, c'est déjà fait puisqu'on lui connaît une belle-mère. L'injustice subie par la femme est exagérément réparée, puisque l'homme, en se mariant, s'expose à l'opprobre ou à de fatigantes obligations. Jésus répond par des mots mystérieux sur la mission qui attend, pour leur part, les disciples, nonobstant leur belle-mère. Marc, lui, complète la pensée du Christ en établissant entre homme et femme la symétrie absente chez Matthieu. On sait que Marc ne parle pas à des Juifs. Son Évangile est écrit à Rome vers l'an 68, et l'allusion au droit impérial qui admet le divorce des femmes est claire. Cette liberté engage automatiquement une responsabilité équivalente. La méditation, si proche théoriquement de celle de Matthieu, diffère sur les conséquences pratiques. L'égalité originelle, voulue par Dieu, est mieux respectée par la législation romaine. Rome cependant n'a établi que des droits. Jésus traite la symétrie des devoirs et définit une responsabilité commune[1].

QUESTIONS SUR LE DIVORCE

Ces textes ont été largement utilisés par l'Église pour fonder sa doctrine sur l'indissolubilité du mariage[2]. Leur netteté exclut l'équivoque et même la nuance. Dieu a institué le mariage dont il a voulu faire l'indice éternel de son alliance. Il n'a pas imaginé de divorce entre Adam et Ève, tandis qu'il les chassait de l'Éden. Cela peut passer pour un châtiment

1. Cf. J. Delorme, *Assemblées du Seigneur,* 58, p. 42 *sq.*

2. On notera cependant que l'Église s'est montrée moins empressée à codifier en prescriptions absolues les autres affirmations émises par le Christ, dans le ch. 5. Ainsi de l'amour des ennemis : les chrétiens ne sont pas spécialement portés à tendre la joue droite quand on leur a giflé la gauche, du moins l'observation m'a échappé.

supplémentaire, mais c'est ainsi : seul le mariage est prévu. Les hommes ont beau le briser et envelopper leurs foucades de garanties, leur rupture est illégale. Homme et femme restent unis, « hormis le cas d'infidélité ».

Il est donc inutile de s'épuiser en commentaires qui atténueraient les angles vifs de tels énoncés. Mais justement cette netteté ne règle pas la question. Il ne faut pas se tromper sur la véhémence de Jésus. Ces textes presque brutaux ont une raison de l'être que l'on ne doit pas attribuer à la pureté d'un principe. Ce serait faire de Jésus un pharisien de plus. Il ne fait pas la guerre à cette caste pour les surpasser dans leur volonté de tourmenter l'homme sous les rigueurs d'une loi abstraite. Ce n'est donc pas seulement l'indissolubilité du mariage pour elle-même que Jésus proclame ici avec éclat. Ses intentions sont plus complexes. Encore un coup, il ne lui ressemble pas de durcir la Loi, lui qui s'épuise à l'incliner devant la peine humaine. L'a-t-on jamais surpris inattentif aux réalités de la vie, et défendant contre elles la souveraineté de ses principes ? Il proclame ici la pérennité du mariage contre l'inconstance des hommes et, ajoute Marc judicieusement, contre celle des femmes. Il rend au mariage sa signification pervertie par la profusion des divorces qui sévissait alors ; il rappelle qu'il reflète l'amour selon Dieu et, pratiquement, il lui restitue sa fonction ancienne qui est de protéger les faibles.

Dans tout ce passage, Jésus guerroie contre le pouvoir masculin, dont le divorce était l'une des plus scandaleuses expressions, puisque, apanage de l'homme, il représentait pour la femme un malheur sans recours. Jésus entend rompre cette asymétrie, et la façon la plus simple est d'en prohiber l'usage. Répétons-le : si l'on s'autorise de la fermeté du Christ pour durcir un principe jusqu'au mépris des souffrances, on commet une erreur ; le Jésus de saint Matthieu vient au secours de la douleur humaine, féminine en l'espèce. C'est cette préoccupation qu'il faut garder à l'esprit quand on transplante dans notre époque les paroles de

Jésus, en faisant fi de toute évolution sociologique. En ce long intervalle pourtant, que de bouleversements survenus ! Les mots de divorce et de mariage n'ont plus le sens qu'ils offraient voici deux mille ans. Ajouterai-je que l'infidélité elle-même que le Christ tient pour un acte irrémédiable, sans cependant évoquer de compensation pour la femme qui en est victime, a perdu de son abomination pour de multiples motifs ? L'honneur masculin n'est plus si maladivement tributaire d'un regard étranger ; il ne commande plus l'incognito de l'épouse, sa clôture au fond d'un gourbi. Les conditions tendant à s'égaliser et les opinions, on ne voit pas pourquoi l'infidélité féminine serait plus horrible que celle de l'homme, jamais évoquée dans les Évangiles. Et dans cette longue accumulation d'années qui attend désormais les vies conjugales, l'infidélité peut n'être qu'une crise, bien moins durable et moins violente que ne l'étaient les châtiments que la « justice » de l'homme courroucé croyait devoir appliquer. Les écarts de conduite, regrettables par ailleurs, ne sont parfois que l'effet d'un pire préjudice, infligé par la dureté d'un mauvais compagnon [1], sa hargne, son égoïsme, toutes vicissitudes qui n'ont pas de remèdes dans la juridiction des hommes. Le mariage, profondément modifié, rend anachronique la condamnation inconditionnelle du divorce, que Jésus lui-même subordonnait à sa défense du faible contre le fort.

C'est vrai qu'il y a des divorces qui ressemblent à des adultères, par leur légèreté, le mépris à l'égard de la famille constituée, leur manque d'élémentaire générosité, leur déraison. Mais le Christ condamnerait-il aujourd'hui des séparations qui mettent fin à un tourment infernal entre deux êtres, que le face-à-face de la vie moderne met à chaque instant au pied de leur échec ?

Les mariages anciens échappaient à ces fortes souffrances, qui rendent si terribles les erreurs du choix et si

1. Mot qui, naturellement, peut être mis au féminin.

incompréhensibles les sévérités appliquées à leur réparation.

Et c'est peut-être pour cette raison que Jésus n'a pas un mot sur la qualité des unions. Celles-ci ne consistaient pas jadis en la présente intimité de projets, d'humeurs, de sentiments et de libertés. Conclus par des tiers, selon des raisons de convenance, ils n'accordaient qu'une part facultative à l'affectivité [1]. La séparation des rôles, l'habitude de vivre plutôt dehors pour l'homme, et dedans pour la femme, la taille imposante des familles, où le couple s'enchevêtrait à la domesticité et à une parentèle étendue, tempéraient les rigueurs d'une union mal assortie. Acariâtre, l'épouse? On n'était pas tenu de multiplier les assiduités. Souillon et paresseuse? Les autres femmes du foyer prenaient le relais de la dolente maîtresse. La vie intime manquait peut-être d'agrément. Mais la famille antique, par structure et nature, avait assez d'élasticité pour remédier aux erreurs du choix. Elle corrigeait elle-même ses défectuosités, rétablissait les équilibres rompus. Elle maintenait la sécurité, toutes sortes de mécanismes régénérant les fonctions malmenées par les aspérités des caractères.

L'interdiction du divorce dans ces conditions évitait plus de souffrance qu'elle n'en provoquait.

On ne peut sans doute négliger tout à fait cette différence.

1. Ce qui ne signifie pas qu'il n'y avait pas de mariages amoureux et fort réussis. Autant qu'aujourd'hui, sans doute.

7
L'Église, Jésus, les femmes

Revenons à nos traditions. Elles sont, dans l'histoire de l'Église, plus importantes que les textes sacrés. La foi a lu l'Évangile diversement, selon les époques, jusqu'à donner dans de franches contradictions. Ainsi a-t-elle pu énoncer des opinions parfaitement opposées, parlant, au nom de Jésus, de l'indignité des femmes, puis, toujours en son nom, de ses droits ; lançant des ordres péremptoires ou invitant à la liberté. Tout texte, on le sait, ne se livre pas comme une vérité dure : il demande à être interprété et diffuse de nouvelles significations selon l'esprit qui le considère, celui d'un homme ou celui d'un temps.

Or, sur le chapitre des femmes, nous avons beau nous émerveiller de la multiplicité de nos visions, qui, des prescriptions de la discipline, passent aux appels à la liberté, de l'impureté femelle à la grandeur féminine, rien n'a véritablement changé. Ne nous laissons pas abuser par les repentirs successifs de nos lectures : elles demeurent toutes sous la coupe du même dogme de la faiblesse féminine. La femme est faible par nature, disent les premiers, la femme est faible par l'oppression qu'elle subit, disent les seconds.

De plus, nos commentaires des textes sacrés portent des paroles sans conséquence ; ils ne servent qu'à cautionner religieusement des opinions et des positions déjà acquises. Les lectures du passé et du présent s'attardent sur cette faiblesse féminine ; les enseignements qu'elles tirent de l'Évangile n'apportent rien de nouveau par rapport aux normes sociales alors en vigueur, qui ont déjà imposé devoirs féminins ou revendications libératrices.

C'est merveille de voir comme, faute de s'adapter à l'Évangile, on plie l'Évangile à soi. Passé et présent n'ont pas modifié leurs croyances au contact des textes. Ils les ont renforcées. Le premier y a vu un code de morale féminine axé sur l'entretien de la vie. Le second discerne une invitation à briser de telles chaînes. Rares ceux qui relèvent l'extraordinaire dynamisme féminin, inhérent à l'Évangile, comme s'il troublait les certitudes tranquilles des conservateurs ou confondait l'audace des émancipateurs par une plus prompte audace que la leur.

Ces esprits présentent presque tous la même démarche, à vrai dire, fort autoritaire : pour discerner quelle opinion la foi doit se forger, ils ne considèrent que les paroles et les comportements de Jésus, lesquels ne peuvent se comprendre si l'on n'a pas d'abord et plus attentivement observé les femmes elles-mêmes.

Car, loin des femmes et théoriquement, Jésus n'a presque rien dit. Du moins son témoignage est-il indirect et allusif. Il faut l'interpréter. La difficulté de l'entreprise n'effarouche guère : il n'a rien dit ? Qu'à cela ne tienne, on le fera parler. Et l'on s'est mis à l'interroger, mais pas de la façon naïve des tribunaux qui le jugèrent sans doute, mais le laissèrent honnêtement s'exprimer ou garder le silence.

PRÉJUGÉS D'HIER...

L'interrogatoire a repris avec des procédés différents. Exégètes, critiques, historiens, moralistes, prédicateurs ont succédé à Caïphe, Anne et Pilate. Si l'on en croit Péguy, ce n'est pas un moindre supplice[1]. En tout cas, du silence de Jésus est issu un grand discours qui expose par le menu ce que sont les femmes et ce qu'elles doivent être. En ces aveux tardifs, Jésus laisse échapper des opinions très conformes à

1. Note conjointe sur M. Descartes et la philosophie cartésienne, La Pleiade, t. 2, p 1479.

celles de ses enquêteurs qui, du coup, s'abstiennent de lui cracher à la figure.

La morale, essentiellement négative, tend à éliminer l'influence funeste des femmes. Des prohibitions préviennent toute atteinte au bon fonctionnement du monde que ces malfaisantes s'efforcent de détraquer : l'éducation réprime, le mariage ou le couvent enferment. Il le faut. Elles ne feraient rien de bon, hors des tâches assignées par la nature. L'essence du féminin impose ces limites.

Sait-on d'où sort le mépris où sont tenues les femmes ? A leur moindre musculature, à la dissymétrie, supposée entre homme et femme, de la sexualité, et surtout à l'impureté périodique qui les assimile à des êtres lunaires et maléfiques. Qu'y a-t-il de réel dans ces sottises ? Je dis sottises anachroniquement ; jusqu'à une époque récente, cela passait pour un savoir exact. On connaissait mal le corps féminin. On ne voyait pas que la moindre performance physique était compensée par une grande longévité, liée à une meilleure résistance aux diverses agressions. On n'apprit qu'au début du siècle dernier que l'impureté du sang féminin était un mythe. Ce sang réputé ignoble, à l'analyse s'avéra de même composition que celui qui coulait, vermeil, de la blessure du combattant ! On ne découvrit qu'à la même époque la fausseté de la réceptivité féminine : les mécanismes de l'ovulation furent tardivement connus. Même aujourd'hui beaucoup pensent encore, sous le poids des préjugés anciens, que l'homme dépose seul la semence, reçue et conservée par la femme, terreau où la graine croît. Cette passivité naturelle rendait sacrilège toute autorité femelle, la femme, en prenant des initiatives, trahissait sa « nature ». Ses actions étaient coupables, du seul fait d'être des actions.

Cet obscurantisme a fait loi : ce que l'on prêtait à la biologie se continuait dans la psychologie. Femme, âme et corps.

L'impureté périodique entraînait le reproche d'inconstance et de perfidie. Dans combien de mythologies la femme n'est-elle pas la séductrice qui trouble l'ingénuité virile et en déroute la droiture ? La notion de faiblesse a perduré jusqu'à notre époque, où l'on s'étonne toujours si la femme accomplit les mêmes carrières que ses compagnons. Et que n'a-t-on entendu sur la réceptivité féminine, trait majeur de sa nature, qui la privait d'initiatives, de pensées, et de toutes les pointes de l'audace !

C'est fort bien vu. Une résistante qui continue à se taire sous la griffe de ses bourreaux est-elle réceptive ? Une artiste qui pied à pied arrache la beauté à la pierre, à la couleur, au langage, aux sons est-elle réceptive ? Une physicienne attend-elle que tombe du ciel la loi qui expliquera le phénomène qu'elle a mis en évidence ? Une mystique comme Thérèse de Lisieux accueille-t-elle, béate, la clarté de Dieu ? Même dans les emplois réputés féminins, je cherche en vain la réceptivité. Tenir un foyer, aimer un homme, élever des enfants, c'est une bataille perpétuelle contre le désordre, l'inertie des vivants, la monotonie des jours et l'usure des cœurs. Toute la douceur que l'on attend d'elle, et avec raison, suppose des énergies presque violentes, une imagination constamment remise à flot.

Affaiblie par ces définitions, la femme était priée d'exister le moins possible, enfermée d'ailleurs dans une logique sans issue : si on la dit méchante, il faut bien l'empêcher de nuire et la soumission est de règle. Qu'elle obéisse donc. Mais comme il n'est de vertu que dans le sacrifice de soi, il faut que la femme vertueuse se soumette aussi, et l'on verra combien elle est sublime.

Vingt siècles de morale féminine toujours identique[1]. Où Jésus, puisque c'est lui que l'on consulte, s'en porte-t-il garant ? Où le voit-on mépriser les femmes ? Où les réduit-il à

1. Cette théologie du mépris se retourne souvent en théologie admirative, par simple transposition de vocabulaire : on appelle réceptivité la passivité, douceur la faiblesse, et cela donne un ange qui collabore intensément au salut. Je ne crois pas ce discours moins aliénant que l'autre, car il commande encore une nature, un rôle et fige la liberté féminine dans une bien commode humilité !

n'être que des matrices ? Où les femmes sont-elles, dans les textes, viles, perfides, dénuées de pensée, passives ? Qu'a-t-on fait de cette solidarité primitive entre les sexes si puissamment rappelée par le récit de la Genèse, puis par le Christ, l'unique fois où il traite de l'homme et de la femme ? Qu'a-t-on fait de ce beau mot d'humanité qui ne se distingue que par une syllabe de celui d'unité ? Jésus, encore une fois, dit qu'homme et femme ne sont qu'une chair. Ceux qui se prétendaient ses disciples n'ont eu de cesse qu'ils aient séparé cette chair, et l'aient rendue étrangère et ennemie à elle-même.

... ET D'AUJOURD'HUI

On dira : ce sont là les résidus d'un passé dont peu à peu l'institution se délivre. L'on consent aujourd'hui que Jésus n'accrédite pas ces visions. On s'évertue à nous montrer qu'il a distribué l'égalité et la liberté à tous les vivants. La femme inscrit à son bénéfice ces intentions généreuses. Le même Jésus qui tantôt l'exhortait à la patience lui fait valoir maintenant ses droits. Mais que valent ces arguments ?

Il est d'abord difficile d'établir que le christianisme a bien géré l'intérêt des femmes. Et l'on croit tempérer ses imperfections en poussant ce cri de soulagement : « Ailleurs c'était pire ! » La misogynie en effet n'est pas d'invention chrétienne. Elle existait chez les Babyloniens, les Juifs, les Grecs, les Romains. Et encore plus tôt chez nos ancêtres préhistoriques.

Argument massue, si l'on peut dire. Pour retrouver une situation saine, il faudrait remonter au temps où les hommes, mal dégagés du singe, erraient en bandes : ils honoraient leurs femmes, du moins on le déduit, faute de leur trouver des raisons valables de ne pas le faire, ce qui est une drôle de raison [1].

1. Cette égalité supposée m'a toujours troublée. Je ne crois pas que le primate puisse nous causer de telles surprises ; nous lui ressemblons trop. Mais l'enfance de l'humanité entretient des illusions éternelles.

Mais en s'adonnant à l'agriculture, ils auraient commencé à répartir les tâches et seraient devenus grossiers. Le christianisme n'a pu secouer des habitudes aussi invétérées, mais il a accompli d'incomparables progrès. Songez donc un peu à l'ignominie où les Grecs maintenaient leurs femmes ! Ainsi le Pseudo-Démosthène écrit sans sourciller qu'un homme normalement bâti a besoin de trois femmes : l'épouse pour la procréation, l'hétaïre pour la récréation, la prostituée pour le plaisir des sens. L'orateur omet d'ajouter que cette triple assiduité ne comble cependant pas toujours un Grec.

En dépit de droits supplémentaires, Rome méprisait presque autant ses femmes. Les Juifs, dit-on, n'estimaient que les mères (et sans doute aussi les vierges si l'on en juge à ce qu'il advenait d'elles lorsque par accident elles cessaient de l'être).

Le christianisme en a fini avec tant de méchanceté. Encore aujourd'hui, il tranche sur les autres religions. Il ne convie pas ses fidèles, comme chez les Juifs, à remercier tous les jours le Seigneur de n'être pas né païen, ignorant ou femme. Il ne dit pas comme le Coran qu'un homme vaut deux parts et la femme une seule. On est content d'appartenir à une religion aussi entreprenante dans son rêve d'égalité et l'on songe avec pitié à ses frères juifs ou musulmans, lesquels, de leur côté, tiennent de semblables discours et nous plaignent, avec d'aussi bonnes raisons, d'être chrétiens plutôt que juifs ou musulmans. C'est merveille de voir les trois monothéistes se défendre d'une misogynie qui fait d'eux, quoi qu'ils disent, des conservatoires d'injustice. Sur ce point, leur œcuménisme ne laisse rien à désirer.

Vous dites donc que notre christianisme a apporté la dignité aux femmes ? Prudence ! Quelle dignité ?

Avant l'âge de fer et celui de bronze, on place régulièrement l'âge d'or. Bien avant l'anthropologie contemporaine, les sociétés considéraient avec admiration leurs origines. Athènes, Rome, Jérusalem croyaient à ces commencements vertueux. Les Juifs cependant, plus réalistes, n'avaient fait durer l'état de grâce que quelques minutes. Adam n'a pas fini de louer Ève que le serpent est là.

La plus importante, répondez-vous, celle des êtres devant Dieu. On ne voit pas Dieu en face, mais de dos assez souvent, et il l'a bon. La dignité devant Dieu, cela veut dire qu'elles sont philosophiquement valeureuses, théologiquement estimables, exégétiquement méritantes, et qu'au ciel, où du reste ces notions de sexe, obsessionnelles ici-bas, se dissipent dans l'unité d'une harmonie parfaite, elles siègent à la droite du Seigneur. Désormais grâce au christianisme, c'en est fait des discriminations, sauf, il est vrai, sur quelques points de détail temporaires qui méritent à peine d'être mentionnés, les honneurs terrestres qui sont du vent, les responsabilités, pesantes et corruptrices, l'autorité qui, m'a confié un vénérable prélat, est la plus humble façon de servir. Pourpre cardinalice et blanc tablier, on ne distingue pas.

Ainsi l'égalité des sexes aurait commencé avec cette affirmation d'une égalité des âmes et d'une commune appartenance au même Père. On en voit le principal effet : c'est de maintenir la hiérarchie sociale en minimisant l'importance, par rapport à l'égalité éternelle du Royaume.

Je ne doute pas de la sincérité de ceux qui défendent ainsi le prophétisme chrétien, mais la réalité historique ne leur donne guère raison. Une dignité d'ordre transcendant a au contraire autorisé pendant des siècles les inégalités les plus criantes et aussi les plus intolérables abus à l'égard des corps, dont le supplice devenait instrument de promotion spirituelle[1], et l'exploitation forcenée un petit désagrément qui ne comptait pas en regard des félicités futures.

Les premiers sages chrétiens n'ont sans doute pas manié un cynisme aussi cru. Simplement, ils n'ont pas prévu les conséquences de cette hiérarchie qu'ils établissaient entre le corps de la créature et son âme. Ils n'ont manifestement pas prêté toute l'attention désirable à l'extraordinaire sollicitude que Jésus, lui, accorde à l'être physique. On considère trop sa

1. Pour plus de détails, on se reportera à l'étude de France Farago, « La femme et la civilisation », *Études*, novembre 1975, p. 483-511.

parole. Elle n'est qu'une part de son activité. Plus impérieusement, Jésus guérit les foules qui viennent à lui, pour trouver le soulagement de leurs maux. Il se sent lié à elles par le devoir imprescriptible de les nourrir, de les désaltérer, de les guérir, comme l'exige la règle élémentaire de l'hospitalité juive. Et le fait qu'il dispose de pouvoirs plus étendus ne fait qu'hypertrophier sa responsabilité et ses obligations envers autrui. Jamais son souci des âmes ne le dégage du soin matériel des corps, pas même dans le cas de la légitime défense, puisqu'il recolle l'oreille du soldat, tranchée par Pierre. Il n'est pas dit que la surenchère apportée à la loi en Matthieu 5 ne soit pas inspirée par ce sens d'infinie responsabilité devant autrui.

En voilà assez sur l'égalité des âmes dont parlent souvent les chrétiens, et qui n'est ni la fille des enseignements de Jésus ni l'ancêtre de nos revendications modernes. Cette conception de la justice pas plus que celle de la grâce, distributrice de faveurs imméritées, ne sont pertinentes à l'Évangile.

AUTRE VISION PARTISANE

Les audaces que nous prêtons à Jésus gardent cette sorte d'ambiguïté qui grevait le débat sur l'égalité. Ainsi veut-on aujourd'hui qu'il ait délivré les femmes de leur oppression. Il est vrai qu'il n'accorde pas d'importance majeure à la différence des sexes. L'Évangile ne souffle mot sur la féminité. Rien sur la nature, rien sur les rôles, ni sur la vocation de la femme et la hiérarchie des sexes. Jésus manifeste une royale indifférence à l'égard de susceptibilités qui sont le fait de notre époque plutôt que de la sienne. De toute évidence, il relativise les sexes. Être homme ou femme est une particularité de l'être ; ce n'est pas l'être ; ce n'est pas la substance. Ce n'est pas ce que les anciens appelaient l'âme. Ce n'est pas même la totalité du corps. La valeur personnelle, la dignité transcendent ces distinctions terribles et merveilleuses à la fois. L'homme créé par Dieu est d'abord son image. La diversité des sexes est nommée ensuite [1]. Et Jésus parle au plus humain de l'humanité : ce n'est pas son sexe, c'est sa conscience.

Lui-même, comment est-il avec les femmes ? Tout comme il parle. Il n'a pas l'air d'être différent selon qu'il s'adresse à un sexe ou l'autre. Son comportement se modifie selon que son interlocuteur est hostile ou disposé à la foi. Sur les sexes, non. Il ne se laisse séduire par personne, même quand on le sert, le parfume ou plaisante avec lui. Toutes ces démonstrations sont interprétées par lui dans un sens mystique. Et que de précautions quand les évangélistes emploient le mot « aimer » ! Le grec, il est vrai, leur offre du choix : trois verbes ! *Eran* exprime les ardeurs amoureuses. Pas d'usage ici. Le classique *philein* n'est pas employé à propos des femmes. L'une des raisons est que ce verbe signifie aussi embrasser (c'est par un *philêma* que Judas désigne sa victime aux soldats) ; appliqué à des femmes, le mot eût prêté à sourire. Le plus souvent, les évangélistes vont chercher un verbe de derrière les fagots, peu prisé des classiques, *agapan*. La foi nouvelle lui taille la part du lion : il s'applique aux amis, au prochain, aux femmes, à Dieu. Il est difficile d'établir des nuances de sens par rapport à *philein*. Mais le grandiose usage qu'en fait l'Évangile donne à ce mot une telle charge d'affectivité et de spiritualité qu'il éclipse tous les synonymes.

On peut se laisser aller à toutes sortes de rêveries sur les amours de Jésus. Les précautions verbales des évangélistes en limitent la vraisemblance : d'après eux, il semble chaste.

Ni amour ni mépris. Des tabous liés aux femmes, il n'a cure. Il ne s'occupe pas des histoires d'impureté, des discriminations, des préséances, comme s'il oubliait son origine méditerranéenne. Est-ce à dire qu'il subvertit les usages ? Sans doute pas, ou peu : il ne pourfend pas le mariage, et ses paraboles émaillées d'exemples empruntés à la vie quotidienne ne sortent pas les hommes et les femmes de leurs rôles traditionnels.

Mais, insiste-t-on souvent, il tire bien la femme de sa sujé-

1. Genèse 1,27.

tion et voilà que celui à qui l'on prêtait d'infinies prudences devient l'auteur des thèses les plus émancipatrices. Qu'il ait jeté la révolution est une idée à la mode. On en voit la preuve en ce que bravant les coutumes, il les accoste librement. Mais l'interdit n'était pas si absolu qu'on ne vît jamais d'homme en conversation avec une femme. Que la chose fût déconseillée dans les textes de morale prouve au contraire qu'elle était pratiquée. Et comment en eût-il pu être autrement ? Lorsque Jésus parle à la Samaritaine, les disciples s'étonneront, c'est vrai, car il n'est pas de bon ton qu'un rabbi cause avec une femme dans la rue [1]. Cependant la Samaritaine ne se choque pas d'être interpellée parce qu'elle est femme, mais en raison de sa nationalité [2]. On a voulu déduire de sa conversation que Jésus provoquait une fêlure dans la société de son temps. Les usages se mettaient à vaciller ! Comme si jamais homme assoiffé n'avait demandé à boire auprès d'un puits et comme si cette prière dans des pays arides et à l'heure de midi n'était pas des plus banales ! Mais non, on veut que le monde ait changé à ce moment-là !

Elles ne sortaient pas, dit-on, rivées à leur foyer, où les retenaient les travaux et l'honneur prévoyant du mari. De vraies momies. Dès lors que Jésus on rencontre une sur la voie publique, on crie au prodige : c'est lui qui a opéré cette révolution ! C'est lui qui les fait descendre dans la rue ! Et comment a-t-il introduit le changement ? En collant des affiches ? En amendant les populations ? Par la magie de sa présence ? Pourquoi enfin les historiens sont-ils restés muets sur des transformations aussi considérables ?

Si la conversation publique d'un homme et d'une femme est si révolutionnaire, étonnons-nous de l'audace de la servante qui prend Pierre à partie [3] et de celle de Pierre qui lui

1. Talmud de Babylone, Berakot 43*b*, cité par Annie Jaubert, *Approches de l'évangile de Jean*, Seuil, 1976, p. 61. De même, il ne doit pas se mettre à table avec une compagnie d'ignorants. Ce qu'il fait tout de même, chez les publicains, à l'étonnement des pharisiens.

2. Jean 4,9.

3. Matthieu 26,69.

répond qu'il « ne connaît pas cet homme ». Il est donc, à cet instant-là, à la fois hardi et couard ? Les signes d'indépendance féminine ou de mixité relatives, que l'on attribue à l'action du Christ seul, apparaissent sans ses services, en maintes occasions dans les textes. Pensons ainsi à l'invitation de Marie aux noces de Cana, ou à ce voyage qu'elle fait seule, peu après la conception de Jésus, pour se rendre, vers le haut pays, chez sa parente Élisabeth.

Ce n'est pas assez encore. Dans la maison, la femme occupe le gynécée où les hommes ne pénètrent pas. Le ménage, chez eux, est séparé. Extraordinaire divagation d'esprits trop zélés ! On veut prouver que Jésus s'essouffle à les soustraire à l'inique oppression de l'homme. L'argument ne tient pas devant le bon sens, et les quelques sociétés archaïques qui ressemblent encore à celles dont Jésus fut le contemporain le démentent. Les appartements distincts étaient l'apanage des riches. Les pauvres, c'est-à-dire l'immense majorité de la population, ne disposaient que d'une pièce. La mixité était peu évitable. Les versets qui relatent la guérison de la belle-mère de Pierre se rapportent à une telle situation. Une fois debout, « elle se met à les servir », dit l'évangéliste[1]. Réaction de gratitude bien naturelle, mais les commentateurs s'extasient : cette précision est ajoutée pour indiquer que le Christ a fait deux miracles dans cette maison. Non seulement il a chassé la fièvre mais, performance plus remarquable, il a banni le préjugé ! La belle-mère s'est mêlée à une compagnie d'hommes. Quel bonheur[2] ! Plus simplement sans doute, l'évangéliste indique-t-il qu'il s'agissait d'une guérison réelle, dont les assistants pouvaient témoigner, et totale, puisque cette femme était capable de nourrir la petite

1. Marc 1,29-31 ; Luc 4,38-39. Chez Matthieu 8,14-15, elle ne sert que Jésus.

2. Cela pose néanmoins des problèmes de cohérence. Si c'est une telle promotion de servir ces messieurs, on ne comprend pas pourquoi Marthe ronchonne si fort ni pourquoi Jésus lui explique que ce n'est en effet pas « la meilleure part ».

troupe qui venait d'entrer. Le miracle n'était pas une demi-mesure. Et, du coup, il apporte, mais sans y songer, une seconde précision, sur la pauvreté de Pierre, dont nous savons qu'il était pécheur, jetant l'épervier à la mer lorsque Jésus l'appela[1]. Son logis ne devait pas se ramifier comme un labyrinthe. Le texte de Matthieu suggère peut-être, si ce n'est pas trop forcer sa sobriété, que Jésus aperçut la malade dès le seuil franchi. Pierre vivait avec les siens, dans la pièce unique, ainsi qu'aujourd'hui encore tant de familles au Moyen-Orient. Un peu de tourisme rend de bons services à l'exégèse.

Des femmes accompagnaient Jésus. Autre sujet d'émerveillement. Le fait est inouï en Palestine, dit-on. Ces femmes étaient pour la plupart des malades, que Jésus avait guéries, des possédées qu'il avait délivrées, des pécheresses à qui il avait pardonné. Marie de Magdala, la plus fidèle, est celle dont il avait chassé sept démons, symbole d'une calamité extrême[2]. Là encore, estime-t-on, les miracles ne suffisent pas à la gloire de Dieu. Il faut produire des signes plus convaincants de sa majesté en le faisant parler comme une féministe américaine. Nous sommes friands de hardiesse sociale plus que de ses guérisons. Outre que nous n'avons pas la preuve de ces dernières, cela n'offre pas d'ampleur politique, jugeons-nous : quoi de plus banal que de rendre la santé à des malades ? De tels signes sont jugés insignifiants. Il est plus pertinent de prétendre, là encore, qu'il les a délivrées de leur esclavage domestique.

OÙ EST L'AUDACE ?

Les contemporains du Christ le disaient « prophète », quand ils étaient étonnés par ses propos. Aujourd'hui, nous lui reconnaissons cette qualité à condition qu'il ne nous

1. Matthieu 4,18. Son origine modeste est confirmée en Actes 4,13. C'était, y dit-on, « un homme du peuple dénué d'instruction ».
2. Cf. Matthieu 12,43-45 ; Luc 11,24-26.

étonne plus. La raison est simple : il doit, pour mériter nos génuflexions, répéter nos discours habituels. La supériorité, que nous confèrent les deux mille ans qui nous séparent de lui, rattrape largement celle que sa divinité oppose à notre humble humanité. Le Père éternel, c'est nous, qui l'envoyons dans l'Évangile incarner nos belles prédications : la lutte des classes, naguère. Mais, dieux versatiles et dégrisés, nous l'avons prié de se tourner à présent vers des valeurs estimées plus sûres, les droits de l'homme et l'émancipation de la femme. Au vu de quoi nous nous émerveillons devant ses faux anachronismes. Il nous a laissé nos idées au logis, sans nous causer le moindre dérangement. Simple caution religieuse apportée par cette « prophétie » qui rejette audacieusement le présent sur le passé. Que lui avons-nous demandé, sinon ce qui est déjà fait par nos soins ? Nous l'avons prié d'occidentaliser la femme, la changeant de lieu et d'époque. Jésus ne fait que la déposer délicatement au seuil du deuxième millénaire. C'est une bonne idée, à ceci près que cela force quand même les textes et, encore une fois, ne prête à aucune conséquence, Jésus jouant le rôle de garant plus que d'instigateur. Et peut-être, plus malignement, évitons-nous ainsi de considérer en lui une intention différente, plus hardie, qui convoque chacun de nous aux exigences radicales d'amour et de partage, énoncées sans ambiguïté dans le Sermon sur la montagne ?

Au demeurant, pour fortifier l'impression que Jésus était l'auteur éclairé de cette œuvre révolutionnaire de libération, nous avons tendance à noircir la société juive de son temps, en faisant de ses familles, de sa condition féminine, des foyers d'intolérable iniquité ! Misérable apologétique qui a besoin des torts d'autrui pour faire croître celui qu'elle adore ! C'est donner dans un antisémitisme vulgaire qui n'ajoute rien à la gloire du Fils de Dieu. La calomnie, du reste, est mal venue, proférée par des chrétiens : leur Église jadis a surpassé en barbarie ceux qu'elle juge barbares, Juifs, Grecs, Latins, qui n'avaient jamais traqué les femmes jusque dans leur vie intime ni ne les avaient accablées sous tant d'obligations et de griefs.

La société du Ier siècle avait ses préjugés et ses contraintes. Pour elle, les dignités de l'homme et de la femme étaient indéniablement sexuées. Les hommes vivaient dans la sphère publique ; les femmes, sauf exception, vaquaient à l'entretien de la vie. Elles demeuraient plutôt en la demeure, étant elles-mêmes demeures. « La femme, c'est la maison », dit le Talmud. Elle est l'enceinte. Cet emboîtement du couple avait ses nécessités à une époque où le destin de l'espèce reposait sur des enjeux difficiles et où la pensée ne s'était pas affranchie des symbolisations irrésistibles du féminin et du masculin, ces deux pôles de toute existence. Mais de telles représentations ne dispensaient personne des exigences de la Loi et du sens de l'équité. L'« injustice », sauf cas précis évoqués par Jésus, ne frappait pas les intelligences. Personne vraiment n'eût songé à malmener cette répartition des rôles sociaux qui paraissait saine, naturelle, irréfutable, et nullement le fait de méchancetés concertées. Jésus appartient à son temps : il n'envoie pas d'apôtres femmes sur les grand-places et l'on ne voit pas dans l'Évangile Joseph emmailloter l'enfant nouveau-né.

C'est pourquoi il convient de se méfier d'un discours qui ferait fi de ces postulats élémentaires. Il est fallacieux, me semble-t-il, d'aller racontant que, dans sa prescience divine, Jésus s'est élevé au-dessus des contingences de son époque. Que cet envol superbe enchante conservateurs et progressistes devrait nous mettre la puce à l'oreille.

Louche unanimité en effet. Les libéraux veulent que Jésus n'ait eu en tête que l'émancipation sociale. C'est fort bien, à la contradiction près. Elles ont donc besoin, ces femmes, de Jésus pour se libérer ? Détient-il une autorité politique ? Cet appui, quel qu'il soit, commence par les infantiliser. Il leur retire d'être les propres gestionnaires de leur liberté. Sans lui, elles n'auraient rien rêvé, rien entrepris. Belle manière de s'émanciper que de se ranger sous une tutelle d'homme ! La femme reste une volaille frileuse, serrée autour de maître

Coq. Et que l'on m'explique cette énigme : pourquoi voit-on aujourd'hui tant d'intelligences, gagnées aux causes démocratiques et aux générosités les plus avancées, garder vis-à-vis des femmes ces idées qu'elles n'appliqueraient pas, sans croire les insulter, aux peuples colonisés, aux classes opprimées, aux nations qui crient famine ?

Les traditionalistes font chorus. Ils s'exclament triomphalement : « Vous voyez bien ! Jésus est au-dessus de toutes les déterminations sociologiques. Il délivre la femme de ses sujétions, il l'envoie sur la place, il la rend libre et égale. Mais il lui refuse le sacerdoce, et vous ne pouvez plus imputer cet interdit à des coutumes temporelles. Ses motifs sont autrement sérieux. »

Ainsi tout le monde est content. L'ordre public n'est pas perturbé. La femme reste sous la houlette du berger. Au mieux, de brebis docile, elle est promue chèvre gambadeuse. Je te tiens par la barbichette.

LA FEMME, PROCHAIN DU CHRIST

Quelle place Jésus réserve-t-il aux femmes ? Quelle estime leur accorde-t-il ?

Rappelons-nous que s'il a énoncé des interdictions, c'est aux hommes qu'il les a principalement envoyées. Il les a tancés, non pas d'être hommes, mais parce qu'ils étaient alors les responsables des abus signalés. Chez lui, pas la moindre allusion à ce fatras idéologique qui entretenait la méfiance et le pouvoir d'un sexe vis-à-vis de l'autre. Jésus a combattu le scandale de l'inégalité, dans des textes d'une précision presque brutale. Pas un mot sur la hiérarchie des sexes, sauf lorsqu'il l'inverse magistralement, plaçant les prostituées avant les pharisiens sur le chemin du Royaume. Il n'a pas parlé des femmes comme s'il s'agissait d'une espèce. Si cette notion est présente, c'est encore à propos de certains hommes, scribes et pharisiens.

Si, jamais, l'Évangile n'invoque la nature de la femme, il

ne met pas en discussion le principe d'activités propres à chaque sexe, qu'il admet comme sans y songer. Ces rôles, à vrai dire, importent peu : Jésus ne regarde que la personne elle-même, sa conscience, qui est l'ultime identité de chacun de nous. C'est sur celle-ci que les êtres sont interpellés, jugés, bénis. Rien ne milite dans ces textes en faveur d'une nature féminine, ou contre elle. Mais l'Évangile, et toute la tradition d'Israël croient en la vocation des pauvres, à laquelle s'identifie le sort de la femme. Il y a une dynamique de l'humilité, comme il y a une pesanteur de la puissance, et elle emporte ces créatures dans son mouvement.

Dans les femmes, Jésus reconnaît son peuple, celui dont il est issu et celui qu'il cherche. C'est le seul qui croit massivement. Il n'y trouve pas d'hostilité, ni de complot, mais confiance, fidélité, audacieuse prescience. La spontanéité de leur adhésion n'est pas un hasard ; ces femmes aussi reconnaissent Jésus pour l'un des leurs, peu glorieux malgré sa popularité. Ils partagent ensemble la solitude, l'errance, la détresse. Parenté de situation qui les introduit tout naturellement à l'aventure de la foi.

Curieusement, la femme évangélique est une itinérante. On la surprend rarement chez elle, maîtresse de maison. Plus souvent elles sont sur les routes, surgissant brusquement et vite disparues. Les Évangiles eux-mêmes sont des récits de vagabondage. Routes, étapes, villes, rencontres. Jésus est un voyageur. Dès sa naissance, il court. Il vient au monde au hasard d'un déplacement, et il n'est pas né que déjà en fuite. Sa vie n'est qu'une tournée de prédications. L'unique période peut-être sédentaire qu'on lui connaisse constitue ce que justement l'on appelle ses années obscures : un mince faisceau de lumière en écarte les ombres sur l'occasion d'un pèlerinage à Jérusalem, comme par hasard. Sa mort accuse la même mobilité que sa naissance. Il ne reste pas au tombeau et, ressuscité, charge les femmes d'aller dire qu'il court encore, en Galilée. On le voit partout, poussant l'art du voyage jusqu'à ignorer portes et cloisons.

Pas de sol, pas de patrie, et de la famille il n'abuse pas. Jésus a rompu les attaches. Plus de repères fixes, plus de doctrine. Il est le fils d'un Dieu qui est partout. Voyageur sans bagages et sans précaution, il va, à pied, en barque, sur le dos d'un ânon. Les maisons où il pénètre ne sont pas les siennes. Il ne veut ni toit ni tente ; pas même une pierre où reposer sa tête. Ce sont là les soucis de Dieu, entendez qu'il s'en moque. Les gens vont, et les événements surviennent. Tout dans ces récits est contingence. Le dessein de Dieu suit les sinuosités de la course. Quelques fidèles accompagnent Jésus, la plupart surgissent du néant et y retombent, après l'éclair de la rencontre, souvent congédiés d'un mot, « va », ainsi qu'il va lui-même.

Cette humanité qu'il croise, où s'ébauche l'Église, se présente d'abord comme une prodigieuse dispersion humaine. L'Église, cette rassembleuse[1], est née d'un lacis de ferveurs, de fatigues et de kilomètres. L'espace évangélique ? Un déroulement. On rencontre Jésus ou on le suit. On le trouve à l'étape ou sur la route. Toujours dans la mobilité ; hier il n'était pas là, demain il n'y sera plus.

En faisant voyager le Christ, l'Évangile met l'accent sur le caractère hasardeux de la vie, sur l'importance des événements qui prévalent sur la fixité qu'assignent à l'existence les conventions humaines ou les pesanteurs de l'histoire. L'homme est perçu dans l'instabilité, non pas au sens baroque de la fuite et de la fantaisie, ou selon la philosophie d'un écoulement universel. L'Évangile célèbre, dans le mouvement, la grâce : elle est une aventure, non une norme. Elle surgit à l'improviste. La vérité se révèle dans le bris des apparences, au tournant d'une route, sur le vif d'un étonnement. La vérité n'est pas ce qu'on la croyait être : « On vous a appris que et moi je vous dis que[2]. » La vérité est elle-même ailleurs que là où on l'imaginait. Ni carrée

1. Comme l'indique son étymologie.
2. Cf. Matthieu 5.

dans une compétence, ni dressée sur le socle d'une institution. Tout ce qui est dénué d'ailes et d'envol n'est pas de nature évangélique : le temple, ce triomphe de l'immobilisme doctrinal, la richesse qui assied son possesseur au milieu de ses « grands biens[1] », la science qui fige l'esprit dans ses certitudes, la notabilité qui incruste l'individu dans la société qui l'adule. Seuls les pauvres, les ignorants et les réprouvés, n'étant retenus par aucune chaîne, ont le pied évangélique, c'est-à-dire prêt au départ. Ils peuvent vivre l'imminence du royaume.

Car le temps lui aussi est mouvement, et convoque l'humanité à de fabuleuses migrations. Ne voyons pas là seulement la croyance d'une époque qui attend la parousie pour les prochains jours. Sans doute, sur ce point, Jésus n'est pas différent de ses contemporains. Mais, derrière ce rêve momentané, l'Évangile exprime la psychologie profonde de la foi nouvelle, qui est la conversion. On ne voyage pas seulement dans l'espace et le temps. On voyage en esprit. Les intelligences bougent comme les corps.

Et voilà pourquoi les femmes répondent mieux que la plupart des hommes à cette exigence : elles cumulent les disponibilités. Aussi étrange que cela paraisse, celles que l'usage contraint à la sédentarité et à un relatif enfermement fournissent les plus étonnantes figures de la mobilité. Psychologiquement, socialement, ce sont des sans-logis. Elles partagent la légèreté des pauvres, qui ne jouissent pas des biens trompeurs où l'âme se noue ; celle des enfants qui ne sont pas, comme les doctes, rassis par les savoirs ; celle des modestes, que la société refoule hors de ses consécrations publiques.

Les privations les arrachent au privé, et se métamorphosent en liberté voyageuse. On ne siège que chez le Père. Ici-bas, on marche, on sort de chez soi, on sort de soi. La grâce est liée à un ordre de mission. Quand le Christ dit à une créature : « va », c'est dans la paix et comme l'ivresse d'un

1. Matthieu 19,22.

parcours au flanc des grands monts. Il la renvoie entre ciel et terre, déliée du monde et d'elle-même ; elle peut vivre, dans la quasi-immatérialité de la grâce.

La femme ne possède pas de vertu propre en laquelle Jésus se reconnaisse. Les différences supposées natives entre les sexes ne l'intéressent pas. Mais les situations d'infériorité favorisent leur intelligence. Les péchés qui les condamnent, les maladies considérées comme des malédictions, les exclusions politiques qui frappent les gens de Tyr ou de Samarie, ces conventions désobligeantes aident à l'acuité de leur témoignage. Ces femmes croiront aux paroles de Jésus parce que, exclues des pouvoirs, elles échappent à la viscosité sociale et à la raideur des croyances communes. Elles ne devraient pas reconnaître Jésus, étant tenues à l'écart des fonctions publiques. Elles le reconnaissent fort bien, justement pour ces raisons-là. Avec le Christ, elles partagent l'itinérance intérieure. Elles sont prêtes aux surprises de la conversion [1].

LA GRÂCE ET LE MÉRITE

Il faut donc être clair sur la miséricorde que Jésus déploie à leur propos, et sur laquelle nous aurions tendance à ne voir qu'une miséricorde devant la misère. Il ne les sauve pas parce qu'elles sont sottes, vicieuses, faibles. C'est au contraire parce qu'elles se montrent perspicaces, et d'un cœur noble et prompt, qu'il les fait bénéficier de sa mansuétude. Le salut apporté par Jésus est bien autre chose qu'une « bonne œuvre ». Il agit dans la subversion. Il opère le retournement des Béatitudes. Il inverse les catégories établies depuis l'origine de toute histoire humaine, qui met en haut les riches,

1. Que l'étranger fasse meilleur accueil à la Bonne Nouvelle que les gens du pays est une idée émise par Jésus : « Il y avait beaucoup de veuves en Israël aux jours d'Élie, lorsque le ciel fut fermé pour trois ans et six mois, quand survint une grande famine sur toute la terre. Et ce n'est à aucune d'elles que fut envoyé Élie mais bien à une veuve de Sarepta, au pays de Sidon » (Luc 4,25-26).

les savants, les puissants. Quelle société a échappé à cette appréciation vaniteuse ? Les femmes, et les pauvres, de la pauvreté que l'on voudra, n'ont pas droit à la déférence publique. Jésus vient disloquer cet ordre abusif et il rétablit la disposition véridique des êtres. De celles qui ont témoigné leur foi, il sacre l'esprit, la bonté, l'intelligence. Leur valeur réside dans la conscience vive, qui rend insignifiants les autres critères où s'excite l'ambition des hommes. Puissance provocatrice de cette dignité nouvelle, presque toujours éclatée sur fond d'hostilité ou d'indifférence. La grâce de Jésus ne va pas sans la pointe d'un défi envers ceux qui n'ont pas compris le sens de la démarche de foi.

Jésus donc ne se borne pas à consoler ces femmes. Il s'incline devant leur valeur. Il redit à leur propos ce qu'il ne cesse de redire à l'adresse de tous, dessinant les vastes fresques de ce qu'il appelle le Jugement. Foi et charité nomment les élus : un être se mesure à son courage, et à ses lucides passions. Tout le reste est chimère.

Ainsi s'éloigne cette image d'un pardon qui, telle une condamnation, impliquait une culpabilité. Le pardon est un dévoilement de la vérité. C'est la même opération qui élève un être à une idée de soi, plus haute que celle qui lui était infligée, ou qui en accuse un autre, imbu d'illusions sur lui-même, et en révèle le dénuement pitoyable !

Les femmes de l'Évangile ont proclamé Jésus Fils de Dieu, Messie, Christ et ressuscité. Elles ont cru en lui et l'ont confessé. Devant leur aveu, la grâce a souri. Il ne convient pas de dire que Jésus les a seulement absoutes, comme il l'aurait fait de n'importe qui. Car la grâce n'est pas n'importe quoi devant n'importe qui. Aveugle, la miséricorde consentirait au mal, l'enveloppant dans l'espérance de la réconciliation, et lui laissant ainsi le champ libre. Je crois l'Évangile beaucoup plus tendu, plus exhortatif que cela. Jésus prend au sérieux le péché humain. Il pardonne à ceux qui se repentent, pas aux autres, qu'il envoie littéralement au diable. Je ne sais quelle pudibonderie nous fait passer outre à cette menace, qui est tout de même l'une des dimensions de l'Évangile. Jésus est complaisant envers le pécheur qui se renonce. L'endurcissement fait flamber sa colère.

La notion de responsabilité humaine prend alors un sens radical : l'homme est appelé impérativement au projet de Dieu. Nous avons peut-être trop tendance à croire à une gracieuse indulgence qui dispenserait la créature d'être soucieuse du bien et du mal.

En tout cas, si Jésus gratifie les femmes, c'est pour une raison contraire à celle qu'on lui prête généralement, qui veut que ce soit manière de les tirer de leur péché ou de remédier à leur passivité. En réalité, la femme mérite la grâce. La dignité n'est pas un cadeau que l'on offre, et ne peut l'être : liée à la personne, et non tributaire d'une faveur extérieure, elle est chose due ou elle n'est pas. Le Christ considère ces femmes selon la justice, c'est-à-dire selon leur mérite, du reste variable. Sans cesser d'être grandiose mansuétude, sa grâce répond à leur degré de responsabilité. Voilà leur dignité, voilà la sienne. Et telle, la dignité de la dignité.

On est frappé au long des Évangiles, et quel qu'en soit l'auteur, par l'extrême décision des femmes, leur esprit d'entreprise, leur audace lucide, leur obstination, la qualité de leur intelligence. Elles sont les partenaires réelles du Christ. Elles discutent avec lui, l'interrogent, lui tiennent tête, devancent ses gestes ou ses mots, ironisent, jouant contre lui et pour lui simultanément, l'aiment, bref, elles se conduisent librement, dignement, ainsi qu'il sied à l'humaine qualité.

Dans le dévoilement de sa nature et la proclamation de la Bonne Nouvelle, leur rôle est essentiel. Le Christ lui-même l'affirme. Otez les femmes de ces textes. Qu'advient-il de l'Évangile ? Les références capitales disparaissent, les confessions de la foi, les témoignages téméraires. Sans elles, Lazare ne ressuscite pas, la propre résurrection de Jésus se dénature.

Ces êtres tant de fois mandés à l'obéissance, ici, prennent perpétuellement les devants, à quelques exceptions près, comme la femme courbée ou la veuve dont le fils est mort.

Elles le provoquent, avant l'appel. Celles qui l'accompagnent le font d'elles-mêmes, en signe de libre gratitude. Il n'a rien exigé d'elles, et surtout pas ce cortège. Celles qui viennent au tombeau ne sont déléguées par personne. L'hémorroïsse lui prend sa force sans lui demander son avis ; la Cananéenne bouleverse ses intentions premières, à force d'insister. Les quatre onctions surviennent à l'improviste, par le fait d'une inconnue, tandis qu'il est à table, occupé avec pharisiens ou disciples. On s'émerveille de ce qu'il parle à la Samaritaine, mais a-t-on bien considéré le texte ? Il se contente de lui demander à boire, prière, on l'a vu, tout à fait banale ; c'est elle qui suscite le dialogue en discutant inopinément une requête aussi élémentaire.

Leur hardiesse se confond à la sienne. Convergence des deux libertés.

SUR LE SACERDOCE

Peut-être devons-nous ici ouvrir une parenthèse sur le sacerdoce. J'en parle calmement. Je suis femme, il est vrai, mais non point née catholique, et sans vocation contrariée. Si Rome estime ne pas pouvoir accorder le sacerdoce aux femmes, c'est fort bien et il n'appartient qu'à elle d'en décider. Je vois même quelques arguments à cela, et qu'elle n'invoque pas. Mais elle ne doit pas appeler à la rescousse des références indûment sollicitées. L'Évangile ne fournit pas de soutien. Rien n'autorise l'institution à annexer un texte qui ne confirme ni ses discriminations, ni ses préjugés, ni ses conseils, ni ses interdictions. Qu'elle ose dire qu'elle suit plutôt une propension presque inévitable de la psychologie humaine, à séparer religieusement le pur de l'impur, à circonscrire des espaces de prohibitions et que sur ce point-là, la femme est toujours du mauvais côté. Qu'elle avoue céder à d'irrésistibles symbolisations, faute de pouvoir, comme ces petits récits, s'offrir le luxe d'une aérienne liberté dans l'intelligence. Ou bien qu'elle ne dise rien.

Mais qu'elle ne se réclame pas des textes car alors elle les trahit.

L'Église invoque deux raisons : la première, on l'a vu, est de dire que Jésus qui transcende l'histoire n'a cependant pas pris de femmes pour disciples. Un document romain[1] s'explique très bien là-dessus : ce ne sont pas des considérations sociologiques qui ont arrêté Jésus, mais des raisons purement religieuses, et l'exégèse les fait découvrir. Mais pour démontrer qu'il ne subissait pas d'influence historique, on se permet de tracer de la société du Ier siècle le tableau le plus outrancier ! Les femmes qui accompagnaient le Christ sur sa route accompagnent aussi les raisonneurs : leur maître leur confère le droit exceptionnel de marcher à ses côtés, mais il évite sciemment de les hausser à de plus hautes dignités.

S'il n'a pas pris de disciples parmi les femmes, c'est un peu pour les raisons qui ont désigné des hommes pour ses meurtriers. Les actes politiques et sociaux sont posés par la gent virile, selon les coutumes de l'époque et les présupposés des rédacteurs. Encore un coup, la sociologie est déterminante. L'Évangile est une histoire profondément inscrite dans l'Histoire. Il faut respecter celle-ci pour ne pas sombrer dans des analyses extravagantes qui disent vraiment n'importe quoi sur Jésus et omettent de lester son ministère de son poids d'expérience réelle : curieuse façon au passage de traiter l'incarnation.

La Bonne Nouvelle, d'un contenu surprenant, ne pouvait ajouter la difficulté du témoignage des femmes. Il se fût rendu plus incroyable encore. Du reste leurs déclarations, dans le récit évangélique, sont toujours suspectes. La Samaritaine convoque ses compatriotes mais sans les convertir : ils se hâtent de lui faire savoir que leur foi ne commence véritablement qu'avec la rencontre de Jésus. Les messagères de la résurrection se font traiter d'hallucinées. Marie n'est pas comprise dans son éloquente attitude d'écoute. Si le

1. *La Documentation catholique,* 1977, n° 1714, p. 157.

Christ n'avait été là pour les explications, les disciples auraient vraiment cru que le parfum répandu sur lui n'était qu'une dépense insensée. De même le pharisien était fort choqué de l'onction de la pécheresse.

Ce n'est pas la flèche qui fait question, c'est la cible. Ce n'est pas la messagère, c'est le peuple qui reçoit l'information. Par prudence instinctive, les femmes de l'Évangile bornent leur fonction d'annonciatrices. La Samaritaine transforme sa proclamation en interrogation, de façon que ses congénères pourvoient eux-mêmes à la réponse. Marthe convoque sa sœur à voix basse auprès de Jésus. Trop de préventions enrayent leurs témoignages ou les faussent. Mais Jésus, lui, comprend, accepte, applaudit. Enfin, la mission ne pouvait être confiée aux femmes en raison des dangers qui les auraient guettées sur leur route solitaire ou aux étapes. Convient-il donc de faire prescription éternelle d'usages historiquement situés, parfaitement explicables, en raison des structures et des mentalités d'une société[1] ?

On s'interroge d'ailleurs trop sur les conditions qui ont présidé au choix des disciples. Et l'on trouve toutes sortes de bonnes raisons, mais on s'est dispensé d'examiner une question plus capitale, à mon sens : quel rôle les disciples jouent-ils dans l'Évangile ? Y a-t-il élection ? Y a-t-il sacerdoce ? Y a-t-il les fondements d'une hiérarchie future ? Jésus confère-t-il à ces hommes des privilèges qu'il refuserait à ceux qui ne font pas partie du collège ?

On ne voit pas. Il les charge d'un service difficile : ce sont d'humbles envoyés, qu'il expose aux tribulations du martyre. Quand les fils de Zébédée postulent une place de choix – et encore leur exigence ne porte-t-elle que sur la vie future – Jésus les envoie promener : la mission terrestre suppose abaissement et sacrifice. Ce propos est clair : le disciple s'exclut des faveurs mondaines, des déférences sacrées, des avan-

1. Sur cette question, voir J. M. Aubert, *La Femme*, Cerf / Desclée, p. 156 *sq*.

tages attachés à la carrière. L'avertissement a été quelque peu oublié par la suite. Les castes sacerdotales que Jésus exécrait se sont reconstituées avec, au cours de l'histoire, des pointes de cruauté et de faste que les pharisiens, si odieux qu'on les dise, n'avaient jamais imaginées. Du reste, la hargne de Jésus envers les notables de la synagogue exclut qu'il ait envisagé de restaurer autour de son nom une semblable organisation.

L'Évangile fait donc de ces disciples de modestes serviteurs. Mais ils répondent aussi à une autre fonction, d'ordre plus pédagogique. Ils ont en effet mission de faire parler Jésus dans l'intimité. Grâce à eux, et plus précisément grâce à leur courte vue, Jésus est amené à fournir des explications. Il livre des pensées qu'il n'aurait pas produites devant les foules : décryptage de paraboles, jugements personnels, idées plus aventureuses. Les disciples servent à nous faire entendre un Jésus qui parle à voix basse. Sans leur intelligence somme toute commune, l'Évangile serait moins clair. Ils justifient opportunément un supplément de commentaires utiles à eux-mêmes, mais surtout aux générations futures. Aux disciples de Jésus, l'Évangile accorde donc une importance, entre autres, instrumentale : ils entourent et questionnent le Maître.

Et parfois ils se gèlent comme des pharisiens. Ils ne comprennent pas l'audace de Jésus, et leur esprit reste courbé par les habitudes. Sur leur fond d'incrédulité, se détache le Fils de Dieu. De tels malentendus ont également leur utilité : ils nous enseignent que l'intimité n'est pas un gage d'infaillibilité ; que les jugements de la foi peuvent échouer chez les meilleures volontés, dans les consciences les plus assidues. Et l'on voit alors d'autres personnages, moins formés qu'eux à la familiarité du Maître, leur en remontrer sur les vérités nouvelles. La Cananéenne, les onctions de Béthanie, l'annonce de la résurrection les laissent quelque peu en retrait. Ils ne comprennent plus l'audace prophétique des femmes, et peut-être se méfient-ils de ce sexe, en quoi l'Église leur a été respectueusement fidèle.

Quant à l'autre raison avancée, que l'Église est un symbole nuptial, où le peuple incarne la femme et le prêtre son époux, d'où l'on tire que le prêtre ne peut être qu'un homme, cela mérite à peine l'examen. Car c'est donner au sexe le dernier mot en des termes violemment contradictoires. On raconterait ainsi une immense parabole, dont il faudrait respecter les éléments, sous peine d'enténébrer les significations : le prêtre, un homme donc. L'Église, la femme. L'Église, c'est-à-dire l'assemblée. Mais que ne fait-on à celle-ci obligation de n'être composée que de femmes ? Bizarrement, c'est justement le reproche qu'on lui envoie, sans plus songer à la cohésion du symbole : trop de femmes là-dedans ! On dira que l'assemblée est une personne collective qui supporte fort bien le traitement allégorique. Mais quel est alors cet étrange mariage, où le prêtre est un homme réel et son épouse un être symbolique ?

La parabole est fort gênante. On ne voit pas pourquoi cette religion si fortement spirituelle et si admirablement attachée à la conscience humaine se met tout à coup, dans ses hiérarchies, à sacraliser ainsi le sexe biologique. Ou plutôt on ne voit que trop bien resurgir les structures archaïques que les religions excellent à maintenir contre les évolutions plus audacieuses des sociétés civiles. Et l'embarras demeure : on nous a dit des siècles durant que le sexe était une méchante impulsion du démon, et qu'il fallait le négliger le plus possible, et néanmoins cette vilaine chose, dans l'organisation ecclésiastique, a beaucoup plus d'importance que l'idéal suprême de la foi[1] !

1. On dira peut-être que c'est ici jouer sur les mots : « sexe » désigne tantôt l'un des deux types morphologiques de l'espèce humaine, tantôt l'appareil génital avec ses diverses pulsions. Mais lorsqu'on parle des femmes, les deux notions sont toujours plus ou moins confondues. Qui traitant de l'espèce ne discourt sur leur sexualité comme en étant toute l'essence ? Ce n'est pas par hasard que les femmes ont été désignées si longtemps par des expressions telles que les « personnes du sexe » ou même « le sexe ».

JÉSUS ET SES TÉMOINS

Les véritables partenaires de Jésus sont ceux, hommes ou femmes, qui lui portent témoignage. Certains disciples demeurent accroupis dans l'humanité commune, ne disant jamais rien. D'autres se hissent à la haute stature de témoins, Pierre s'écriant : « Tu es le Christ, le fils du Dieu vivant ! » Nathanaël : « Tu es le fils de Dieu, tu es le roi d'Israël », Thomas : « Mon Seigneur et mon Dieu. » Mais la déclaration la plus complète reste celle de Marthe, l'amie de Jésus. C'est elle qui est la plus proche des futures confessions de foi, puisqu'en une seule formule elle a réuni les trois aspects de la personne messianique.

Les disciples ne représentent pas, dans l'ordre de l'annonce, des privilégiés. Les paroles attendues par Jésus, les mots de la conversion, jaillissent comme au hasard en des consciences isolées, chez des inconnus, des modestes, des réprouvés. Ce sont ces obscurs qui allument les incendies de la foi. La Bonne Nouvelle éclate, par intermittence, dans ces exclamations, dans ces gestes qui dressent devant la foule ignorante et les élites réticentes l'impérieuse réalité du Fils de Dieu.

L'Évangile est lui-même construit autour de ces noyaux de témoignage. Il est constitué d'une juxtaposition de reconnaissances et celles-ci forment la trame de la prédication. Les disciples et leurs successeurs transmettront, mais le rôle primordial est dévolu à des gens qui, sans connaissance préalable, ont fait éclater, pour la première fois, le message de la grâce. Ce sont ces êtres qui portent la dynamique du récit et se révèlent les agents essentiels de la foi. Ils construisent, de leurs mains vives, de leurs consciences étonnées, l'espérance des hommes.

Si Jésus n'avait rencontré qu'incompréhension, s'il n'avait pas touché aussi des êtres quelconques, au hasard des foules, l'Évangile serait-il la Bonne Nouvelle ? L'acquiescement à la parole est nécessaire comme la parole même. Les femmes exercent cette fonction capitale. Sans elles et quelques autres, Jésus, totalement incompris, serait retombé dans les ténèbres. Il n'aurait pas seulement trouvé de gens zélés pour consigner leurs souvenirs. Il est persécuté, mis en croix, mais il a semé en terre vive : quand il disparaît, la foi déjà a germé, chez tous ceux qui ont été saisis par lui.

D'ailleurs, au temps où les Évangiles sont rédigés, la préoccupation majeure n'est pas de poser les réseaux de l'Église à venir. Elle est d'accréditer la parole du Christ. Il faut convaincre avant d'organiser. La foi, dans ces textes, est encore événement, elle n'est pas une institution. L'institution veut un ordre sacré, des fonctions assignées, des personnages dûment mandatés. Mais cette légitimité-là ne doit pas submerger l'événement qui la fonda et qui communique tant d'importance à ces gens qui témoignent, avec une invincible conviction, de leur amour et de leur foi. Alors, pour que l'Église ne cesse d'être un événement, il faut assurer cette promotion des humbles, cette force populaire qui est le signe de l'Esprit soufflant en liberté, où il veut, parmi l'humanité la plus inattendue. Tel est le beau désordre de la grâce.

La foi nouvelle, dans ces textes, s'offre dans l'embrasement d'une pensée, dans l'intrépidité d'un geste, dans une parole de conversion. Le Christ n'est pas le seul qui s'incarne. La vérité de l'Évangile est toujours un visage humain. Croire n'est pas un raisonnement abstrait. Pas de doctrine qui s'écrive, ou se dicte, mais chez des êtres réels, une pensée qui s'allume au Dieu tout amour.

La foi est liée à des yeux qui ont regardé, à des mains actives qui ont posé les premiers gestes d'adoration, à des lèvres qui ont prononcé les mots justes, et l'espérance du fidèle, aujourd'hui, se reconnaît dans ces consciences, si souvent féminines, saisies avant elle d'un étonnement éternel.

Table

DU MÊME AUTEUR

Aux éditions du Seuil

Dénuement de l'espérance
1972

La Femme avenir
1976

Au fil de l'autre
1979

Les Pères apostoliques
(traduction et introduction)
Seuil, « Points Sagesses », n° 22, 1980

Évangiles apocryphes
(réunis et présentés par France Quéré)
« Points Sagesses », n° 34, 1983

Les Ennemis de Jésus
1985

La Famille
1990

Chez d'autres éditeurs

L'Éthique et la Vie
Odile Jacob, 1991
et « Points O. Jacob », n° 32, 1992

L'Amour, le couple
Bayard/Centurion, 1992

Jésus enfant
Desclée de Brouwer, 1992

Celle qui riait quand Dieu parlait
(avec Dorothée Duntze)
Gallimard Jeunesse, 1993

Histoires d'Abraham
(avec Maritain Raïssa)
Desclée de Brouwer, 1994

Une lecture de l'Évangile de Jean
Desclée de Brouwer, 1994

Si je n'ai pas la charité
Desclée de Brouwer, 1994

Le Sel et le Vent
Bayard/Centurion, 1995

Marie
Desclée de Brouwer, 1996

Les Femmes et les Pères de l'Église
Desclée de Brouwer, 1997

Au fil de la foi
Desclée de Brouwer, 2000

L'Homme maître de l'homme
Bayard, 2001

Consciences et neurosciences
Bayard, 2001

La Famille
Essai
La Table ronde, 2007

RÉALISATION : PAO ÉDITIONS DU SEUIL
IMPRESSION : NORMANDIE ROTO IMPRESSION S.A.S. À LONRAI
DÉPÔT LÉGAL : MAI 1996. N° 29165-5 (1600590)
IMPRIMÉ EN FRANCE